法医昆虫学搜查官

尸语女法医 3

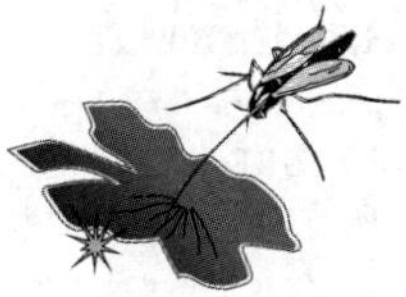

水底の棘

渊底之刺

[日]川瀬七绪——著
黄宇宏——译

中国友谊出版公司

图书在版编目（CIP）数据

尸语女法医 .3，渊底之刺 /（日）川濑七绪著；黄宇宏译 .—北京：中国友谊出版公司，2020.7

ISBN 978-7-5057-4923-8

Ⅰ . ①尸… Ⅱ . ①川… ②黄… Ⅲ . ①推理小说—日本—现代 Ⅳ . ① I313.45

中国版本图书馆 CIP 数据核字（2020）第 102922 号

著作权合同登记号　图字：01-2020-4960

书名　尸语女法医 .3，渊底之刺
作者　［日］川濑七绪
译者　黄宇宏
出版　中国友谊出版公司
发行　中国友谊出版公司
经销　新华书店
印刷　北京盛通印刷股份有限公司
规格　880×1230 毫米　32 开
　　　　10.5 印张　　260 千字
版次　2020 年 11 月第 1 版
印次　2020 年 11 月第 1 次印刷
书号　ISBN 978-7-5057-4923-8
定价　45.00 元
地址　北京市朝阳区西坝河南里 17 号楼
邮编　100028
电话　（010）64678009

如发现图书质量问题，可联系调换。质量投诉电话：010-82069336

Contents

Chapter 1

夏天的告密者 1

Chapter 2

文身指引的地区 69

Chapter 3

单身母亲的决心 139

Chapter 4

水底的毛虫 203

Chapter 5

幸运的 O 型血 267

主要参考书目 327

Chapter 1

夏天的告密者

1

时针走过了6点，小镇渐渐从夜幕中苏醒。人们纷纷走上街头，开始新的一天。随处可见裹紧大衣、弓着背，迎着寒风默默前行的上班族。相比之下，晨练的高中生，还有聒噪盘旋的乌鸦，俨然成了清晨小镇上仅有的生机。

在11月的北风里，赤堀凉子一脚急刹，把自行车停在了江户川区清新町的河堤旁。所谓年内最强寒潮果真是名不虚传，双耳冻得生疼，两脚也渐渐失去了知觉，赤堀凉子猛地吸了一口寒气，不断地来回搓动着戴着厚棉手套的双手。

冬天又要来临了。芒草的尖儿上密密麻麻地布满了螳螂的卵囊，不仅如此，近来，屋子里也冒出了许多臭虫和蛾蝇。这些小昆虫的出现是在预示着今年或将有个大雪纷飞的寒冬。几年来，这些小生命为我们带来的“天气预报”几乎从未出过偏差。

赤堀凉子轻盈地跃下自行车，上蹿下跳地活络着筋骨，试图唤醒全身因寒冷而将要凝固的血液。

“好！准备出发！”她一边重复着下蹲运动，一边小声地喃喃自语。戴着黄色头盔的赤堀凉子充满气势地骑车冲下了河堤。只见两位男士笔挺地站在河岸边。停好了单车，她走向他俩，伴随着踩踏枯草发出的沙沙声，耳边传来一阵阵惊天动地的声响，大概是中央C调“哆”上下的音高，不绝于耳。

“早上好！”赤堀凉子打了声招呼。

男人们错愕于他们背后突然响起的这声问候，同时飞快地转过了身。其中一个男人体形较矮小，身着浅灰蓝的工作服，估摸着也该是岁至中年了。另一个名叫辻冈大吉，穿着一身印有人物肖像的连体工装裤，工装裤上还写有“大吉昆虫咨询公司”几个大字。其实早在一个月前，辻冈便四处宣称自己要节食减肥，可是就眼下他这略显丰腴的体态来看，所谓“节食减肥”似乎也不过是纸上谈兵。北风吹乱了他的蘑菇头发型，让他的头发与他肤色浅黑、轮廓分明的面容纠缠在了一起。两人都戴着河童面具似的防尘大口罩，还有遮住半张脸的大码透明护目镜。看着他们的装束，赤堀心想，这两个家伙就算是让当地新闻当成可疑分子大肆报道也绝对是在情理之中。

“凉子前辈！太好了太好了，前辈终于来了。”大吉从闷沉的口罩里发出一阵欣喜的喊声。

“这么着急把前辈请来，实在是对不住！这天寒地冻的，原先请的那位工作人员病倒了，一直卧床不起。要不是请到了前辈您，我们就真的是无计可施了。”

“我算是最后一根救命稻草了吧？”

“一点儿没错！在您之前，我们已经连续被其他人拒绝了 5 次。不过这次行动确实也有些强人所难。清晨 5 点半才发通知，还要求 1 小时内赶来现场。一般人真做不到。”

“小菜一碟，没什么难的。”

“也就只有前辈您了，换作别人肯定做不到。这不，前些日子，您为了件 5 分钟就能完成的琐碎工作，还大老远地骑着单车去了关东地方的川越。这行动力也忒惊人了！”

“辻冈先生……辻冈先生。不好意思，请问这边这位是……”

站在大吉边上的男人小心翼翼地打断了他们，诚惶诚恐的语气中混杂着一丝生硬。

“啊！她是法医昆虫学博士，赤堀凉子前辈。平日里时不时为我提供一些工作上的帮助，今天也是应我的临时邀请，前来支援。”

“真……真的是博士吗？外表看上去还相当年轻啊。”

“对呀，个子也不高，看起来就像个高中生。但其实呀，是个如假包换的36岁中年妇女。我时常和同事打赌，赌前辈这童颜还能撑到什么时候。对了对了，我还下注了3万块，赌她在55岁那年准得美人迟暮。一般来说，看着比实际年龄年轻的女人啊，总是不知不觉在某一天突然就变成了糟老太婆。”

大吉粗鲁且失礼地向小个子男人介绍了凉子。穿着工作服的小个子男人应该是江户川区政府的工作人员，向女博士鞠了个相当得体的躬，教科书般完美的45度角。赤堀也稍稍低了下头，回以微笑。

“这么冷的天，还要一大早赶来，真是辛苦您了。”

“哪里哪里，这是我的本职工作，应该的。”

男人一边说，一边用双手把自己的名片递给赤堀，姿态谦卑，仿佛是某些大型典礼上领奖的获奖人。小小的名片上印着一长串头衔，分成了三行：“江户川区生活环境部环境保全课河川全面负责室主查”，简直比绕口令还拗口。

“实在是不好意思，我没带名片，没法和您交换。我叫赤堀凉子，您好。”

“您好您好，没名片不碍事，不碍事的！”

男人摆了摆手，暗中上下打量着赤堀凉子。上身穿着藏青色的尼龙宽松夹克衫，下身同样是尼龙材质的慢跑裤，搭配黄色的自行车头盔，乍一看，这位凉子女士也可以算得上是形迹可疑之人了，她所谓的博士身份说不定也只是故弄玄虚瞎诌出来的。这女人不简单，得当心。

“我们委托大吉咨询公司来开展害虫清除工作，但是对工作的具体细节不太了解。据他们称，只要到了现场就一目了然了，我就只好亲自来一趟。”

男人身后的大吉先生摘下口罩，没有出声地用唇语表达了不满，大概的意思是说：我都把工作情况解释得那么仔细了，怎么他还说弄不明白！

“大吉昆虫咨询公司是几个在东京足立区工作的朋友介绍的。这么说来，之前绫濑川[1]的驱虫工作好像也是由辻冈先生一手操办的。不过，关于这次工作具体细节的协商，此前都是由其他人负责，我并没有参与。所以连辻冈先生是乌兹别克斯坦人这件事，也是今天才得知的。”

“是乌兹别克斯坦和日本的混血，我的国籍和出生地都是日本。”

大吉急忙纠正了小个子，男人露出了些许惊讶的表情，但很快又恢复如常。

“足立区为了摘掉‘日本最脏河流’这顶臭帽子，也算是铆足了劲儿，破釜沉舟了啊。”

“不过就目前的状况来看，足立区好像还是‘日本最脏河流’榜单前三名的常客呢。”赤堀笑着说，这句话略显多余且失礼。

公务员拧着身子强颜欢笑道：“哈哈哈，您可真是言辞犀利，毫不留情呀！不过确实如此，包括荒川[2]在内，也出现了不少问题。这个季节蚊

1 绫濑川：东京足立区内的一条河流。——译者注（以下如无说明，均为译者注）

2 荒川：日本河流名，发源于埼玉县、山梨县、长野县三县交界处。

虫多发，各方的怨言也是从未停过。每天从大清早开始，投诉电话就响个不停。我们也试图通过喷洒杀虫剂来解决蚊虫问题，但这一带又都是些学校和居民区，所以反对该方案的声音也不少。”

男人一边轻摸着怀里的卷毛猫，一边笑着说道，但他眼神深处却有些僵硬，面部表情也不甚自然。看得出，他打心眼儿里并不喜欢自己的这份工作。若不是上级下的死命令，他今天也根本不会特地跑到这儿来。估摸着啊，他这回应该是来监视这个所谓“大吉昆虫咨询公司”的工作进展的。

河岸边，几个排列得井井有条的厚纸板制的黄绿色小圆筒引起了赤堀凉子的注意，对岸也有一排这样的小圆筒。小圆筒高约 1 米，直径为 50 厘米左右，颇有特点，像是现代艺术展上的展品。那些不绝于耳的声响的源头，应该就是这几个黄绿色小圆筒。

赤堀凉子一只手紧紧拽拉着岸边的芒草，最大限度地向河面探出身子，观察水流情况。只见沿岸的河流有许许多多抹茶色沉淀物，散发着一股刺鼻的腥臭味。在生物化学上对含氧量要求是在 7ppm 浓度[1]左右。毫无疑问，这条河简直就是摇蚊[2]生长的天堂。

大吉清了清嗓子，开始向这位来自江户川区的公务员说明情况。

“在这一带肆虐的是一种叫作背摇蚊的昆虫，和我们平时常提的蚊子有所不同，它并不吸食人血。但由于天生的趋光性，在城里大街上的路灯下和橱窗边总是大量聚集着这种飞虫，十分扰人。”

---

1 ppm 浓度：又称百万分比浓度，是用溶质质量占全部溶液质量的百万分比来表示的浓度。7ppm 浓度，即 100 万千克溶液中含有 7 千克溶质。

2 摇蚊：双翅目摇蚊科。一类十分常见的、耐受性极强的水生昆虫，在各类水体中均有广泛分布。

“没错没错，自从这种飞虫泛滥以来，城里到处都是它们的尸体，市民们也是怨声连连。”

“这还算不得什么，最要命的是，这类飞虫还会引发部分人群的过敏性支气管哮喘症。一直以来，为了控制摇蚊的数量，人们使用了大量的杀虫剂。但时间一长，摇蚊的抗药性也不断增强，杀虫剂的效果也就越来越差。所以，在一些被污染的城市流域，摇蚊已经进化到了几近无敌的程度了。”

“唉，这真是太糟心了。”男人矫揉造作地扶着额头皱了皱眉。

“这您就别担心啦！放心交给我们大吉昆虫咨询公司吧！”大吉笑着摘下防尘口罩，露出两片厚嘴唇。

“经过漫长的进化，摇蚊已经能够通过振翅声来进行交流沟通。简单来说，就是雄性摇蚊会被雌性摇蚊的振翅声吸引。”

“这样啊……”

“所以我们在这儿设置了陷阱筒。筒中的扬声器播放着和雌性摇蚊相同频率的声波，在 270 赫兹左右。我们还在筒中贴满了黏胶，能够把所有闻声而来的雄虫一网打尽。这样一来，雄性摇蚊的数量就会大大减少。自然而然，雌虫的受精率也会大幅度降低，摇蚊的泛滥也就能得到有效的控制了。”

“好！”公务员十分用力地鼓了鼓掌，“相比使用杀虫剂，这种方法既环保，又高效。这样市民们也不会怨声连连了。真是让人如释重负啊！您这是为我们开启了一个干净又爽朗的新时代啊。”

老谋深算的他正十分圆滑地说着恭维话。刹那间，成群的摇蚊聚集而来。仅仅几分钟，天空就被染成了深灰色。轻轻吸口气就会满嘴虫。赤堀凉子赶忙吐掉了飞进嘴里的小昆虫，用丝巾捂住口鼻，戴上泳镜保护眼睛。

“天哪！飞来这么多！要命啊，都从领口飞到我衣服里了。啊！糟糕！我的耳朵！”

男人十分狼狈地上蹿下跳，在赤堀和大吉的劝说下，先行回到车里小避一阵。

“好好好！按这个势头，一定可以大功告成！其实计划刚开始的时候，飞进陷阱的摇蚊数量并不多，我还担心了好一阵儿呢。”过冈大吉激动不已地说道，眸里闪烁着难以抑制的欣喜。

“整个除虫过程大致是怎么规划的？”

“早、晚各安放一次陷阱筒，持续10天左右，每天都在不同的地方作业。这样一来，摇蚊数量就可以得到有效控制了。今早也是5点之前就已经把装置搭建好了。”

“不过话说回来，今年摇蚊的爆发期推迟了不少啊，都已经大降温了。”赤堀凉子两只手交叉在胸前，全然不顾在脸上肆虐的那些密密麻麻的小飞虫。

“全球性的气候变暖肯定难辞其咎，但主要原因也不在此。一般来说，摇蚊在城市里更容易获取身体所需的营养，甚至会有些营养过剩，因此它们的御寒能力也就大大提高了。”

“连摇蚊也成了耐寒动物了呵。”赤堀说道，“话说回来，如果这次除虫任务大功告成，那可就真成了你们的金招牌。建议到时候啊，干脆就趁这势头，去向全国各地的市政府拓展拓展业务。现在社会上那种只懂依赖杀虫剂的除虫模式再不改改，大家可都得遭殃啦。”

“遭殃？”

“‘审判之时’越来越近了。”赤堀目光镇定地微微一笑。

大吉十分不耐烦地摆了摆手：“凉子前辈，上次去江东区拉业务的时候您也这样说了吧？”

“是吗？”

“上次不就是您说闲得慌非要和我一起去拉业务的吗？可千万别跟我装傻说不记得了！要不是那次您在客户面前突然瞎说些莫名其妙的‘赤堀丹马斯[1]预言’，人家也不至于把我们当成宗教分子，最后什么订单都没拿到。我看您是存心想让我们关门大吉吧。”

“哎呀，放心放心，要是这点破事也能让你们倒闭，那你们迟早是要倒的呀。”

大吉一边喋喋不休地吐着苦水，一边忙于拍现场照片。等他日后写工作报告时，这些照片就能派上用场了。陷阱筒里的摇蚊饱和了以后，就得赶紧换上新的筒。他俩不断地穿梭在河边茂盛的枯草间，每隔 50 米就进行一次换筒作业。赤堀负责把厚纸板摊平，大吉娴熟地往纸板上贴胶带，速度极快且十分精准，摇蚊几乎没有喘息的时间，那些纸板宛若一张张粗面砂纸。

跳过河边的一块泥地，两人继续作业。赤堀熟练地打开下一个圆筒，发现胶带上还粘着摇蚊以外的其他飞虫，虽然数量不多，但的确有几只大苍蝇粘在纸上。她放下了手中的活儿，小心翼翼地拈下其中一只还没断气的，仔细地端详一番。

“怎么啦？”大吉用厚棉手套擦拭着额头上的汗珠子，他身上粘满了摇蚊，几乎盖住了连体工装裤上的人物图案。

赤堀拎起苍蝇，在他面前晃了晃：“几只笨手笨脚的黑丽蝇也上钩了。”

“嗯嗯，昨天也混了几只进来。”

1　赤堀丹马斯：大吉将法国籍犹太裔预言家诺查丹玛斯之名改成赤堀丹马斯，以打趣赤堀。

“昨天也有？”

“是啊，苍蝇中能在这样寒冷的季节里出没的，也就只有这种黑丽蝇了，估计是外出觅食的时候被卷入了摇蚊群才上钩儿的吧。”

“嗯，原来是这样啊。对了，还是让车里的公务员先回去吧，我们今天也只是单纯地重复这样的操作而已，他再怎么盯梢也看不出什么名堂。”

大吉点了点头，用手拭去了扑满护目镜的摇蚊，爬上堤坝。赤堀把虚弱的黑丽蝇放在芒草的尖儿上，继续种田似的弯着腰回收陷阱筒。她像螃蟹一般慢腾腾地横行于各个筒间，依次铺开纸板，当最后一张厚纸板被摊开时，眼前的光景惊得她浑身一颤。

她赶忙擦了擦泳镜，凑近了脸，细细地观察着纸板。只见埋在成群害虫的尸骸之下，有一只断了气的苍蝇，明显与黑丽蝇是不同的品种。赤堀上下扫了一遍厚纸板，发现该品种的苍蝇共有两只。

此事蹊跷。正当她拿出工具打算采集这只缩成一团的苍蝇时，背后突然响起一阵撕心裂肺的悲鸣。猛一回头，只见大吉像木桶般地直接从堤坝上滚了下来。

“吓我一跳，原来是大吉啊。”

赤堀长舒一口气，目送着大吉一路“豪迈”地滚到草堆里后，又回头看向厚纸板。她从背包里取出镊子，小心翼翼地尝试着把小苍蝇和纸板剥离开来。正在她与粘着翅膀的干胶斗得难舍难分之时，大吉骂骂咧咧地走了过来。

“要命，简直就是摇蚊的逆袭。”

“是因为踩到了地上的摇蚊尸体才滑倒的吗？”

“对啊！……啊，等等。”

大吉若有所思地抱着胳膊，两眼直勾勾地瞪着，眉间堆起了皱纹。

“我们在向市政府做除虫推销的时候，用的说辞一般是：‘成群的摇蚊既影响市容，又作为过敏原影响部分人群的健康。’如果再加上‘除虫后，就会大大降低因为踩到摇蚊尸体而滑倒的可能性，也完善了针对老年人的社会安全保障机制’，那就更有说服力了！现在这个时代做什么工作都离不开套上社会福利的牌子呢。好！下次去推销的时候就这么说！”

“我觉得你干脆再加个‘无比惊险的踩尸体堤坝滑滑梯，一项燃烧激情的运动’得了。”

“呸，去你的！”

“比起这个，你看。”

大吉抖了抖身上的枯草，瞥向赤堀用镊子指着的方向，瞬间瞪大了眼，蹲下身子凑近了看。

“真的假的……这不是大头金蝇嘛！”

“没错，虽然只发现了两只。但为什么这种苍蝇会出现在这里？”

“是啊……一般来说，很可能是因为这附近有尸体。太离奇了。”

大吉一脸难以置信的表情，目不转睛地看着赤堀把剥离的苍蝇放到小瓶里。

“正如你所说，它们估计是嗅到尸臭才飞过来的。”赤堀把小瓶放到背包里站起身，“不过现在这个季节，大头金蝇并不具备繁殖能力。和喜低温的黑丽蝇不同，大头金蝇只有在夏季才能生存，到底为什么这两种苍蝇会同时出现在这里呢……”

和往常一样，成群的乌鸦聒噪地盘旋在天空中觅食。赤堀透着丝巾倒吸了一口凉气，不由得感到一丝不安。不过转念一想，仅仅是发现了以腐肉为食的苍蝇也说明不了什么问题。不就是死了几只苍蝇嘛，也不能断定一定和什么案件有关。动物的生生死死无时无刻不在发生，没什么好稀奇的。

“要是好好研究研究为什么大头金蝇会在大冷天出现，说不定还能发篇不错的论文呢。走吧，一起去把对岸的陷阱筒也回收了。”

两人穿过长得比他们还高的芒草丛来到小渡船的停靠点。穿上救生衣，安放好作业用的设备，大吉娴熟地将小船划离河岸。平缓的河面上，时不时地有几只看似鲈鱼的小生命探出脑袋，荡起柔和的涟漪。河面上空，摇蚊的翅膀也被反射上了一层玻璃纸般透亮的银白色，倒映着清晨的阳光。

实在是美不胜收。赤堀凉子躺下身仰望着天，双眼在阳光的沐浴中微微眯成一道细缝，感慨飞虫丝毫不逊于冰晶的美。

抵达对岸，两人立即投入工作。河岸这边的陷阱筒也是成果斐然，密密麻麻的摇蚊成群结队地上了钩。大吉心情极佳地更换着陷阱筒，口中哼起了欢乐的小调儿。从陷阱筒方案的提出到落实，大吉吃了很多苦，本以为这时的他应该一边追忆过去的不易，一边流下感慨的泪水，谁知这家伙不但没流泪，还热情高涨地谈论起他的全国称霸计划、专利申请计划、公司扩张计划……

由于与日本人完全不同的相貌，还有这种闻所未闻的新型特殊工作模式，大吉比一般人遭遇了更大的阻力。关于这一点，赤堀比谁都清楚。在大多数人看来，初次见面的大吉显得有些形迹可疑、来路不明。即便如此，他“无公害除虫”的理念也从未动摇。能够走到今天这一步，大吉的欣喜若狂也在情理之中。看着眼前的大吉，赤堀内心深处的保护欲渐渐被唤醒：如果自己有个亲弟弟，大概就是这种感觉吧。

她专心致志地听着大吉高谈阔论，同时也没忘手头的工作。当下一个陷阱筒被打开时，赤堀不由得倒吸一口凉气。

“这里也有……”

不仅仅是黑丽蝇，还有几只大头金蝇也出现在了陷阱筒里，而且数量比对岸更多。

赤堀猛然站起身说："这种数量不可小觑，必须着手调查调查源头在哪儿了。"

她望向大吉，见其神情纠结地点了点头，便接二连三地拆开其他陷阱筒。越往下游方向，纸板上捕获的苍蝇数量就越多。赤堀索性一路小跑，打开了最后一个陷阱筒，一阵寒气袭遍全身。

十几只大头金蝇的尸体赫然出现在眼前。

2

赤堀一鼓作气冲上堤坝，摘下泳镜，环顾四周。阳光经过河面的反射格外晃眼，赤堀一只手挡着光线，沿河岸扫视着这片区域。河边布满了枯萎的芒草和蛇头王[1]，遮挡了视野。也不像是有什么“东西”沿河漂到了岸边。到底是什么让这些苍蝇聚集于此呢？

就在赤堀凉子四下张望之时，辻冈大吉拖着沉重的步伐终于爬上了堤坝，汗滴布满了太阳穴。

“大吉，捕虫的陷阱筒是五天前设置好的吧，当时你感觉到什么异常了吗？”

“异常……对了，我记得在岸边发现了三只海狸鼠的尸体，就是原产于美洲的那种大型鼠。”

“海狸鼠……应该早就被归为外来物种了呀。”

“是啊，因为它们过强的繁殖能力，早就被列入外来物种名单了。但是，它们的外形还是蛮可爱的，总有人给它们喂食，在京都的鸭川[2]也是如此。再这样下去，它们迟早得在市区内爆发式地大量繁殖。”

---

1 蛇头王：一种多年生草本植物，学名“一枝黄花”，又叫作“代萩”，在日本被叫作“背高泡立草”。

2 鸭川：京都的一条著名河流。

“尸体的情况如何？”

“从头部到躯干都已严重白骨化，估摸着应该已经死了有些日子了，尸体也是随着水流才漂到岸边的。”

赤堀托着下巴，陷入了思考。海狸鼠尸体上各部分身体组织都脱落了，而且已经严重白骨化。这样残损的尸体，对以尸肉为食的苍蝇而言，并没有太大吸引力。不过，也许周遭海狸鼠的尸体不止这三具，说不定在繁茂的野草丛里还有其他腐烂的海狸鼠，保不准还是“新出炉”的新鲜尸体。不过，这一切都无法解释为什么喜热畏寒的大头金蝇会出现在这里。

她摘下捂着嘴的丝巾，一口深呼吸，下意识地去鉴别空气中的不同成分，却发现除了水、草、土以及废气的恶臭以外，没有任何异常。

“前两天你闻到腐臭味了吗，隐隐约约似有似无的也算？”

“没有，前两天这一带四处都是河底淤泥的臭味。而且那时候海狸鼠的尸体也应该干了，所以没有闻到味道。对了，其实这条河本身好像就是个异臭的源头，相当顽固。”大吉略显浮夸地缩了缩他那猪崽般的短脖子说道。

赤堀抱着手臂，专注地思索着些什么。此时，远处骑来的单车引起了她的注意，她兴奋地挥着丝巾朝着路过的单车不断招手。

“嗨！停下，快停下！”

她跳到人行道的中间，拼命地挥手示意停车。骑着车的两个人虽然满怀疑惑，但最终还是停了下来。

“早上好，早上好！今天可真冷啊，你们俩还在读高中？”

两个高中男生围着厚厚的围巾，满脸狐疑地盯着赤堀满是划痕的头盔，又瞟了眼一旁戴着护目镜和防尘口罩的大吉。见两人全身上下都是摇蚊尸体，内心不安的两个高中生脸上顿时写满了厌恶和嫌弃。

“一会儿是要去晨练吗？有些事想问问你们。”赤堀瞥了一眼少年身上背的剑道袋。

“原来是剑道部的少年剑士啊！是不是憧憬着成为一名武士才选的剑道呀？其实我曾经也是个拥有剑道梦想的少女呢。”赤堀一边说，一边模仿了几下挥剑的动作。随后她火急火燎地从背包里拿出卡夹，展示在少年们的面前，她的临时身份证也一并放在卡夹里。

“我不是什么可疑人物，算得上是警方相关人士吧。”

“警方相关人士？”

“是的，你们每天上学都经过这儿吗？”

两个少年对看了一眼，愣愣地回了句“是”。

“最近有没有注意到这附近有什么特别难闻的臭味？”

“难闻的臭味吗？”

“对，比如说像什么东西腐烂了的臭味呀，或者其他类似的臭味。”

赤堀话音刚落，两人轻轻扬起了头，看得出他们想起了些什么。

“不知道那是不是腐烂的气味，沿着这条路再走一段，那儿的气味总是特别难闻。”

“‘总是’吗？”

“对。总有人在河堤下烤些莫名其妙的东西吃，我还看过他们在那儿焚烧垃圾，如果是夏天，有时还会腾起非常浓的烟。”

“对了，就是它！那些烟是不是特别浓，甚至特别刺眼？”

另一个少年推了推他的小伙伴说道：“有时候感觉就像是在堆肥，对吧？”

“是啊，那儿果然是个危险地带，还有传言说不能偷看住在那儿的人是谁，要不然就闯祸了。”

“要是被发现了，估计会被他们用石子砸……”

少年们略感兴奋地一边点头一边相互交谈着。

“浓烟和扔石头啊，还真是有点刺激。你们说的这个所谓的危险地带离这儿还有多远？”

其中一个男孩指着前方：“不远，前边100米左右便是了。”

那个河岸边可能是流浪汉的聚集地。

赤堀微微一笑，轻轻拍了拍两名少年的手：“谢谢你们提供的信息，当上武士之后，记得告诉我一声，咱们来较量较量！”

“不不，其实我们并没有想当武士啦。”

两人稚气未脱的脸上洋溢起笑容。赤堀挥着手，目送他们骑车远去。始终在一旁默不作声的大吉哼哼唧唧地抖了几下身子，说道：“说出来我自己也觉得难以置信，但他们烤着吃的应该就是海狸鼠吧。我看到海狸鼠尸体上可是一点儿肉都没留下。”

“这么说来，他们肯定还烤了蛇，这一带的蛇还真不少。”

怕蛇的大吉听到这话，皱起了眉。

赤堀继续说道：“如果我是流浪汉，肯定也会抓海狸鼠吃。当然了，如果有蛇，那也不能放过，怎么说也是蛋白质的重要来源。然后就可以在荒川一带建立一个以灵长类真核生物‘赤堀’为食物链顶点的生态圈啦。”

“快别说了！不要想着建立那种可怕的生态圈好吗？！也不知道这些啮齿目生物身上有多少寄生虫，你还瞎吃，恶不恶心？”

大吉滔滔不绝地说了起来，什么这些流浪汉可能会点火把啊，会设置残忍的陷阱去抓小动物啊……他将自己那仿佛雕刻过的轮廓分明的五官挤成一团，刻意做出呕吐状。

“总之，我们还是先去看看吧。”

“什么？我不去我不去！没必要去吧……既然河边住着流浪汉，那多少有一些苍蝇不是很正常吗？”

“不正常。”赤堀一脸严肃地说，“在陷阱筒里发现的苍蝇全是以尸肉为食，和一般在不卫生的环境里生存的苍蝇性质不同。这些特殊品种的苍蝇绝对不可能毫无理由地出现在这附近。”

赤堀轻轻地拍了拍大吉的啤酒肚：“走啦！别磨磨蹭蹭的！”

她努力怂恿着不情不愿的大吉，拉拉扯扯地，两人终于又回到了小船上。小船逆着水流缓缓而上，船里的两人认真地打量着两岸的芒草丛，试图找到一些线索。不久就划到了少年们所说的“危险地带”，可完全不像赤堀想象的那般充满了血腥和暴力。

这一带的杂草被修剪得十分平整，河堤也被几条绳子划分为各自不同的区域。五颜六色的塑料椅、带有花纹的小桌、烤架、海滩用的遮阳伞，应有尽有，俨然一副休闲胜地的模样。

“哇，这种自由奔放的波利尼西亚[1]风格是怎么回事？没有丝毫被世间遗忘的悲怆感啊。”

“别说悲怆了，这里的氛围让我感觉他们是在讴歌人生。”

赤堀单手扶额，扫了一眼这片被精心开垦过的整齐又洁净的河岸。耕地成垄，种植的小松菜和花椰菜等农作物长势喜人，整片田地水嫩新鲜，充满活力。堤坝一侧和斜坡上未收割的芒草仿佛一道天然屏障，隔绝了内外，此处便成了隐秘的私人场所。类似出入过道的地方有竹帘遮挡，拴在木桩上的白山羊悠悠地吃着草。这地方怎么看都不像是流浪汉的据点，完全是另一个世界。

“这儿只是个菜园吧。不可能有住在这儿的。”

“看样子这是个非法菜园，算是非法用地。”

1　波利尼西亚：太平洋三大岛群之一，包含夏威夷群岛在内。

“是的，虽然自治体[1]明令禁止了私占河边用地，但是没辙，这些地盘太诱人了，可以当作高尔夫练习场，也可以放烟花，还能用来做烧烤场。”

赤堀从小船里站起身，朝着菜园子高喊道：“打扰了！有人吗？”

草丛深处的某个位置飘起的白色雾气清晰可见，应该有人藏在那儿，就是迟迟不肯出来。赤堀不停地叫喊，越喊越大声，直到远处的竹帘微微晃了两下。

“打扰了！有人吗？有些事想向您请教！”

过了会儿，传来阵沙哑的嗓音：“你们是政府派来的吗？”

“我们是在这一带做驱虫工作的！不是什么可疑人物！”

片刻寂静之后，竹帘被掀起，走出一个矮小却结实的老妪。掩映在枯黄的芒草丛中，她那被烈日灼伤的面孔上写满了警惕。凸出的眉骨下一双深邃的眼睛闪烁着锐利的目光。乍一看似乎年逾古稀，而不满杖朝。但就这威风凛凛的气势而言，实际年龄可能还要再大一些。

老妪恶狠狠地盯着笑容可掬的赤堀，用不容置疑的口吻低声啐了句：“身份证呢？”

“啊啊！好的，好的。”

大吉嘀咕道：“小心她向你扔石头哦。”轻轻地把船划向岸边。赤堀探出身子，把打开的卡夹拿到老妪跟前。老妪一面小心地与赤堀保持着距离，一面盯着赤堀的身份证，随即得意地咂了咂嘴：“什么做驱虫工作的！明明就是警察，还不如政府的人呢。”

“啊？我明明都用手指挡住了，你怎么还看得到啊……”

1 自治体：日本的地方事务负责机构，相当于中国的地方政府。

“挡？”老妪细细的双眼略微吊起。

“啊啊，不是不是，我兼职比较多，怕您看花眼，想指给您看来着……”

赤堀大笑着蒙混过关，指了指划桨的大吉：“这位是昆虫咨询公司的代表。怎么说呢，是这样的，因为我们发现了一些奇怪的苍蝇，然后我们就顺着它们的足迹找到了这里……唉，怎么说好呢……对了！老婆婆，您叫什么名字呀？”

老婆婆紧紧盯着大吉，眼神里充满了怀疑，随后又把目光移向赤堀。看得出这位老妪性情甚是刚烈。

“你这是要给我添大麻烦吧。”

“不不不，怎么会给您添麻烦呢。话说您今年收成可真好啊！这几天超市里的卷心菜特别贵，一棵最少也要300日元，而且品质还不如您这儿种的好呢。”

“都是那什么‘生产调整’的蠢规定给折腾出来的。”

“可不是嘛！”赤堀恰到好处地附和了一句。

“那些人太小看消费者了，把消费者当作什么都不懂的窝囊废。而且，种菜有付出才会有回报。你看看我家的菜就知道了。”

老婆婆淡定地指了指她的田地，低声地嘟囔了一句：“浦和富美子。”随即补充道，“先跟你说清楚，我这儿可不是什么乱七八糟苍蝇的源头。苍蝇的源头是那儿。”

富美子婆婆面朝用绳子分割出的边界线，抬了抬她的双下巴。大吉担心小船被水流冲走，紧紧拽着岸边的一大捆芒草。

“那块养山羊的田就是。那老头儿是个新手，说什么要用古时候的方法务农，于是就到处施肥，提着个桶四处撒肥料。真要命。你们听说过‘屎尿肥’吗？”

“嗯，能读这个音的词大概也就只有那个词了……”[1]

“总之是臭得要命。所以后来就接到了很多人的投诉，政府就立马派人来检查。在那之前，政府对我的态度一直是睁一只眼闭一只眼，今年突然就要求我们全部撤走。当时我是这样和他们理论的，我给你演一演……”

富美子婆婆清了清嗓子，把手放在嘴边，有些入戏地高声说道：“‘你们把那个臭老头赶走不就天下太平了吗？连我这样遵纪守法的老年人最后的生存价值你们都要剥夺吗？到底想怎么样啊？’然后接下来我是这么说的……”

老婆婆再一次清了清嗓子，高声说着：“‘老年人的爱好你们也要插手吗？啊？也不想想我们这一辈子缴了多少税？现在退休了，没能力缴税了，国家就要把我们赶走吗？你说话啊！你知道你的薪水是谁给的吗？’”

她越演越入戏，越说越带劲儿，还频繁地变换着站位。四周被芒草簇拥着，活脱脱一个小剧场。

富美子心中似乎没有“非法占地”这个概念。她这场戏的最大看点无非就是痛斥了政府搁置土地不作为，顺带抨击了日本法律是多么没有现实意义，甚至还谈及她小时候参与的集团疏散[2]，真是唾沫横飞且滔滔不绝。看着富美子这副模样，赤堀内心不免有些烦躁，但同时也意识到，也许富美子一直以来都特别孤独吧，特别需要有人陪她说说话。如果她有家人在身边的话，他们肯定不会放任她干这种违法乱纪的事。虽然富美子表面上挺蛮不讲理的，但菜园子是她的“生存价值”这句话也不像

1 日语当中涉及此类的汉语词经常会有一音多词、听者不容易分辨的现象。所以老妪多问一句以确认两人是否听明白。

2 集团疏散：特指第二次世界大战后期日本的学童疏散计划。

是在夸大其词。大吉在一旁早就不胜其烦，赤堀责备地瞪了一眼大吉，同时耐心地附和着富美子。

“话说回来！”赤堀把握着时机顺利地插了一句，“那个在田里养山羊的大爷，莫不是用了一些动物尸体来代替肥料？”

“尸体？”富美子吸了几下鼻子，从围裙的口袋里掏出纸巾擤了擤鼻涕。

“比如说鱼或者这附近能看到的大型鼠之类的。”

富美子扬起一边的嘴角笑了笑，那双骨节分明的手一摆：“把死掉的沼鼠当肥料？不会不会，没这个必要。那个老头自己就像个肥料制造机。”

“那最近有没有发生什么比较可疑的事情？不寻常的怪事也行。”

“你这种问法就有问题了。说到底，不寻常的事每天都在发生。比如町内会的会费不明不白地都被花到哪儿去了。比如老年人的养老金为什么只会少，而且少到像是在杀人。比如公交车为什么都不能准点到站。还有，现在的年轻人为什么都那么愚蠢。整个世界就是怪事的大集合啊，你不觉得吗？”

富美子用讽刺的口吻流水般地倾诉着各种各样的不满，不经意地开始琢磨起赤堀的意图。她一面把白发捋进针织帽，一面观察了一眼赤堀。

“我咋觉得你好像只关心和动物或者昆虫有关的事情啊。”

“果然厉害，真是敏锐！您说得没错。”

“你是想知道这些动物为什么最近会突然举动异常吧？”

老婆婆脸上浮现出一丝冷笑。显然，吊人胃口这件事让她颇有快感。眼前这个面对自己的蛮不讲理毫不示弱的小姑娘，似乎特别合富美子胃口。她稍稍整理了围裙的前围，一本正经地朝着河中心的沙洲扬了扬下巴，说道：“看那边。”

只见河中央芒草丛生，沙洲把水流隔断成两股。赤堀倒吸了一口冷气，为什么自己到现在才发现呢，清晨出门的时候就应该注意到的。今天既不是垃圾回收日，也不是繁殖期，乌鸦的数量却多得异常。沙洲的上空徘徊着一团，黑压压的，像在争夺地盘一般，乌鸦们尖锐凶狠的叫声接连不断。

“那块地是荒川和中川两条河的交汇点，这几天莫名聚集了好多乌鸦。你们要找的东西应该在那里吧。”

赤堀和大吉同时不安地咽了口口水。

“嗯，十有八九是沼鼠尸体吧。我的菜田也被这些乌鸦捣鼓得一团糟，到处都是病死的乌鸦尸体。我早就给保健所打过电话了，三番五次催他们赶紧想办法解决，但总是石沉大海，没有任何反馈。那帮人的办事效率真是‘高’。”

富美子得意扬扬地双手叉着腰，但似乎又有些后悔自己话说得太多：“问完了吧。”她扭头便往回走，慢腾腾地钻回竹帘里。与此同时，赤堀猛地抓住了大吉的手腕。

“走！”

“啧……所以我一开始就说了不想来嘛。咱俩还是按那人说的给保健所打电话就好了，犯不着跑到河中央去吧……更何况，那儿肯定有什么肮脏的动物尸体。”

“那就更应该瞧一瞧了。去视察视察苍蝇的生活，看看它们能不能平安过年。”

“……真是幸福的苍蝇啊，能有前辈这样一位‘慈善家’替它们操心。”

大吉苦笑着松开了方才死拽着的芒草，用力地划着桨，把船驶离岸边。越靠近沙洲，水流速度越快，大吉稳住身体，一点一点把小船停靠在沙洲边。乌鸦注意到了这两个人，顿时腾起一片杀气，大声叫唤着从赤堀两人身边一次又一次飞掠而过。

风向突然变了，吹来一阵腐臭，大量的黑丽蝇嗡嗡嗡地四处乱飞，赤堀不禁打了个寒战。她看了一眼大吉，只见大吉紧张地僵着脸，拽着芒草把船停在岸边。这个沙洲长约五米，宽三米不到。高而繁茂的植物丛生，从外围看不到沙洲的中央。耳边苍蝇的嘈杂程度也非比寻常。

“大吉，你在船上等着吧，我看看就来。”

大吉努力地劝说赤堀别去，他觉得此事不妙。赤堀心里也明白，但她跳下船，用方巾围住口鼻，在后脑勺系了个结。

迈过泥泞，前方杂草纵横，干枯的葛草和蛇头王仿佛一条条交织的铁蒺藜。赤堀踏过杂草丛，拨开比她个子还要高的芒草堆，瞬间愣住了。

在沉积的沙土下，露出了一截趴着的男性尸体，牛高马大，体形壮硕。包围着男人尸体的乌鸦一齐向入侵者回过头，警告般地大叫了起来。成群的苍蝇围绕在尸体头部周围，沙土上爬着几只大得惊人的绿龟，慢吞吞地抬起头，大口大口地咬着男人的身体。

赤堀下意识地捂住了嘴往后退了几步。

“大吉！快报警！！有死人！！！”

“有……有死……有死人？那……那这股臭味就是……”

大吉意识到这阵臭味是人死后的尸臭，不由得一声惨叫，随即便忍不住吐了起来。赤堀也觉得胃里有些翻江倒海，但最终还是克制住了。

男子裸露着上半身，背部在蛆和其他动物的啃蚀下早已血肉模糊。赤堀的视线死死盯在男人的身上，片刻也未曾挪开。突然，她猛一转身，沉着地脱下她的尼龙外套，再度把身体转向尸体，甩着衣裳朝着乌鸦们怒吼：“走开！走开！快滚回你们的老巢！滚！”

赤堀赶走了嚣张的乌鸦，接着又把绿龟一只只扔回了河里。她默默咽了一口口水，朝这个归西的男子挪了半步。

不知是不是那些乌鸦干的好事，尸体裸露的上半身肿胀得厉害，如上了蜡般的白皙平坦的皮肤上遍布着大量黑红色的伤痕，八成是被刚刚那些小动物啃蚀之后留下的创口。这种限制级电影里都不一定会出现的场景，谁看了都难免觉得恶心。赤堀不由得一阵眩晕，一时腿软蹲下身来。不过，从专业的角度来说，这样的死亡现场在秋冬季节也是极少见的，由于气温极低，尸体的腐烂速度比较缓慢，而组织器官的损伤则较为显著。

赤堀低着头用力地深呼吸，尽可能地让氧气进入肺中。

吸气，吐气，吸气，吐气……

心率急剧增快，大脑也有些供血不足。其实，越是新鲜程度高的尸体，面对时就越难保持理智和冷静。她以往打交道的尸体，腐坏程度通常都特别高，在那样“惨烈”的尸体面前，赤堀反而比较容易控制好自己，能够不去想象死者临死前经受的痛苦，从而冷静地去履行自己作为科学家应履行的义务。这具尸体过于鲜活，她实在是做不到。

渐渐稳住了情绪后，赤堀慢慢站起身，并默默告诫自己必须面对，不能示弱，也不能逃避，毕竟这是自己的本职工作。

由于尸体趴着，脸埋在了沙堆里，尚无法判断死者身上有没有其他外伤。赤堀抬起头盯着天，熟悉的嗡嗡声不绝于耳。从数量上看，黑丽蝇无疑是这“沃土”的第一殖民者，但是为什么又会有大头金蝇掺杂其中呢？话说回来，这具尸体又是从哪里漂过来的呢？不，难道是有人故意把尸体遗弃于此地？死因又是什么？从现有的线索能否判断出具体的死亡时间？食尸动物的活动规律是怎样的？围绕着尸体的几种昆虫的组成又是怎么形成的？

尽管赤堀十分仔细地查看了周遭，但这个季节，昆虫纷纷进入冬眠期，再加上沙洲四面环水，被孤立在了河中心，给赤堀的调查带来了一些不利影响，她没能找到太多有利于破案的线索。犯罪现场就在眼前，一贯的搜查方法却都行不通。一想到眼前这名男子在这样的地方悲惨地死去，自己却无能为力，赤堀便十分难过。

她从口袋里掏出手机，下意识地拨了个号码。四声等待音过后，电话接通了。

“能这么一大早来电话的，不是您的话，就是总部要我紧急出警了。”

电话那头的刑警一如既往地言语轻佻。北风迎面呼啸而来，赤堀却无动于衷，只是一直盯着趴在眼前的这名男子。

“岩楯刑警，咱俩又得合作了。”

“什么事？别卖关子，快说。”

“我现在在荒川的河中央，有个人趴在河中央的沙洲上，已经没有生命迹象了。”

“没有生命迹象了？”

“对的，我发现了一具尸体。”

电话的那端一片寂静，赤堀也没有说话，两人沉默了半晌。不久，远处传来了一阵水警的汽笛声。

3

这个叫岩楯祐也的男人按下了手中的打火机，点燃了嘴里叼着的万宝路香烟，急匆匆地使劲儿吸了一口，在尼古丁的刺激下，迟钝的大脑渐渐复苏起来。看来最近他对香烟的渴望不容小觑。岩楯散漫地靠着混凝土墙，一脸满足地沉浸在那苦涩的香烟里。

从他被迫下决心戒烟到现在，也有一个月了。虽说自我欺骗式地戒了一段时间，但最终还是撑不住了。特别是在现在这种情绪焦躁的情况下，他只能依赖尼古丁来让自己镇静。他这样说服自己：就这一根，吸完这最后一根就继续戒烟。

弹了几下烟灰到烟灰缸里，他不经意地抬起头，看到窗玻璃上映出的自己，还是那张熟悉的脸，被风吹得乱糟糟的头发，小而凶狠的双眼，因四季阳光照射而黝黑阴沉的脸庞，全然一副不容置疑的黑道大哥模样。

“算了，没辙！”他想，同时吐了口烟，用手把快要腾到眼里的烟雾拨到一边。他早就不再指望有人能说他看起来温柔亲切，现在看来更是不可能了。

狂风大作，岩楯打了个哆嗦，同时内侧口袋的手机传来一阵短信铃声。这已经是他今天来这里后收到的第三条短信了。他把烟叼到嘴边，拿出手机翻开盖，只见屏幕上写着：“现在正在换衣服。——END”

尽管是在大学宿舍里的吸烟区，大风还是毫不留情地把消毒水和病区的恶臭给吹了过来。岩楯最后吸了口，恋恋不舍地把烟掐灭，刚合上手机，短信立马又来了：“现在正在穿鞋准备出发了。——END”

看来这家伙不仅是笔记狂魔，还成了短信狂魔。有那闲工夫玩手机还不赶紧穿鞋。他心里默默咒骂着这个发短信的男人。说起来，那家伙打字的速度快得简直不合常理，笔记做得又好又快，发短信的速度也叫人吃惊。

岩楯把手机塞进内侧口袋，背着风穿过北区学生宿舍的过道，经过游廊时隔着玻璃看见一个纤弱瘦高的男人正朝这里跑来。是他的好搭档。虽然许久未见，但独特的气质和外形还是跟从前一样，也许比从前更瘦了些，看上去便好像长高了点。可就他 31 岁的年龄而言，额头的发际线实在显得有些可怜。金属框眼镜下一双偏小的三白眼散发着一股神经质的气息，一年到头整天嘴里都含着颗糖，脸颊鼓鼓的，仿佛是借刻意卖萌来向外界掩饰着自己野心的幕后大佬。

鳄川宗吾推开门冲了出来，挂着一脸能驱散满天乌云的灿烂笑容。

“岩楯警部补[1]，好久不见，很是荣幸又能和您一起工作了！这回也还请您多多指教啦！”

鳄川十分热情地抓起岩楯的手，紧紧握住。按这势头，这小子搞不好会激动地拥抱自己，察觉到“危险”的岩楯赶紧敷衍地点了点头，慌忙退后了一步。

“辛苦了，没想到你居然从西高岛平署调到南湾岸署了，我还是刚刚才听说呢。”

1　警部补：日本警察的头衔之一，位居警部之下，巡查部长之上。

“是啊是啊，差不多半年前调来的。那时候的搜查经历已经变成了我人生的宝贵财富。还有和法医昆虫学充满戏剧性的邂逅。”

这已经是他俩的第二次合作了。鳄川有条不紊地从包里抽出平板电脑，滑动了几下屏幕，放到岩楯面前，上面密密麻麻的全是字。从烧焦的尸体肠道中发现的蛆团到追踪凶手的手段，他滔滔不绝地说个不停。即便大风吹起刘海儿，暴露出他可怜的发际线，他也根本没有放在心上，仍不断重复着诸如“自然的法则”一类晦涩诡异的词。

“好了好了，我们还是先回车里吧，实在是太冷了。”

两人从五层楼高的学生宿舍的背阳面走去停车场，一路上鳄川就没停过嘴，从自己调职的原因到后来接手的案件，事无巨细地向岩楯讲个没完。走到学校事务局门口时，一个小个子男人气宇轩昂地从科学中心的后门走了出来，身后跟着一名长发女子，扎着马尾辫，脸色苍白，外表朴实无华。男人身上的白衣仿佛刚刚浆洗过，十分洁净，他有些刻意地挺直腰板，一路疾走。在注意到一旁的岩楯之后，稍稍放慢了脚步，烦躁地抿了抿嘴唇。

“这不是九条医生吗？没想到能在这儿见到您，辛苦了辛苦了。”岩楯笑着打了声招呼。司法解剖法医九条和人故意一脸茫然地稍稍点头回敬。九条和人的脑袋比岩楯还要小一圈，相貌平平，毫无特点的五官用简单的点和线几笔就能在画纸上勾勒出来。

“你是……”

九条故意装作自己根本不记得岩楯是谁，直到身边那位可能是助手的朴实无华的女子低声提醒他：“是刑警先生。”他赶忙清了清嗓子，仿佛是在责备助手不应擅自说多余的话。

用这种无聊透顶的恶作剧来凸显自己身份地位的高贵，这个男人真是让人作呕。岩楯虽然心里这么想，但脸上依旧挂着友善的笑，从备忘本里掏出三四张名片塞到法医手里。

“来，拿好了，给您。这下子我的名片您差不多存了也有10张了吧。在下叫岩栖，是警视厅搜查一课的警部补。请您千万不要再忘了。还有还有，等您集齐20张名片，就可以获得我们警视厅官方吉祥物Peopo君的周边商品呢。”

“我很忙，没时间陪你废话。”

九条面无表情地把名片全部还给了岩栖。

“言归正传，您收到我的留言了吗？当时好像是您助手接的电话。”

“啊！是我接的。”

九条身后的女子有些拘束地举起了手，医生当即犀利地回瞪了一眼，暗示她不要插嘴。

“如果你说的是要求我们把解剖时间推迟半小时，就只为了让你能够旁观解剖过程那段留言，我收到了。你们搜查一课的课长也和我交代过。”

“那您为什么没有推迟解剖时间，还交代解剖室的工作人员把我关在门外，不让我进去？”

“那是当然。”

九条说这句话的声音听着仿佛变声期的青少年，交叉着胳膊神气地抬头看着岩栖。

“如果你们每个人的要求我都一一允诺，那就真的没完没了了。想旁观解剖，还务必请您按时到场。我就这么一点点简单的小要求，强调了无数次的按时到场，你们怎么就做不到呢？真让人费解。你们哪次不是这样？”

“您说得是，您说得是。”岩栖苦笑着举手投降，“那您方不方便跟我说说刚才的解剖结果呀？”

“你觉得我有那闲工夫为你提供这种个人服务？自个儿看报告书去。”

真是话不投机半句多。九条淡淡地行了个注目礼，带着在一旁战战兢兢的助手，推开岩楯和鳄川两人，扬长而去。

“像他这种在精英教育背景下成长起来的名医，肯定不会把我这样的普通人放在眼里。而且他还是个理想主义者，从没有‘破例’可言。相比之下，东芳大学的解剖医生就好相处多了，和这家伙简直完全相反。就算我们不主动要求，那儿的大夫也会把我们叫过去亲自说明报告结果。”

“九条医生看着还挺年轻啊，大概 30 岁？”看着医生远去的背影，鳄川嘀咕道。

两人继续走向停车场。

“很遗憾，其实他和我年纪差不多，都到不惑之年了。别看刚刚气氛好像有些不悦，其实我俩已经打交道很长时间了，只不过他这个人性格有问题，总是喜欢摆出一副‘你是谁，我不认识你’的面孔。”

“怎么说呢……总觉得可以从他身上感受到一些根深蒂固的自卑感。”

鳄川掏出笔记本，一边走路一边记录着刚刚与九条的相遇。岩楯不经意间瞥到笔记本的封皮，看到上面写着的“NO. 1697”，不禁大吃一惊，两眼瞪得老圆。

鳄川学的是犯罪心理学，梦想是成为一名侧写师，这是一种通过犯罪心理学的分析来推断出犯人基本信息的一种职业。他有个习惯，只要发现比较有意思的事情，就会用笔写下来，不然就浑身不自在。据他自己说，字里行间可以流露出人的本质。一直以来，他都坚持这种独特的观点，以此方式不断地挑战着各种各样的疑难案件。鳄川宗吾的包里时刻放着两三本备用笔记本，这已经是个公开的秘密了。但令岩楯没想到的是，一段时间不见，鳄川古怪的个性似乎变本加厉了。

“笔记本上写着的那个‘1697’的数字，是你喜欢的年号，还是什么比较重要的法令颁布的年份……不会是……”

“当然是今年记的笔记数量啦，哪能是什么年份嘛。”鳄川合上笔记本，推了推鼻梁上的金属框架眼镜，继续说，“我刚刚旁观九条医生解剖时，就看他一直不停地训斥助手，也就是刚刚那位女士。真让人瞠目结舌，从头到尾都在埋怨她动作慢，毕竟尸体已经大幅度萎缩了，肯定不好操作，这都是情理之中的。九条医生严厉得有些过分了。”

“和他相处的确挺不容易，不过这就是社会。讨人厌的上司比天上的星星还多，要想在这样的社会里好好混下去，光叹气可不行。”

鳄川憨直地看着岩楯，眼神似乎在感慨活着可真辛苦。

走进停车场，鳄川摁了下手中的遥控钥匙，停在远端的黑色本田雅阁车灯随即闪了两下。岩楯打开车门，刚坐到副驾驶座上，便下意识地把手伸向香烟，幸好最终还是克制住了自己。他缓缓长舒一口气，口袋里的这包烟就像是他专属的便携式镇静剂，如果现在没忍住吸上两口，这一个月的努力岂不就都打水漂了？

“鳄川，有糖吗？给我一颗。不要太甜的。”

“欸，你怎么啦？”

虽然鳄川的语气一如既往地平淡，但脸上却毫不掩饰地洋溢着喜悦，以为发现了志同道合的糖果爱好者。他两眼放光地把手伸到包里，从便利店塑料袋中摸出了好几种糖。逐一介绍过后，他把提神用的糖塞到岩楯手里，心照不宣地点点头。

“我懂的。”

“你懂个啥？”

“哎呀，神经兴奋的时候，身体就会产生对糖分的渴求。想吃糖是人体正在寻求平静的一种表现。”

“我们要再这么优哉游哉地平静下去，犯人都要溜了。”

“不是那种消极的平静啦。大脑会主动发送指令，控制身体冷静而不冲动地去看穿事件的真相。我已经接收到大脑发送过来的指令了，它对这次搜查充满了热情，全力拼了！”

鳄川的糖分摄取量早已不仅仅是为了稳定情绪这么简单了，和我们常说的甜食党相比，鳄川可以说已经达到了病态的深度砂糖中毒。岩楯对搭档的观点不置可否，漫不经心地把糖塞到嘴里，却没想到薄荷味如此浓郁，把他呛得不轻。“咯……咯……你还是跟我讲讲解剖过程吧。”岩楯边咳嗽边说。

鳄川也严肃起来，翻开手中的笔记本。

“刚刚在解剖所的更衣室里简单做了些笔记。死者是一名成年男性，直接死因是被绳状物勒住脖子导致窒息。”

“所以死者是先被人勒死了以后，再扔到河里的？”

“是的，而且甲状软骨全碎了，面部通红且有浮肿。这样的尸体我见过很多具，的确都是颈部被勒而导致的死亡。至于身上的骨折、挫伤和裂伤，根据九条医生的判断，应该是在河中漂流时撞到某些东西造成的。”

“死亡时间呢？”

鳄川从本子上抬起头，摇了摇：“死后僵硬阶段已经过去了，从这点推断，死亡时间应该在 60 个小时以上。”

“这个结果也太笼统了吧。照理说现在这个季节，尸体腐坏程度应该不高，应该更精准一些才是。”

“话虽如此，但蛆对尸体的腐蚀还是给死亡时间测定带来了很大的困难。而且尸体是背着身撞上了河中心的沙洲，从肩背到腰的部分都血肉模糊、惨不忍睹了。”

回想起方才解剖的过程，鳄川不由得有些反胃。不过好在有上次的经验，相比之下这回稍微习惯了一些，至少表面上还能装作波澜不惊。

虽然鳄川讲解得很认真，也很细致，但对于岩楯而言，没能目睹解剖尸体的过程是一次不小的遗憾和打击。尽管嘴里薄荷糖的刺激味道让他有些猝不及防，岩楯还是努力让自己认真地思考起来。关于这次案件，他也早已和上司沟通过，希望以观摩解剖现场作为调查的第一步。一方面，他想把受害者的惨状印刻在脑海里；另一方面，希望通过直面受害者的尸体，感受、捕捉到一种像灵感一般、光看照片不能获取的线索。换言之，对岩楯而言，旁观尸体解剖是追溯犯人在行凶时的感受和情绪的重要手段，但这次他不得不放弃这条路了。

“既然身份不明……那当务之急是得想办法先查清死者身份。”

鳄川合上本子补充道：“万万没想到第一发现者居然是赤堀女士。她闲着没事跑到荒川河心的沙洲去做什么？”

“我看是去捉虫子吧。”

“嗯，我估计也是。”

“像这种死亡时间不明的凶案，无疑是她的主场。话说这么冷的天，为什么还会有那么大量的蛆虫啊？”

在明天的搜查会议开始之前，应该可以拿到正式的解剖报告书。又要开始新一轮的忙碌了……

鳄川转动车钥匙点火，踩油门，飞快地驶出了停车场。

4

岩楯在百合海鸥号沿线的台场站下了车，海风大作，他不得不竖起西服领子御寒。昨天的报纸才说迎来了全年最低温，没想到今天就把全年最低温的纪录给刷新了，也许是因为今年的冬天有些晚。岩楯蜷缩着身子默默走在寒风里，穿过南湾岸署的大门，走进升降梯。

五楼电梯门一打开，映入眼帘的便是墙上的一张半切[1]纸，上面用毛笔写着“荒川尸体遗弃杀人事件搜查总部”。

岩楯朝会议室大门走去，在走廊上看到几张熟悉的面孔，一路点头问好。走到门口，他伸着脑袋窥探着会议室，只见里头摆着一张长桌，白板上密密麻麻地贴满了地图和照片，放映机、电脑和显示器等器材也都已经就位。按座位数量估计，等人都到齐后应该有 20 个左右，已经就座的几名侦查员都在窃窃私语。

愣在门口挡着道的岩楯被身后的人群推了一把，便被拥进了会议室。他刚一露脸就听见有人大喊：“岩楯刑警！我在这儿！嗨！快来这儿！”

在场所有人的目光纷纷投向窗边。岩楯透过人群的间隙隐约看到一

1　半切：日本的纸张大小计量单位之一，类似中国四开纸的概念。半切纸的大小约为 356mmx432mm。

个熟悉的身影。身着灰色连帽衫和破洞牛仔裤的赤堀正踮着脚尖努力地朝他挥着手。一根过短的马尾辫，一脸不合时宜的灿烂笑容。好家伙，就凭她这身随意的打扮，哪怕是化成灰，岩楯也认得出来。

“我提前来给你们占座了，鳄鱼君的也占了哟！”

赤堀身边的鳄川正无地自容且害臊地缩在一旁，此时此刻，世界上大概没有人能比岩楯更能理解鳄川的感受了，毕竟他已经不止一次遭受过这种“羞耻”了。

岩楯急忙走向赤堀所在窗边的座位，略显慌张地坐下，压着嗓子说：“拜托你注意一下场合啊！这又不是赏花大会，别这么随意。”

“坐在窗边可以看到大海，多好呀。南湾岸署的办公环境真是太惬意了！”

“行行行，总之你现在先乖乖给我闭上嘴巴。”

“什么？你居然敢命令我！”赤堀生气地说。岩楯竖起食指对着她“嘘”了一声，示意她别说话。

几位领导迈着庄严的步子从会议室前门走了进来。继署长和管理官之后，岩楯的直属上司——搜查一课课长也身姿挺拔地出现在视野中。一身深灰色的西服十分得体，黑白相间的短发按三七分梳理得十分妥帖。所有的一切都与平日里没有什么差别，直到台上愁眉苦脸地抱着胳膊的课长突然看向岩楯说：“别忘了赤堀是你的部下，给我认真管好了。”

岩楯一惊：难道调查还没开始赤堀就已经闯祸了？

于是他赶忙转头问她是怎么回事，赤堀面无惧色地答道：“我只是和大家打了个招呼而已啊。”看样子，赤堀好像和领导一个个地打了照面，但事情肯定不仅仅是“打了个招呼”那么简单。唉，昨天就应该提前警告她不要轻举妄动的，现在真是悔不当初。

就过去的办案成果而言，在法医昆虫学这个领域，领导们对她是赞许有加的。但除此之外，赤堀的行为举止似乎超出了一般人类的理解范围，即便在岩楯看来，赤堀的很多行为也叫人摸不着头脑，但不知为什么，他不知不觉地就成了赤堀的“专职保姆”。

他在台下再三地叮嘱赤堀不要口无遮拦，台上担任会议主持的搜查一课课长在一阵简短的问候之后感叹：“这儿有点闷热啊。”说着松了松他那别致的小花纹领带，开始进入正题。

“11 月 12 日星期二，也就是昨天清晨 6 点 50 分左右，在江户川区清新町一丁目[1]附近，荒川和中川交汇处的沙洲上发现了一具非正常死亡的尸体，大约是在距离东西线大桥 400 米的下游地区。”课长拿教鞭敲了敲贴在白板上的地图，差不多指在分流栅中断的河口附近。岩楯拿笔在资料上画了个红圈，鳄川在平板电脑的地图上做了个标记后，开始飞速地记笔记。

“该沙洲是由大量的细沙和小石块堆积而成。除了涨潮，一年四季都裸露在外。尸体的第一发现者是受江户川区委托进行除虫的‘大吉昆虫咨询’的代表人辻冈大吉，30 岁。还有当时前去帮忙的法医昆虫学博士赤堀凉子副教授，36 岁。据称因为在一种叫‘陷阱筒’的装置中发现了苍蝇，心中生疑便搜查了周边，然后才发现了尸体。”

预料到自己身边的赤堀肯定会兴奋地想举手把她的功劳昭告天下，岩楯赶紧死死地握紧了她的双手手腕。

“昨天进行了尸体的司法解剖。根据解剖医生的报告，死者甲状软骨骨折，眼球出血，头部充血严重，面部红肿，从而得出结论：死因是脖子被勒导致窒息。”

---

1 丁目：日本的街道单位，类似中国的胡同、巷、街。

“被害人的身份知道吗？”看起来和蔼慈祥的老署长问道。

“尚不知晓。据推测应该是三四十岁的男性，身高170厘米，体重87千克，体形较肥硕。右耳有两个耳洞，左耳有三个。身上只有一条尼龙长裤和内裤，上身裸露。口袋里发现了一双厚棉手套、一把一字形螺丝刀，都是量贩店在售的便宜货。”

“随身携带着螺丝刀吗？这的确是条有用的线索。”

“是的，这把大型螺丝刀有多次使用的痕迹，也许可以由此推测出死者的身份。”

课长看向鉴定课负责人，那人默契地点了点头，接过话筒，指了指白板上贴着的红柄螺丝刀的照片。这款螺丝刀的金属刀身较长，有普通铅笔般粗细。

“一字形螺丝刀通常分为三类。第一类就是大家所熟知的日常生活中用于拧螺丝的普通螺丝刀。第二类是一体柄螺丝刀，这种螺丝刀的金属刀身贯穿了手柄部分，比较牢固，常配合锤子使用。第三类螺丝刀，也就是死者身上这种，又叫割柄螺丝刀，和其他两种的使用方式有些不同，比较特殊。”

鉴定课负责人翻了翻手中的文件，再次把嘴凑近话筒：“简单来说，这种螺丝刀十分牢靠，在许多需要用力的操作中都是不可或缺的。在金属加工厂和石材厂的凿碎工序中也会使用该种螺丝刀，但主要还是在汽车和自行车维修厂中使用较多。根据我们的调查，已经证实在汽车悬架装置的维修中，这种割柄螺丝刀是必需品。”

“所以死者有可能是一名技师……”鳄川小声自言自语地记着笔记。赤堀瞪着她那双微微下垂的大圆眼，死死盯着贴在白板上的死者照片。岩楯翻阅着搜查资料，视线停留在趴在沙洲上的被害人尸体上。面部彻底被埋在沙土里，右手像是试图抓住什么一般向前伸着，越发让人觉得凄惨。裸露的后背上遍体鳞伤，伤口处数不清的蛆虫争先恐后地聚集一团又一团，惨不忍睹。腐烂的皮肤加上成群的蛆虫，这画面实在太过鲜明刺激，反而让人觉得不够真实。岩楯把所有的解剖照片浏览了一遍，发现光看照片果然无法体会到凶手行凶时的情绪和感受。他瞪着尸体白色混浊的眼睛里稀稀落落的几个血点看了半天，还是一点头绪都没有。他无奈地用手蹭蹭脸，继续听着课长的发言。

“在死者的支气管和肺部发现了许多细沙和硅藻一类的小颗粒，由此推断死者是随着水流漂到尸体发现现场的。沙洲并不是抛尸现场。”

“也就是说，死者是被勒死之后扔到河里的。”管理官说。

“是的。通常从水里打捞出的尸体都会有些浮肿，加之本案的被害人是被勒死的，浮肿现象更加严重，所以无法从外貌查明死者的身份。其身上没有病兆和手术后的伤痕，据观察，被害人的牙齿有接受过牙科治疗的痕迹，但也是很久很久以前留下的。”

“也就是说，除了知道死者是一名体态肥硕的男性以外，没有其他任何可以追溯其身份的线索了，是吗？”

“也不是完全没有线索。”课长面露难色，有些犹豫，“被害人的左手腕上有类似文身的痕迹。”

“类似？”

课长点点头，随后拿出一张照片贴到白板上。和背部一样，尸体手腕处也被蛆腐蚀得相当严重，但若仔细观察，能看见一些若隐若现的黑蓝色的点和线条，面积较小，长宽不超过10厘米，已经看不清具体图案，都是些支离破碎的痕迹。

“由于蛆虫和一些其他生物造成的损伤，要判断具体的文身图案十分困难。鉴定课已经开始图形分析了，但能在多大程度上复原这个图案还是未知数。大家还是不要抱有太高期待。”

台上的领导们一个个阴沉着脸。

“药物和毒药检查结果均为阴性，也没有检测出酒精残留。我们现在还在调查核对近期收到的关于人口失踪的报案。”

之后，课长在对调查计划和调查方向做了非常详尽的阐释后，又把话筒递给了署长。署长下令，先从螺丝刀下手，开展问询和调查，在荒川附近寻找相关情报的目击者。根据现有的线索和情报，能做的也就只有这些了。

“大家还有什么问题吗？”白发苍苍的署长问道。

突然，他好像想起了些什么，喜笑颜开地打开了话筒的开关：“补充一下，这次搜查，法医昆虫学的专家赤堀副教授也会加入我们。相信大家已经听说过她了，之前板桥和葛西的案子，她可是立了大功啊。”

赤堀向署长报以微笑，起身行了个大礼：“各位侦查员，大家好。初次见面，我是赤堀凉子。‘有疑问就不能放过，无论有什么疑问都要赶紧行动。’让我们一起成为有趣幽默、让老百姓都喜欢的阳光警察吧！请多指教！”

她这一段逻辑混乱、不知所云的自我介绍，让现场气氛尴尬得不行，仿佛冬天的大冰窖，全场只有赤堀和署长两个人开怀大笑。而身边的鳄川居然一五一十地把赤堀的自我介绍也记到笔记里了，岩楯看得目瞪口呆。

“哎呀，赤堀老师说得太对了！”署长用力地鼓了鼓掌，“你这种对工作的热忱我们十分欢迎！对了，我也开始对法医昆虫学感兴趣了，希望这次也能有机会仔细拜读你写的报告书。哎呀，生物圈的组成真是缜密合理啊。”

“是啊，和人类比起来，其他生物都是忠实于自己的本能的，不会受到杂念和欲望的影响。”

“对对对，没想到你还能通过蛆的生长程度判断死亡日期，真是让人大吃一惊。和实际结果一对比，误差居然只有几个小时而已。”

署长探着身子，眼里闪着光，看来他真的对法医昆虫学非常感兴趣。赤堀环顾了一眼会议室里侦查员们的表情，大笑着举起手问：“刚刚心里在想‘法医昆虫学是什么鬼啊？’的人把手举起来！”

只有零星的几个人举了手，鳄川见状便决定捧捧场，猛地把手举得老高。比起法医昆虫学，侦查员们反而对这个莫名其妙的女人更感兴趣。大家又一如既往地开始窃窃私语，互相使眼色。

赤堀将拳头放在嘴边，咳了两声，清了清嗓子，一边比画一边说：“就像刚刚署长说的，通过蛆的成长推断出的死亡时间，那是相当准确靠谱的。毕竟昆虫才是物质循环的主角。苍蝇只要闻到了尸臭，一定会在10分钟之内飞到尸臭的源头，比其他任何生物来得都要早。”

“原来如此！”署长连连点了几下头。

“黑丽蝇的发育时长约是12天，12天之后结成蛹，再过17天就生长为成虫了。只要理解了这个循环过程，就可以根据蛆的蜕皮周期计算出时间。”

“我记得是叫作‘ADH’是吧？”

“对的，署长！”

赤堀高兴地拍了下手，冷不丁地突然向正在疯狂记笔记的鳄川发问：“好，鳄川刑警，请问ADH是什么呢？”

鳄川毫不畏缩地抬起头，流利地回答道：“把人工养殖的蛆的成长时间与实际尸体被发现时的场景相匹配进行修正。也就是说，把时间与温度相乘得到的乘积就叫作ADH。”

随后他骄傲地看了一眼岩楯，仿佛在嘚瑟地说：“这不过是基本常识而已。”

没想到鳄川连这样复杂的定义都能一五一十地背下来，岩楯突然有了些危机感。总之，他还是朝鳄川微微点了点头，以示表扬。

“在尸源性昆虫、甲虫、蜘蛛或者微生物一类进入食物网后，该食物网才会逐渐丰富起来。这层关联确立了自然界的许多秩序。所以，虫的行为只要出现了异常，就意味着有一些外部因素参与其中。这些生物不会因为一时兴起就离开自己的领地。所以，犯罪现场的诸类生物形成的生态圈，是与凶手直接相关联的重要证据。”

“真的能到直接和凶手相关联的程度吗？”会议室中央有个礼貌的声音向她提问道。

“虫子虽然随处可见，但它们其实只是在很小的范围内维持着生态圈的平衡。犯人在遗弃尸体时，通常都会选择不易被人发现的地点，比如埋到深山里，对吧？如果要遗弃尸体的地点是犯人原本就熟知的地点，那他就会直接前往该地，不会绕远路。这样一来，受他这个外来者的影响所导致的昆虫的异常行为也会降到最少，从而就可以判断出犯人是一个对当地十分熟悉的人。”

“昆虫的异常行为吗？我有点听不明白。”

“举个例子吧，是我在夏威夷留学期间发生的事情。某个杂木林中发现了一具已经腐烂的尸体。尸体上的虫的种类和组成没有异常之处，但在林子里发现了四分五裂的蝴蝶尸体。首先，蝴蝶并不是尸源性昆虫，而且不知为什么还被撕得四分五裂了。当地的法医昆虫学家在看到这一幕后，推测出犯人搬运尸体的时候穿过了附近的一片甘蔗田。”

满屋子的侦查员都饶有兴趣地听着赤堀的发言。

“怎么说？”

“当时夏威夷为了解决甘蔗田的虫害问题，引入了南美巨蛙。这些南美巨蛙为了避开自己的天敌——鸟类和爬行类动物，便躲在甘蔗田里悠哉地过日子，毕竟甘蔗田到处是它们喜欢吃的虫子。后来，甘蔗田里密密麻麻地住满了巨蛙，一不留神就会踩到。万一不小心踩着这些巨蛙，它们就会呱的一声大叫，然后喷出毒液伤人，实在是棘手。”

赤堀描述的画面的确有些恶心，她还顺带向众人仔细介绍了南美巨蛙的具体特征。会议室里响起了零零碎碎的几声轻叹。坐在岩楯右手边的鳄川行云流水般不停地动着笔，时而焦急又粗暴地翻个页，继续记笔记。

“甘蔗田里的甘蔗比人还高，所以犯人认为此地较为隐蔽，而且甘蔗田后方的森林更是人迹罕至。于是犯人就计划在深夜搬运尸体穿过甘蔗田，遗弃到林中，结果惊扰了田间的蝴蝶。在南美巨蛙这样的夜行性动物看来，蝴蝶可是一道不容错过的美餐，于是本能地开始追食蝴蝶，一直追到杂木林附近，抓住蝴蝶，准备好好饱餐一顿。但林子里有蛇和蜥蜴，这些可都是巨蛙的天敌。螳螂捕蝉，黄雀在后，南美巨蛙还没享受完晚餐，就被其他动物一口吃掉了。所以地上就留下了七零八落的蝴蝶尸体。”

“所以犯人是对当地十分熟悉的人，对吗？”

“没错，因为‘昆虫的异动’只有四分五裂的蝴蝶尸体这一种现象。从这点来推断，首先，犯人很有可能是不知晓田里有巨蛙且对农业十分不了解的人，如果犯人是当地的农夫，他肯定不会半夜去大闹田地，毕竟打乱了田间的生态系统是会影响收成的。其次，只有当地人才清楚在甘蔗田的前方有片杂木林。所以，定居在当地且不从事农业活动的人就显得十分可疑了。后来经调查，发现凶手是住在附近别墅里的一名作家。你们看，仅仅由几片蝴蝶尸体，就推测出了事件大致的经过。所以，我们现在这种对现场的生态系统没有半点关心的搜查态度是非常不科学的。”

“如此看来，科学搜查法的发展真的十分惊人了。”方才一直仔细听着赤堀发言的搜查一课课长打开话筒，用一种完全不带有任何感情色彩的语气淡淡地低声说道。

“对对对，发展可快了。明明很多其他领域的专业知识都作为法医学层面上解决问题的有效手段在蓬勃发展，比如毒药学、法医病理学、血痕分析、DNA、弹道学等，但不知道为什么就只有昆虫学始终没能用于实践。可能是因为很多人单纯地认为昆虫就只是腐烂的前兆，心里抵触吧。简单来说就是因为生理上觉得恶心，所以不愿讨论。”赤堀满面笑容，直截了当地说。会议室刹那间鸦雀无声，只听得见被海风吹着的窗子嘎吱嘎吱地响个不停。

虽说法医昆虫学已经被接纳为搜查的一部分了，但实际上并不怎么被人看好。到目前为止，借助法医昆虫学之力破获的案子就只有两件，说是偶然也不为过。不过，只要是和赤堀扯上关系的人，价值观都会奇迹般地被慢慢改变，即便是平时总持否定意见的课长也不会例外。刚刚他和赤堀的对话，在岩楯看来只不过是一场为了让众人加深对法医昆虫学的印象的表演。

搜查一课课长再次拿起话筒：“这回，既然赤堀老师是尸体的第一发现人，想必在看过现场之后，一定找到了能与凶手直接相关联的证据了吧？看你自信满满的，想必是有头绪了。”

“完全没有。”赤堀摆摆手，完全没有判断挖苦和讽刺的细胞，“不是有条规矩吗？‘除非发生迫不得已的情况，不然不能肆意私闯犯罪现场。’我还是很遵纪守法的。”

“赤堀老师，是‘随意’，不是‘肆意’。”鳄川赶忙地纠正了她。

“欸？是这样吗？哎呀，总之，《犯罪搜查规范》第八十六条写着要保护现场，除了赶走乌鸦和绿龟，我什么都没干。毕竟我只是一个昆虫专家，没有权限去做现场取证嘛。”

话语间爽快地夹杂着许多尖锐批判的赤堀，在和搜查一课课长对视一眼后，一齐大笑了起来。笑声经久不息，实在是让人毛骨悚然。

“不过，我还是发现了一些‘昆虫的预兆’，昨天也一直在思考这个问题。”

“哦？请务必说来听听。”署长双手交叉放在桌上。

“荒川的下游正在进行摇蚊的驱除工作，我们在捕捉摇蚊的陷阱筒里意外发现了两种苍蝇——黑丽蝇和大头金蝇。的确，无论哪一种苍蝇都是尸源性动物，都是案发现场的常客。”

鳄川一边飞快地记着笔记，一边在平板电脑上搜出了两种苍蝇的图片。砖红色复眼，暗淡的铜绿色身子的是大头金蝇。他下意识地想。自从和赤堀一起工作，他便学会了如何一眼就分辨出苍蝇的种类。

“黑丽蝇喜欢寒冷的环境，所以它们的出现是合乎情理的。但大头金蝇基本上只在夏天出没，居然在天寒地冻的大冷天里，稀稀落落地飞到室外产卵，这绝对是闻所未闻的。”

“也就是说，它们的出现是由其他原因造成的？”岩楯看着图片小声嘀咕着。

赤堀点了点头：“解剖医生推测的被害人死亡时间是大于 60 个小时。恕我直言，这种说法和不知道被害人是什么时候死的没什么区别。但是，只要把大头金蝇产卵以及孵化所需的外界条件做个调查分析，就很可能可以测算出死者漂到沙洲的具体时间。”

戴着一副老式眼镜的署长正认认真真地做着笔记，从侦查员的神情来看，他们似乎也能够接受赤堀的说法。

“但我不太能理解为什么死者身上有如此严重的外伤。”赤堀盯着白板上贴着的一张现场照片说，“遭蛆虫腐蚀的外伤实在是太多了，明明尸体的腐烂程度还很低，从这点看，蛆的食欲似乎有些过于旺盛。”

“老师您不是也看过现场了吗？当时乌鸦不也在疯狂地撕咬着死者嘛，这些外伤难道不是它们造成的？”课长诧异地说。

“乌鸦、乌龟以及鱼类的咬痕非常容易辨别，一目了然。正如解剖报告所述，死者身上大多数的伤都是由蛆的腐蚀造成的。”

“明白。”课长依旧面无表情地结束了对话。但赤堀歪了歪头仍继续说：“果然还是有些异常。”

确实，和夏天不同，尸体在冬天腐烂进程会比较缓慢，因而受到的外部损伤也会比较小。但现在，既不知道死者是什么时候被杀害的，也不知道尸体是从哪里漂来沙洲的，所有一切都还是云里雾里，模棱两可，今后的搜查范围说不定还会越来越广。

岩楯摊开夹在资料里的地图，指尖挪到用红圈标记的沙洲。沙洲在荒川的下游，正好在与蜿蜒北折的中川的交汇点上，死者有可能是从荒川的上游漂过来的，也有可能是沿着中川顺流而下。岩楯一次又一次地在地图上比画着，发现从隅田川漂过来也不是不可能，虽然距离有些远，但考虑到当地十分复杂的水流，这个说法也完全站得住脚。

最麻烦的地方应该是这里吧：岩楯的手指沿着葛西临海公园一路滑到一片水蓝色的区域——东京湾。他隐约记得曾经听说有尸体从大海漂到河流出海口附近的案例。搜查总部现阶段的搜查都集中在荒川和中川流域，但水流可不是永远只从上游流往下游。

会议一结束，各个小组立即开始进行工作部署。岩楯仍聚精会神地钻研着搜查资料，直到身后有人拍了拍他的肩膀：“岩楯刑警，我要回去啦，还有什么要交代的吗？”赤堀穿着尼龙运动夹克，脖子上围着格子花纹围巾，套上了卫衣的帽子，已经戴好自行车头盔，正笑容满面地和同组的侦查员点头示意着。

“暂时没有，我开车送你回去，再等我一小会儿。这大冷天的，你该不会想骑自行车回去吧？真是绝了……”

“不用送，学校就在池之上[1]，从这儿过去大约只有14公里。骑车过去是耗时最少的。乘有轨电车得花四五十分钟，汽车如果碰上堵车估计也得40分钟以上。骑自行车就只要35分钟就到啦！”

“时速24公里。”一旁鳄川马上算出了结果，喃喃自语道。

“没想到你是这种连短短几分钟都要斤斤计较的性格，以前还真没看出来。”

赤堀套上厚棉手套，合上掌说：“科学警察研究所[2]中午前已经把尸体身上的蛆送过来了，可不能让它们久等。我走啦，拜拜。”昆虫学博士向大家敬了个礼后转过身，啪嗒啪嗒地跑出了会议室。

---

1 池之上：位于东京都世田谷区。

2 科学警察研究所：隶属于日本警视厅，是为推进犯罪搜查进行科学研究的研究所，工作内容包括画像解析、声纹及声音分析、化学分析、生物学研究等。

5

岩楯透过半开着的破烂不堪的鼠灰色卷帘门仔细观察着这个工厂。耳边切割金属的声响十分尖锐，震得鼓膜生疼，头昏脑涨。他捂住耳朵，一边小心翼翼地避开地上那些浮着油的水洼，一边朝着工厂里头大喊着。

狭小的工厂一眼望去是一片暗沉的浅墨色，四处沾满了浊黑色的油点和细铁屑。随处可见的还有生锈的链条和滑轮，胡乱塞在木箱里的旧零件，使用多年的大型器材。垂悬在天花板上的灯泡显得格外惹眼，给人一种复古伤怀的情感氛围。一位形象与萧条小工厂十分相符的无精打采的老人正一心一意地研磨着手头的气缸盖。

为了盖过工厂的噪声，站在门口的岩楯再一次提高了音量喊道："您好！请问可以耽误您一点时间吗？"

老人依旧没有注意到门口的喊声，岩楯回头向鳄川使了个眼色，两人一起走进了工厂。四处弥漫着机油燃烧的臭味，虽然布满灰尘的几扇窗子是开着的，但感觉不到丝毫空气的流通。厂房内实在是太喧嚣了，但出于礼貌，两人还是勉强克制住了捂耳朵的冲动。老人不经意地抬起了头，两人四目相对。

岩楯连连点头致意，从内侧口袋中掏出警察证表明自己的身份，老人才关上了那台噪声不断的大机器，用脖颈上挂着的熏黑的毛巾擦了擦脸。

“不好意思，打扰您工作了。”

“哪里的话，这还是我头一回见到活生生的刑警呢，稀奇得很。”

老人六七十岁，像被鞣制过的黝黑肌肤表面布满了白斑，可能是工作原因造成的，脸上沟壑纵横，头上盖着一顶磨破的棒球帽，帽檐下露出几根银灰色的发丝。

“到现在为止你们走了几家工厂？”

“加上您这儿一共五家。有些事情想向您打听。说起来，这工厂看上去有些年头了，什么时候开始经营的？”

岩楯环顾着四周，老人从工装裤的口袋里取出一根烟点上，也礼貌地问问两位警察抽不抽。岩楯赶忙缩回下意识伸在半空中的手，礼貌地谢绝了。这种“尼古丁的突袭”总是让试图戒烟的他备感困扰。

老人老练地吸着烟，颇有气势地把烟雾吐向天花板：“差不多 50 年了。从我 21 岁的时候就开始了。”

“您这厂好像不是做汽车维修的，角落里那台引擎我从没见过。”

岩楯指了指边上那台四四方方的铁疙瘩。老人兴奋地笑出了声：“警察先生也喜欢汽车吗？”

“是啊，我们那年代可流行超级跑车了，我曾经还憧憬长大做一名赛车手或者机械师呢。”

“噢，原来是这样。”老人说，“我这里啊，是专门负责引擎的工厂，我是一名汽油工。”

“汽油是指汽油引擎吗？”

“对，没错。无论是汽车、摩托还是轮船，从大型机械到农作机械，只要是靠引擎驱动的我都能修。对了，你说的那台……”老人朝着那团铁疙瘩抬了抬下巴，“那台是昭和中期[1]制造的家用发电机的引擎。以前地震的时候不是总停水停电嘛，家家户户就只能指望它。虽然平日里一直尘封在小仓库中，落满了灰，但关键时刻还是派上了大用场，从井里打水、给避难所供电之类的都得靠它。东北部的一些农家来拜托我修理了好几台，这已经是第四台了。”

“能理解，如果是我，肯定也希望能把它修好了留在家里。”鳄川记着笔记，正经地嘟囔道。

“现在这年头，大家都不懂得爱惜东西，用完就扔。不过的确，如今做工比过去好多了，而且与其修理完再如履薄冰地小心使用，还不如直接买新的划算。还有一些什么乱七八糟的环保规定也净来找麻烦……总而言之，托他们的福，我们这行一个个都快下岗了。”上了年纪的修理工眯着眼，漫不经心地吐了口烟，把烟蒂丢进装了水的空罐子，“话说回来，你们调查的是荒川那具浮尸吗？我前些日子就看到报道了。”

“对，是那个案子。”

岩楯说着朝鳄川使了个眼色，鳄川会意，从鼓鼓的资料袋里抽出一张照片递给老人，是那把红色手柄的一字形大螺丝刀的照片：“我们现在正在寻找这把螺丝刀的主人。”

“哎哟，这可不是易事。”

老人用已经变黑且损伤的指甲在照片上沿着螺丝刀描画着，双眼瞪得老大，额头上蛇腹般的皱纹又多了几条。

“您这儿也有这种割柄螺丝刀吗？”

“嗯，有的。你看那儿。”老人的视线移向木箱，乱七八糟的工具堆

1　昭和时代从1926年12月25日延续至1989年1月7日。

中，有一把十分相像的，“几乎所有的修理厂都配有这种螺丝刀。”

“我们也是这样听说的。”

“仅靠这么一把螺丝刀就想找到人？警察先生，你们没在开玩笑吧？”

“我们从不开玩笑。”

岩楯的回答惹得老人捧腹大笑：“哈哈哈，你这人，你这人有趣！我知道你们的确很认真地在追查，但说实话，这种螺丝刀真是一点儿也不罕见，遍地都是。”

“听说汽车悬架装置的安装过程也少不了这种螺丝刀？”

“没错是没错，但也不尽然。比起安装汽车悬架装置，这种工具在其他地方的用途要多得多，比如调整和清洁……”

清洁？鳄川停下了手中的笔，疑惑地抬起头。见状，老人起身走向平面研磨机上的气缸，用骨节分明的手指抚摩着像肋骨一般不平整的一条条凹槽，说：“比如清洁这种细槽里的油渣，或者清洁齿轮的间隙。这类操作基本上都只能靠人工处理，所以通常会挑选一些方便耐用的工具。其他工厂的人难道没告诉你们吗？”

确实被他说中了，工人都普遍反馈说这种螺丝刀通常用于干杂活儿，比如用作搬运铁板的杠杆，或者给机械一类的用具除锈。

“而且这种类型的螺丝刀，不仅仅是修车厂在用，比如纺织厂、印刷厂、电器商店、食品加工厂、便当厂，还有其他好多工厂都在使用。”

“便当厂也用吗？”

“对啊，只要是机械化工厂，有需要维护的设备，那就都能用到。我以前修理过纺织工厂的缝纫机，缝纫机上几百根钩针排成一列，要微调钩针的朝向时就得靠它了。”老人用手指弹了弹照片说道。

“所以说，几乎市场上的所有商品都离不开这种螺丝刀吗？好比说，即便是不起眼的一支铅笔、一块橡皮擦，要是没有机械化工厂就无法批量生产，所以就连铅笔厂、橡皮擦厂也有可能是这把螺丝刀的来源？”

“很遗憾，就是这么回事。”老人说着把照片递还给了鳄川，脸上洋溢着一丝藏不住的愉悦。

岩楯略显焦虑地搓了搓脸，继续问道：“好吧，那最后一个问题。您认识的男性当中，有没有年纪在 25 岁到 35 岁，身高 170 厘米上下，体重 90 千克左右的？如果是左前臂有文身、日常工作会使用到割柄螺丝刀的壮汉那就更好了。”

岩楯仿佛已经开始自暴自弃。老修理工哈哈哈大笑起来：“会用割柄螺丝刀、爱好木匠活儿的大胖子吗？整个江户川区，这种人有十来万吧。政府最近好像要出台什么文身禁令，有文身的人估计稍微少点儿。我刚刚也说了，割柄螺丝刀这条线索派不上大用场的，除非有什么我也没听说过的特殊使用方法。”

走访了多家小工厂，打听到唯一有用的消息就是这种螺丝刀用途非常广……也没有获得什么比较值得研究的线索。岩楯心里对这种浪费时间的搜查模式充满了怀疑，怎么想都觉得不合理。

两人向老人致谢后回到停在门口的本田雅阁中。坐在驾驶座上的鳄川麻利地铺开地图，在已经调查过的工厂旁边标记上“已确认”。岩楯拿起一颗刚从搭档那儿拿的糖塞到嘴里，翻阅起了搜查资料。作为全案目前唯一线索的螺丝刀，却是早在十五年前就出现在市面上的畅销货，产量也高得离谱，全国各地随处可以买到。所以也不能指望用筛查买家的方式查出被害人身份……

岩楯对着螺丝刀的照片出神。刀身上到处是细碎的伤痕，应该被使用过一段时间了。根据科学警察研究所的分析报告，金属部分的前段已经扁瘪，磨损相当严重，而且这种程度的磨损不像是只靠平日里转转螺丝这类温和的操作就能造成的，更像是撬了什么东西之后留下的痕迹。如果真是这样的话，诚如方才老修理工所言，需调查的范围的确大得吓人。

岩楯正反反复复地看着受害人为数不多的随身物品和衣服的照片，却被鳄川伸到自己面前的平板电脑打断了思路。

“看，这是江户川区的所有维修工厂。”

代表维修工厂的小红点密密麻麻的，满屏幕都是。岩楯不由得一哆嗦，难以置信地盯着屏幕愣了半晌。

“问你个问题。”

“您说。”

“这些红点点，全都是汽车工厂吗？”

“是啊。而且这些还是把咱们原定需要搜查的工厂全部排除掉以后的数量。包含有资格承包车辆年检的工厂以及无资格年检的工厂，还有连锁店，有将近2000家。毕竟二手车贩卖店、外装涂装工厂，还有轮胎贩卖店等，基本上都有车辆维修的服务，所以加起来就特别多。”

“2000家……为什么这么多啊？最近新闻不总说现在年轻人不愿意开车吗？到底为什么需要这么多汽车工厂啊？”

“媒体总爱用‘现在年轻人不喜欢……’这样的标题，现在年轻人不喜欢买房子，现在年轻人不喜欢结婚、不喜欢下馆子、不喜欢转正、不喜欢恋爱……那年轻人到底喜欢什么啊？真是的。”鳄川一脸严肃地用中指推了推眼镜，“原本这一带就有不少维修厂，如果算上刚刚那位老人说的其他乱七八糟的工厂，就更多了。”

“把荒川、中川、隅田川沿岸区域全部算上去有多少？”看着鳄川麻利地开始迅速地检索起江户川区以外的情况，岩楯慌忙伸手挡住了屏幕：“好了好了，我知道了。你你……你一会儿把那些数据抄到本子里吧。等我状态好一些的时候再看。”

“明白。唉，要想缩小搜查范围，怎么就这么难？”

“毕竟咱们连尸体是从哪里漂来的都还不知道呢。”

“是啊，在水流的解析报告出来之前，肯定是弄不明白的。”

看着鳄川把平板电脑放进车门边的收纳袋，岩楯方才长舒了一口气。鳄川往嘴里送了颗糖，脸颊鼓了起来。

“你觉得死者身上的那把螺丝刀是怎么一回事？”岩楯问道。

“使用过的痕迹还是比较明显，所以这把螺丝刀应该和死者从事的职业有关。随身物品中除了螺丝刀，还有一副厚棉手套。估计被害人是工匠或者某种行业的手艺人吧。”

“工匠或者手艺人吗？”

岩楯回头看向身后的引擎修理厂。里头传出一阵阵闷沉的金属声，依旧刺耳，看来老人似乎又开始继续研磨气缸了。这时，他的脑海里又浮现出年老的修理工所说的“割柄螺丝刀这条线索派不上大用场”。

对于岩楯这样的门外汉来说，这样的螺丝刀的确显得很稀奇，但实际上却随处可见，再普通不过。除非死者是把它用于什么特殊用途，否则根本算不上一条有用的线索。

正当他抱着胳膊苦思冥想之际，鳄川合上笔记本，发动了汽车引擎：“岩楯警部补您有什么想法吗？我才意识到这回都没怎么听您谈及自己的推断。”

“不是我不谈，而是这次真的推断不出什么东西，可以说是一点头绪也没有。”

“但至少想法还是有的吧？”

“胡思乱想倒是有一些。”

“还务必请您谈谈。”鳄川干脆地说道。

岩楯把嘴里呛得不行的薄荷糖咬碎了，拿起塑料瓶灌了口水，说：

“刚刚那个老技师不是说了嘛，这把螺丝刀本身的确没有什么调查价值。记得吧？”

“嗯……不过死者的随身物品中也就只有螺丝刀和手套了。若不是工作需要，谁都没必要成天随身带着把螺丝刀吧。当然，我也考虑过会不会是碰巧只有那天需要带螺丝刀出门，但刀身伤痕累累，磨损严重，平日肯定经常用。”

“问题就在这儿。”岩楯瞟了一眼鳄川，“买刺身刀的人不一定是厨师，也可能是家庭主妇。同理，仅凭一把略显特殊的螺丝刀并不能断定被害人就是一名修理工。这些都是由人的固有观念形成的偏见，与其被这些偏见蒙蔽双眼，还不如把目光投向现实。”

“现实是指口袋里的劳动用厚棉手套和一字形螺丝刀吗？”

“对。死者出于某些原因，平时必须随身带一把一字形割柄螺丝刀出门，你仔细想想，只要一把一字形螺丝刀，其他工具，例如，十字形螺丝刀或者铁锤都不需要，一直以来都只带这一把螺丝刀就足够了。所以他所处的应该是某种只需要一把螺丝刀的工作环境。”

“逆向推理吗……”鳄川再度翻开笔记本，迅速地投入记笔记中。

“只需要一把一字形螺丝刀就能完成的工作吗？嗯……到底是什么工作啊？”鳄川用笔抵着下巴，摇头晃脑地陷入了思考，“我想不出来。”

“是吧？想不出来吧？这就是那位老人家说的‘特殊的用途’。而且呀……”岩楯说着，从搜查资料中抽出一沓在现场拍摄的照片，各个角度的都有，从中挑出一张头部和手腕的特写照片递给鳄川，“这次总部确定的调查方向，说实话真不敢恭维，他们选择的方向应该是错的。”

“您这么说有什么根据吗？”鳄川接过照片。

“咱们大清早走访了五家修理厂，你有没有发现他们有个共同点？从这点来看，死者根本不可能是修理厂相关人士。”

鳄川盯着照片端详许久，突然发出一声大叫，把脸转向岩楯，说：“是手指！”

“棒！真该奖励你颗糖。今天走访的前四家工厂的四名修理工，指尖都呈黑色，方才的那个老爷爷做这行时间比起其他人要长一些，所以相比之下指尖的受损程度也稍微严重些。那是机油、焦油以及其他很多物质渗进指甲沉淀下来形成的，很难洗干净。但你看死者的指尖……”

鳄川手里的照片上，死者的指甲修剪得很短，虽算不上十分干净整洁，但也没有什么黑漆漆的油类物质黏附其中。

“原来如此！确实是这样！我也依稀记得解剖医生在尸检时采集了指甲内的物质，但除沙土以外什么都没有发现。听您这么一说，确实感到很不自然！”鳄川兴奋地挥着笔，顺势将这些推理全都记到了本子上，还在这几行字下画了两条波浪线以示强调。

“修理厂的走访还是得按上面的要求继续进行，不过咱们更应该着手调查点别的东西。大家在修理厂上分配的精力实在过多。”

突然，岩楯怀中的手机振动了起来。他翻开盖，屏幕上来电号码一栏里赫然闪烁着搜查一课课长的大名。根据他以往的经验，这种紧急传唤准没好事。岩楯立马接通了电话，整个通话过程不超过一分钟。

“回署里，案子好像有了大进展。听说是九条医生和科学警察研究所发现了什么有意思的线索。”

鳄川点了点头，熟练地打着方向盘，倒车出了小巷，沿着荒川边的公路向警察署奔去。

6

鉴定课课长拿起摆放在长桌上的照片，一共10张，都是人体皮肉切片的特写，标本的截断面由于干燥而有些翻卷。这些伤痕累累的皮肤组织当中，有几块隐约可见的黑斑。

鳄川始终阴沉着脸，大概是眼前这几张切片特写让他不太舒坦。好多根大头针固定着被剥离的肉片，以防其卷成一团。这景象让鳄川情不自禁地回忆起几十年前，祖母把拆了针脚的和服用几根两头带针的竹签撑开，固定在了布架上，那光景和如今眼前这几张照片的情形的确有些相似之处。

岩楯两眼直勾勾地盯着照片，内心也有些不太平静。这名男子不但惨死他人之手，如今归西了也不得安宁，不仅死相被拍成照片供人传阅，身体还被人切片浸在福尔马林里。在案情尘埃落定之前，他的尸体还必须存放在法医学研究室的玻璃橱窗里。而讽刺的是，这一切的耻辱又都是为了替死者申冤。每每想到这些死者的尊严是多么难以权衡，岩楯的心里便五味杂陈。

“我们选择了死者左前腕有文身的部分，让解剖医生和科学警察研究所做了分析。原本做这项工作只是为了复原文身图案，没想到却意外收获了更有价值的东西。”鉴定课课长自信且从容地说道，“根据解剖医生的说法，所有深及肌膜的伤口上都没有发现疑似文身的黑斑，就是说文身的深度大概就只能到达真皮层。”

“所以，只要是被蛆腐蚀到真皮层的皮肤部位，就无法采集到文身图案了，对吗？”岩楯追问了句。

课长肯定地点点头，顺手抄起桌子一端的另一沓照片。一片漆黑的背景上细小的白色光斑散落其间，宛若星空一般。“这是在紫外线照射下的死者文身部分。白色的光斑大概是墨水。”

“这的确有意思。”鳄川突然提起了兴趣。

旁边的岩楯则眯着眼看着照片，努力想象着这些图案的具体形状。虽然他过去也接触过不少与文身相关的案子，但这种情况还是头一回遇到。

“我记得文身是不会对紫外线产生反应的啊。”岩楯说。

“没错。”课长说，“我们也是第一次碰到这种情况。照理说，在紫外线的照射下，文身应该不会出现显影，很可能是在文身时用了荧光墨水。”

“一般来说，这年头文身早就不用荧光墨水了，除非是被害人自己主动要求的。”

“的确有这个可能，当然也可能是个别文身师的个人嗜好。”

好不容易才发现了解决问题的突破口，上司们一个个都信心满满，跃跃欲试了。

“而且在对墨水的分析中，发现了水银和碘这类对人体有害的物质。”

“毕竟是荧光材料，存在有害物质也是在所难免的吧。”

“对。或者是个别文身师对安全性缺少讲究，搞不清楚什么样的墨水对人体有害。咱们从这点出发，找到案子的突破口想必不难吧。”

岩楯敷衍地朝领导们点了点头。虽然现阶段还不清楚为什么要使用荧光墨水，但这的确是为数不多的重要线索之一。科学警察研究所和两位上司摩拳擦掌、蓄势待发的心情也不是不能理解，但这事调查起来的难度还真不小。就算的确有一些文身师明知这种墨水含有害物质还执意使用，那这些干亏心事的家伙肯定是东躲西藏的，不会轻易声张，自然也没那么容易调查。更不用说那些连自己用的墨水是什么成分都不了解的文身师了。“文身师的个人嗜好”这个说法的确站得住脚，但突破口真没那么好找。

岩楯又看了一眼文身的照片，白色的斑点星云般朦胧地遍布在黑暗里，但看不出这文身究竟是什么形状。

“总而言之，就由岩楯组负责这一块的调查，有劳了。”

“明白。”

岩楯向两位领导行过注目礼，从他们手中接过一份名单，上头列有各路文身师的个人信息，粗略一看，这些人基本上都和黑社会有关联。领导让岩楯在出发前先去一趟鉴定课，他想起以前曾听鳄川提起，鉴定课好像有一位颇为不凡的优秀侦查员。

三楼走廊尽头那间狭小的房间便是鉴定课，里头摆满了挨挨挤挤的办公桌，几乎所有的侦查员都赶赴现场了，只剩几人还留在办公室。房间深处有几台电脑正嗡嗡作响，而操作人员就只有一人。

这个坐在电脑前的高个子男人穿着一身蓝色的工作服，两颊消瘦，嘴唇单薄且毫无血色，微微笑着，一双凹陷的小眼睛正紧盯着屏幕。他实在瘦得异常，让人不由自主地担心起他的身体健康。

“问你个问题。”岩楯对鳄川说。

“您说。”鳄川秒答。

“你之前提起的南湾岸署那位极为有才的鉴定课侦查员，是咱们眼前这位病恹恹的可疑分子吗？”

“岩楯警部补您又开玩笑，什么病恹恹的可疑分子啊，这位可是堀之内史哉巡查部长。他是图像解析领域的尖端人才，对通缉犯肖像的绘制也特别在行。你可别小看这行，这简直是一门艺术。根据他绘制的肖像画上的特征，已经检举了好几个嫌疑人了呢。”

岩楯脑海里一瞬间浮现出毕加索代表画作《格尔尼卡》风格的人物肖像，想象中消瘦的堀之内浅笑地拿着画笔作画的模样似乎与之十分相符，但很快他便回过神来，继续听鳄川往下说。

“有一次，有一条怎么都找不到头绪的线索，连科学警察研究所都彻底放弃了，他却死咬着不放，没想到最后居然成功地找到了破案的突破口。堀之内不仅仅是这些高难度领域的人才，即便是最基础的现场调查，他也力求精细入微，毫不含糊，在纤维一类的微物质调查方面也是专家呢。”

鳄川向来对高水平的专家敬重有加。无论从属什么领域，能获得鳄川如此真诚的盛赞，这个男人定不是等闲之辈。

岩楯跟着鳄川走进办公室，并向堀之内做了简单的自我介绍。但这位巡查部长显然不在状态，满脑子都装着电脑屏幕上那些未完成的工作。他 35 岁上下，单眼皮，黑眼圈浓重，皮肤因缺少保养而十分干燥，且带着一种病态的苍白，看样子他平日里都没怎么按时吃饭。

堀之内虽然面朝着前来打招呼的岩楯，但双手仍在键盘上不断地输入一些复杂的指令，嘴里还时不时下意识地轻声念出一串串代码。

“请您稍等，等我把这些打完。”

堀之内那双竹节虫般瘦长而骨节分明的手不断地敲击着键盘，小指轻盈而充满气势地敲下回车键后，坐着将滑椅滑到两人面前。

“二位久等了，手头的这东西有点棘手，我也是身不由己。这次的活架子大，我已经好长时间没合眼休息了。”

巡查部长的语速快得惊人，两人也只能勉强跟上。他边说边挠挠自己剃成平头的脑瓜，话语间时不时夹杂着些莫名其妙的笑声。模样诡异，举止异常，这副模样就算被市民误会成那些照片被贴在大街小巷的通缉犯也不奇怪。岩栖一言不发地站在一旁，听着堀之内忙忙叨叨地说个没完：“首先是扫描工作，这并不容易。这些标本很难对付的，因为无论如何安抚，它们的情绪都依旧暴躁。不过考虑到它们长期被关在箱子里不得外出，对外界会产生恐惧也是难免。和这样的标本进行谈判就是我的工作了，得用尽一切办法去努力搞定它们，这种工作真的非常让人兴奋。”

完全听不明白这人到底想说什么……

岩楯朝堀之内手指指着的方向看去，不禁倒吸了一口气，身旁的鳄川也“咦！”的一声吓了一跳。

两人这才发现，办公桌上散乱的资料堆里，十分随意地摆放着个玻璃瓶。里面灌满了液体，就是在法医学研究室里很常见的那种标本瓶。

“我的天……这瓶子里不就是那块带文身的人体切片吗？我们才在会议室里看过照片，是从死者的左腕上剥离的吧。”

岩楯的声调里潜藏着些许恐惧，堀之内推了推鼻梁上那副镜面已经沾满指纹的眼镜，看上去习以为常，十分镇定。

瓶子里的切片被好几根大头针撑开，在福尔马林液中有些诡异地晃动着，有逐渐变青、变黑的趋势。

岩楯咽了下口水，向前一步，想更近距离地观察这块皮肤组织。和照片比起来，墨水点更模糊不清，难以辨别，哪里看得出这是文身。这时，鳄川终于忍不住了，猛地用手捂住嘴巴。

“鳄川，不许吐！”

“明……明白了。”

“话说回来，堀之内巡查部长，”岩楯回过头说，“你直接把这块切片扔进扫描仪了？”

“那是必须的。无论照片的分辨率有多高，仅仅通过光的反射永远拍不出物件最原始的色彩，数据的储备转移也是一样的，如果不能直接把最原始的物件数据化，那就太不像话了。”

“还好解剖时我不在现场……”

“其实，我还挺想旁观对尸体进行紫外线检测的过程，但是九条医生没有同意，于是我就只能拜托他把标本原件借给我。真的没想到他们居然发现了荧光墨水，你不觉得这个标本越来越深奥了吗？”

堀之内部长连珠炮般地说个不停，夹杂着许多手势，说罢又用力地吸了两口咖啡牛奶。岩楯心里想：九条医生绝不会主动接近这种性格的人，所以九条医生从一开始的勘验环节就将其排除在外。他的性格和赤堀不尽相同，但确实也有几分相似之处。岩楯对这个叫堀之内的男人突然有了些兴趣。

电脑屏幕上显示着经过扫描的皮肤组织图像，还有十几个叠在一起的菜单窗口。

“毕竟是你的专业领域，我也不多过问，就按你喜欢的方式来吧。能不能先和我说说你目前知道的情况？”

“明白！我也尝试了很多方法，但这次的标本真的很怕生呢。如果给它加上蓝色的滤光镜再观察，墨水痕迹就会特别明显，但颜色浅的几处地方就消失不见了。请看这里，请注意……看！变成这样了。”

堀之内飞快地把界面切换到加了滤光镜的图片，真是让人眼难以聚焦的色调。

“加了滤光镜之后，视觉上就容易出现混乱，大脑会自动发出修正指令。于是就成了这种做作的‘走光主义’了。”

“‘走光主义’是什么意思？”

“就是一种介于看得清和看不清之间的容易造成焦虑的临界状态。这次的标本可以说是十分具有挑衅性了。”

“你到底在说些什么啊……”

岩楯略显疲劳地用手指揉了揉内眼角。堀之内巡查部长一手操作键盘，一手握着鼠标，在和两人聊天的同时，也对图片进行着加工处理。只见他打开图像修正软件，切换成单色调模式，调出一张以灰色底的浓淡变化而构造出的图片，不断地微调着图片的亮度和对比度，试图找到一个合适的观察视野，但画面晃动得厉害，双眼难免有些跟不上。

“这是什么？”

“我正在捕捉一些人眼观察不到的色彩。所谓‘颜色’，是光的强弱和波的长短通过人眼传递给大脑之后形成的认知，人类只能辨别非常小范围内的一部分颜色。这次的文身混杂着这么多种色彩，人眼是识别不来的。”

“好像很棘手。”

“对。不过，不管是多么细微的变化，只要颜色和浓度发生了改变，我都可以用数值表现出来。所以，无论它们怎么伪装，我都能识破。”

堀之内开始选择性地消除屏幕上的一部分像素点，同时用手拭去了额头上的汗珠，继续进行着他那有些枯燥乏味的讲解。

“你们看到真皮层上的那些黑点了吗？这些不是文身的墨水，是毛孔，要把它们从画面中移除。”

比起方才，画面逐渐变得相对整洁。不过也只是“相对”整洁。

“这边的这个黑点不是毛孔吗？”

“岩楯警部补，您这就中了敌人的奸计了。这个点只是看着像毛孔，仔细观察就会发现根本不是。因为这里的色彩数值和墨水的色彩数值十分接近，大概是文身时的针孔留下的痕迹。”

“身上的针孔不会自己愈合吗？”鳄川抬起头问了句。

“针扎留下的痕迹不会那么轻易消失的，注射毒品留下的针孔也一样，所以吸毒者大多逃脱不了法律的制裁。我是绝不会被这些表面的‘伪装’迷惑的。”

屏幕上其他的黑点被全部移除之后，文身针头留下的成群黑点组成了两个圈，仿佛一双眼睛，四周遍布影子一般的细斜线。但由于留下了太多的针孔，文身的主线被消除了。

“果然色彩只能留在真皮层啊。”堀之内一脸懊恼地说，“被虫啃烂的地方实在是无能为力。但如果假设这两个圈是眼睛，再根据大小和分布来判断，很可能是人的图案。对了，文身的色彩总数是……”

堀之内弓着背坐在椅子上，查阅着一份记载着各种颜色数字化数据的表格。

“六十五到七十五种。”

“什么？颜色这么多吗？”

“嗯，估计这个图案是采用了浓淡法绘制的，每种色调都是按阶段上的色。大致来说这次色数有三种。”

“哪三种？”

“黑色、蓝色还有白色。使用的所谓浓淡法，主要体现在黑色和灰色的过渡，蓝色和浅蓝色的过渡。”

鳄川赶忙把这些话都记到了本子上。岩楯眯着双眼，盯着图像上那两个圈的正上方，有个小痕迹既像是污点也像是伤痕。他凑过脸去观察半晌，发现这圆圈上方遍布着的淡薄的小黑点应该也是针扎留下的小孔，而且这些小孔似乎颇有规律地形成了一个模模糊糊的图案。

“我怎么觉着那上面的点看着也像是文身的痕迹。”岩楯指了指屏幕说道。

堀之内收了收下巴，微微一笑道：“佩服佩服。就算是我们鉴定课的侦查员，如果不把图片放大，也根本分辨不出这是毛孔还是针孔。这应该算是最高难度的识别了。对了，你双眼视力多少？听说东非的马赛人视力能达到 3.0 呢。看你这样应该挺接近了吧？”

“行了，继续说你的，赶紧。”岩楯冷漠地回了一句。

堀之内直勾勾地看着他，眼神里流露出浓郁的亲近和恳切。见状，岩楯仿佛后背触电般地浑身一颤，为什么自己偏偏就和这种类型的人如此有缘分。鳄川、赤堀、堀之内……不知不觉中，身边每一个角落都有这些人的身影。

巡查部长操控着鼠标，在图像上覆盖了一个图层，绘成了大致的框架。

“我估摸着这是由英文字母组成的 logo，颇为花里胡哨，所以有些难以辨别，从左边开始第一个字母是 D，然后是 E，接下来的就不容易辨认了。第四个字母的上半部分被截断了，只能看到一竖笔，估计是 I、T、P、Y 的其中一个吧。”

“能确定的只有 D、E 吗……”

“从美学的角度，以及文字的间隔和分布来判断，D、E 两个字母之后，至少还有五个并排的字母。可能是某个英文单词，也可能是几个单词的首字母缩写。字母的损伤程度比较高，我们从这些针孔上获得的线索就只有这么多了。”

堀之内滔滔不绝地说完后，放松地深呼吸一口，把手中的咖啡牛奶喝了个干干净净。

眼前这个男人的个性过于执拗，以至于其他人都不愿贸然亲近他。不过一旦有所接触，大家便身不由己地想更深入地去了解这个人。岩楯察觉到堀之内的左手无名指上戴着一枚闪闪发光的婚戒，情不自禁地想为他夫人鼓鼓掌，毕竟她可是选择了这样的一个男人，实在不容易。

“听你描述，总感觉可能再过两小时案子就破了。总之，能不能先打印两张修正过的文身图像给我？”

“没问题。”堀之内坐在带滚轮的办公椅上，飞快地在电脑上设置好打印参数，随后猛地蹬了下地，连人带椅滑动到打印机旁，拿起打印件，又用同样的方法滑回了原先的位置，准度丝毫不差。

“对了对了！”巡查部长突然想起了什么，慢悠悠地站起了身，万万没想到堀之内的个头居然比岩楯还高。这让岩楯多少有些吃惊，他平时几乎没什么仰视他人的机会。

“你这海拔挺了不得啊。”

“我身高有一米九多呢。”

“一米九多的确是无可挑剔了，但体重……平时到底有没有好好吃饭啊？脸色这么差，真是让人担心。”

堀之内拉开自己办公桌的抽屉。

“我从很久之前就开始有胃下垂的毛病。总之，随便吃点东西就有饱腹感，所以饭量很小，这还挺棘手的。只能靠少食多餐缓解症状，就是把每日的三餐分成很多次，每次只吃一点点。但是去体检的时候，其他指标也都一切正常，身体还是很健康的，而且也不怎么感冒。”

他吃力地弓着腰，两手在抽屉里翻来翻去找了半天才站起身，伸出细长的手腕，递了一张名片给岩楯。

“你应该已经从课长那儿拿到了一份文身师名单吧，请务必把这个人也加进名单，这是我的私人建议。”

弯折的名片上，十分潦草地写着“初代刺鹰”四个字。岩楯把名片递给鳄川，鳄川微微点了点头，用小别针把名片夹在资料里。

“在我认识的文身师当中，他的技术可谓是出类拔萃、数一数二的。也不知是什么原因，其他侦查员都不太重视他，总说这人派不上用场。所以这次的文身师名单里也没有出现他的名字。唉，大概是出于对他前科的顾虑吧。总之，我的的确确从他那儿得到过许多帮助。”

说着说着，堀之内巡查部长好像突然意识到什么，赶忙摇了摇手：“别误会，我说的找他帮忙不是指去文身啦，只是以鉴定官的身份去向他讨教些相关方面的问题罢了，在自己身上留针孔这样的事我可不愿意做。”

看着有些害羞的堀之内，岩楯略感兴趣地多问了句：“你为什么要当警察啊？我总觉得你这种技术类专家，和上下级关系森严的警察系统有些格格不入呀。”

堀之内一会儿摸摸鼻子，一会儿挠挠他那小平头，一副焦躁不安的模样。他推了推鼻梁上那副镜片被指纹弄脏了的眼镜，说：“并不是说我有多么多么疾恶如仇，我只是觉得有必要给那些随意践踏别人权利的家伙一些颜色瞧瞧。被害人死后必须经历司法解剖，照片还得给六路八方的侦查员传阅，怎么能只让死者一人去背负这样的耻辱？我要用我自己的方法去封死所有恶人的后路，让他们无处遁形。”

堀之内凝视着远方，用一如既往的极快语速回答了岩楯的问题。

不出其所料，巡查部长果然属于那种不怎么擅长处理人际关系的研究者。可能是有一些不为人知的过去做契机，才激发出他现在这种强烈的使命感。看样子，通过他那套缜密的分析找出的证据，已经把很多嫌疑犯送进牢房了吧。

“幕后的摆渡人。”

“您懂我。这正是我的目标。”

堀之内摸了摸鼻子，浅浅地笑了笑。

Chapter 2

文身指引的地区

1

冷风灌进了衬衣的领口，赤堀浑身一抖，打了个寒战。

即便她穿了件织得相当密实的毛衣，围着围巾，还裹了条厚毯子，但风还是见缝插针地灌了进来。前一阵子才刚往那面会透风的墙体里加了填充剂，试图堵住风口。也不知是怎么回事，风还是轻而易举地灌进了房间。

沐浴在无情的北风下，赤堀眼前这间十张榻榻米[1]大小的房间已是摇摇欲坠。

地处池之上的这所大学的最深处，有一间叫作“法医昆虫学研究室分室”的小屋，是由铁皮和木材混搭建成的埋柱式[2]建筑。分室离学校正门相当远，无论是都市的嘈杂喧嚣，还是学生的欢声笑语，都传不到这里。从很久很久以前，这里就被称作“秘境”。之所以有这样的称号，一是因为附近有很多挺拔的大树，而且四周没谱地胡乱排列着实验用的塑料大棚；二是因为常常有传言称在这里看到了可能是狸猫或果子狸的小动物。除了一小部分好奇心强烈的人，基本上从来没有无关人员踏上过

1　一张榻榻米约 1.62 平方米。

2　埋柱式：不用底座，直接把柱子根部埋入地下的简易建筑。

这片土地，在外人眼中，这里显得格外神秘。

赤堀使劲儿摩擦着双手，把搁在脚边的电暖炉拉到面前。窗外一片漆黑，狂风戏谑着栎树和榉树的枝叶，拍打在生锈的铁皮屋顶上哐哐作响。她卷起袖子看了一眼手腕上的潜水表，就快到清晨5点了。浓厚的倦意一再向她袭来，但她仍然强忍着没有躺下。由于一些特殊原因，目前她还不能离开这里。接连几个哈欠过后，赤堀正准备继续埋头工作，突然背后响起了一阵咳嗽声。

“赤堀老师，有了有了！”

“终于等到了！”

一个留着平头的男生正指着一台很像是微波炉的恒温器，男生身上的T恤款式十分青春。赤堀慌忙站起身，磕磕碰碰地跃过地上堆放着的纸箱，跳到恒温器面前。从恒温器的小窗口看，培养皿上的卵已经孵化了，非常小的蛆正在轻轻蠕动着。还有一些蛹已经羽化了，可以看到恒温箱里有几只窜来窜去的小苍蝇。

“大约用了40个小时。”

“用了40个小时？”

“对的，11月13日，科学警察研究所把蛆的卵送来，当天下午1点开始人工培养，现在是15日的清晨5点03分，所以过了差不多40个小时。说实话，一开始我还以为虫卵就这么死了呢。”

他是法医昆虫学专业的学生，叫奥田护。看到虫卵成功孵化后，他长长地舒了一口气。赤堀目不转睛地盯着他，问了今天的第二个问题：“你没在赌气吗？”

“没有啊！”奥田立马答道。

“这大晚上的，天气这么冷，居然只穿一件T恤，你是美国人吗？”

“拜托，我从里到外都是日本人。只是因为我平时喜欢健身，所以比较耐冻，其实夏天的时候也挺耐热的。天冷的时候只要下意识地收缩肌肉，加速血液循环，就像是自己给自己制造了一层隔挡寒冷的屏障墙。即使是人体肌肉群中比较柔弱的腹斜肌，我也通过卷腹运动练得十分密实了。这种程度的低温根本入侵不到我的内脏。”

奥田一边说一边炫耀着他身上的每一处肌肉。

“怎么说呢……你的目标是要拥有水熊虫那样的不死配置吗？”

“什么？水熊虫什么配置？”

“就是无论在150摄氏度还是零下200摄氏度的环境中，它们都能存活。而且根本不需要氧气，再强的放射线也杀不死。”

“赤堀老师，看来您对水熊虫的认知存在着很大的误区啊。我可得提醒提醒您，身为昆虫学博士，发表这样的言论可不应该哟。”学生弓起手臂，展示着他那健硕的肱二头肌，手臂强壮得仿佛是长了虫瘤的树干。随后他咳嗽两声，说道：“听好啦，水熊虫的呼吸方式是渗透压呼吸，所以只有在干眠[1]，也就是隐生的时候，它的能力才能发挥作用。若是在平时，50摄氏度的温水就能轻而易举地杀死它，甚至轻轻一捻也能捏死。所以，水熊虫也算不上什么高配置。因为总有一部分学者喜欢称它为‘不死之身’，这种误解就越传越广。”

奥田用那干瘪的低音絮絮叨叨地边说边把时间和气温等数据一五一十地记录到垫着垫板的复印纸上。仅仅是这样一个小小的写字动作，身上的肱二头肌和肱桡肌就隆起得十分明显，他偷偷瞥了眼自己的肌肉，一脸满足，仿佛无论看多少次都不会腻。赤堀也颇感兴趣地观察着他美好

---

1 干眠：又叫作隐生或潜生（潜在的生命），是缓步动物用作抵御缺氧、低温、极干燥等不良环境的一种生命状态。比如，当隐生动物遇上干旱时，可以将身体的水分大幅降低，身体萎缩，停止新陈代谢；当环境好转时，又可以复苏过来。

的肉体，胸前健硕的三角肌仿佛快要撑破身上紧绷着的T恤。

奥田是法医昆虫学领域的核心人物，也是一名对健身和昆虫充满激情的24岁青年。三年前的他，还是一副柔弱纤瘦的书生模样，从某个时期开始外形突然就发生了大改变，原因好像是一场痛苦的失恋，现在还时不时地能撞见他独自闷闷不乐的模样。他这般发愤图强，甚至改变形象，究竟是为了告别过去，还是为了再度追回从前的恋人，赤堀至今也不得而知。虽然表面上像岩石一样强壮，但内心却十分细腻、缜密。这样的人才能够二话不说一口答应做赤堀的助手，在她看来也是件幸事。

“对了，上次岩楯刑警是不是说你就像长戟大兜虫来着？”

“我比较喜欢高卡萨斯南洋大兜虫。”

奥田有些无奈地瞥了一眼赤堀，手指了指恒温箱，把谈话带回到正题上来：“蛹中孵化出的苍蝇品种和现场发现的苍蝇品种一致，分别是黑丽蝇和大头金蝇。”

“很好，就这样。抓紧时间做成标本。还有，蛆就按目前制订的计划继续培养。”

“好的，明白。”

资料散乱满地，简直没有可以落脚的空间。赤堀跃过资料堆，从水槽里拿出了标本采集工具箱，箱子里从塑料瓶到各类药品，只要是标本采集所需要的用具，应有尽有。一杯凉了的苦咖啡下肚，赤堀拍了拍双颊提提神，成功唤醒了昏昏欲睡的大脑，继续投入到战斗中。

奥田则弓着背，仔仔细细地将一张厨房用吸油卫生纸剪裁成需要的形状，铺在已被改造成杀虫用的塑料瓶瓶底。一般来说，碰到这样的情况，教科书的做法是将滤纸垫在塑料瓶瓶底。但为了节约预算，实验室的很多器材都用其他现成的东西暂时替代了，滤纸也不例外。这个小屋里，很多东西都是自己动手制作的，这也算是法医昆虫学研究室里一条不成文的规定吧。赤堀看着奥田为了吸湿而不惜多添加一道工序，脸上渐渐浮现出欣慰的笑容。

赤堀戴上乳胶手套，打开一个茶色小瓶，一瞬间，室内弥漫着一股好似哈密瓜，又像是菠萝的气味。她不由自主地深吸了一口，大脑便开始慢慢热了起来，原本极其寒冷的埋柱式小屋，竟开始变得舒适、惬意。正当她准备吸第二口时，奥田正颜厉色地阻止了她："赤堀老师，把乙酸乙酯[1]当麻药吸可是违法的，赶紧住手吧。"

"哎呀，被你发现了……"

"您哪次不是这样？趁这个机会，我也不藏着掖着了，咱们打开天窗说亮话，拜托您别再把黑草蚁装到塑料袋里，然后一个劲儿吸了。真的别再这么做了，算我求您了。"

"啊？为什么啊？我觉得这没什么大不了的呀。"

"不，这很重要！您的奇葩行径如此之多，其他人肯定会在背后议论纷纷，觉得我们昆虫学家脑子都不太正常。"

其实，大冬天只穿一件 T 恤出门的奥田也差不多算是半个奇葩了，但他自己却完全没有意识到这一点。

"你知道吗，黑草蚁会产生一种类似山椒香味的激素哟。"

"我当然知道。"

"吸了那些物质以后啊，头脑就会异常清醒，工作效率会提高很多。这点你就不知道了吧。"

"说白了，关于黑草蚁的信息传递物质对人体的影响，我真是一点儿

---

1 乙酸乙酯：又称醋酸乙酯，具有快干性、低毒性，有甜味，浓度较高时有刺激性气味，易挥发，是一种用途广泛的化工原料。

兴趣都没有。我想说的是，您弓着背坐在昏暗的小屋里吸着装满蚂蚁的塑料袋的样子实在是太见不得人了，不忍直视，简直就是异常的特殊癖好。”

奥田十分认真地说着，并开始引用自己过去的各种经验向老师阐述着谨言慎行的重要性，与此同时，手上的工作也一刻没有停。赤堀用滴管吸取了部分乙酸乙酯，滴在团成一团的手帕上，再用保鲜膜轻轻地包裹起来，偷偷塞进瓶子。

“好，我准备好了。”

赤堀抬起头，只见奥田说完话后从恒温器里拿出培养皿，敏捷地用小玩具似的自制捕虫网网住了几只苍蝇。赤堀负责关了房间里的所有灯，并打开粘在杀虫瓶瓶底的小灯泡。那些被网网住的苍蝇惊慌失措，于是纷纷中计，一只连着一只飞过狭窄的瓶口进入瓶子。

“从现在到‘软化’为止的工序都交给我吧，赤堀老师您先去休息会儿。”

“那真是太好了，谢啦！一会儿工作结束后，你最好也去歇会儿，毕竟一整晚都在守着这些虫子，太辛苦了。”

“好啦，知道了。”奥田的言语中溢满了温柔。赤堀的目光转向角落里的两只睡袋。

“说起来，这次几乎没有找到相关资料和论文呢，明明费了这么大力气查阅了大半天。”

奥田说着说着，视线停留在堆满资料和书本的办公桌上。避开地上堆叠着的纸箱，赤堀挪到桌子边，一屁股坐进带小轮的椅子，激活电脑系统，把刚刚找到的几篇以前的论文打印出来大致看了一眼。

“过去十年里，每年 11 月过后有大头金蝇繁殖的记录就只有一例，而且那年还是体感比较明显的暖冬。”

“和今年的气候条件完全不同啊。”

“就是啊，而且这两种苍蝇一种出没于夏天，一种出没于冬天，生存的时期是完全错开的。”

赤堀打开抽屉，取出科学警察研究所送来的证据袋，一个接一个仔仔细细地反复查看。悦鸣草螽的一条后腿，正在外头肆虐成灾的几只背摇蚊，还有一只红色的鞘翅残骸，从鞘翅上黑点的分布来看，这应该是七星瓢虫的翅膀。她回想自己发现尸体时的场面，现场能采集到的昆虫差不多也就这几种了，但都是些和腐败分解无关的昆虫，也没有其他间接渠道能够通过这些昆虫让尸体完成分解。难道这些昆虫真的都只是碰巧出现在现场的吗？沙洲处于一个与外界隔绝的环境中，却没有发现任何有用的线索。

“您要不要再上沙洲调查一遍？”

奥田仿佛已经察觉到了赤堀的想法。在确认杀虫瓶里的苍蝇已经断了气后，他用镊子轻轻将之取出。

“目前还没有这个打算。”

“难道您在发现尸体的时候已经都调查了吗？”

“不是不是！”赤堀摆了摆手，手上的资料纸沙沙作响，“这次现场对尸体进行腐败分解的昆虫碰巧只有苍蝇，且在其仍是蛆的阶段，其对尸体的腐蚀就被停止了，而且也没有出现蜂类的影子。只要知道这些情况就足够了，去现场再怎么调查也查不出什么。何况这次鉴定课已经掘地三尺，采集了现场所有的昆虫。沙洲上几乎所有的线索都已经汇集在这里了。”

赤堀站起身，踮起脚，取下那杯放在工作台上的冷咖啡，喝下最后一口。

“这个结果意味着什么，你明白吗？”

“由于寒冷气候的影响，昆虫到来的时间有所延缓，所以才没有出现在尸体附近……是这样吧？好像只有在寒冷期才会出现这种特殊情况。”

“按你这么说，那为什么这天寒地冻的，大头金蝇却能够顺利地产卵并孵化呢？”

奥田陷入了思考。他一边想一边把苍蝇一只只单独收入三角纸，把电热水壶里的开水倒进特百惠容器，随即小心翼翼地固定好三角纸，盖紧盖子，开始了“蒸”的步骤。然后奥田抬起那张四四方方的脸，说道：“应该是在气温相对比较高的日子产了卵，随后用最快的速度孵化出来。”

“是的，回答得没错。那么，根据你手中现有的牌，能够推测到哪一步？记得要从法医昆虫学的角度来回答。”

奥田停下了正在整理标本采集工具的双手，一脸为难地皱着眉。他不断抚摩着自己脖子根儿上隆起的菱形肌，这是他大脑全面启动时的习惯动作。过了好一会儿，奥田叹了一口气，无奈地摇了摇头。

“根据手头的情报，最多只能从气温来推测孵化的日期。现场也没有能够提供凶手线索的其他昆虫了。”

“你说得不对，其实最重要的线索，它们早就告诉你了。死者漂流到沙洲的时间应该是 11 月的时候，对吧？”

奥田歪着头翻阅着手头的气象资料，手指在各项数据间移动着。

“根据解剖医生推测的死亡时间，还有蛆对尸体腐蚀的程度来看，也有可能是 10 月啊。”

“小护啊小护，你应该把视线更多地放在昆虫身上。好好想想现场的昆虫结构。”

赤堀微微笑了笑，奥田思索了一会儿，似乎发现了一些异样。

“10 月是甲虫的活动期。如果尸体是在 10 月漂来的话，现场的昆虫组成应该不是这样的。而且尸体上生态圈的发展只停留在蛆的阶段，我们并没有发现任何苍蝇羽化后剩下的蛹壳。”

“这样啊……现场留下的基本上只有还未孵化的卵，以及孵化出来的蛆。”

“是的，没错，我们发现的苍蝇都是第一代苍蝇，不是后来孵化出来的苍蝇。”

“也就是说，尸体果然还是在昆虫数量锐减的寒冷期漂来沙洲的，是吗？这样的话就比较合乎情理。”

“对的，所以我才说尸体的损伤有些过于严重。明明除了蛆以外都没有其他昆虫参与腐蚀，为什么死者身上会有这么多的腐蚀伤呢？”

“嗯……”奥田两条强壮的胳膊抱在一块，双眼一直盯着标本看。

“而且，由鸟类和水栖动物造成的外伤也非常少，真是出乎意料。太不可思议了。”

确实，这具尸体有些不一般。通常，鼻子和嘴这类有开口的部位会先被蛆腐蚀，人体的其他部位则相对晚一些。而现场的蛆仅仅是第一代苍蝇产生孵化而出现的第二代蛆，也就是说，整体经过的时间还不长，但尸体的腐蚀程度却相对比较高，鼻、嘴以外的其他部位也遭到了腐蚀。

“还有一点，是刚刚小虫子告诉我的。这一点非常重要，和这起案件的基干息息相关。”

赤堀指了指恒温箱。恒温箱里的蛆虫正凭着本能不断侵蚀着一块牛的肝脏。

“一般经过大约12个小时，这些卵就能孵化成蛆，但这些蛆却整整用了40个小时才孵化出来。有个知识点我课上还没讲，正好趁这个机会提前教给你吧。就只能大致讲讲，具体的等上课再说。这个现象和‘盐’有关。”

“盐？”

“是的，盐。对于这些具有腐蚀分解能力的昆虫而言，盐可不是什么好东西，因为它能够延迟卵的孵化并减缓蛆的生长。”

“什么？这……难道是……”始终面无表情的奥田，脸上突然涌现出一种难以抑制的兴奋。

“没错，就是你想的那样。尸体不是来自荒川和中川，而是从大海上漂来的，一定是这样的。这就是这些小虫子试图告诉我的重要情报。”

赤堀心里已经确信尸体来自大海。现在警察的搜查范围都集中在河流的上游地区，但其实被害人很有可能是从东京湾漂回沙洲的。估计正好碰上暴雨时节，河水上涨，海流紊乱，海水逆流回河里也不是不可能。这次的案件，死者面容无法识别，随身物品极少，要确定被害人身份十分困难。但如果这个推断属实，那么这起受害者身份不明的案件的突破口似乎也就找着了。

“从尸体的气管和肺部检测出的硅藻中，淡水硅藻和海水硅藻两种都存在。”奥田很快确认了一眼微小物质鉴定表后说道。

“总而言之，”赤堀在资料上画了几条下划线后，抬起头说，“我们有必要进行盐水实验，进而计算出孵化需要的准确时间。如果证据不够充分，岩楯刑警和搜查总部是绝对不会认同这个观点的。”

“实验的浓度范围定多少好呢？”

奥田半弯着腰，拿着笔在便笺纸上记录着实验需要的数据。

“就定 0.3% 到 3.6% 吧。每间隔 0.3% 就做一组数据。”

“组织大概需要在液体里浸泡多久？”

“嗯……这个嘛……”

赤堀开始一边挠着头，一边在笔记本上写下一串又一串的公式，但很快就投降了。

“不行不行，大脑完全运转不起来。先让我睡一觉，醒来再算吧。简直快累晕了。”

赤堀打了个哈欠，铺开睡袋，钻了进去，已然是困得不行了。透过堆积着落叶的天窗，可以看见已经微微泛白的天空，黎明的脚步声越来越近了。奥田甚是仔细地收拾好器材，关上灯，钻进有些偏小的睡袋，终于结束了一天的辛劳。

伴随着风和树干拍打房顶的声响，两人很快便进入了梦乡。

2

吃过午饭，岩楯和鳄川驾车前往北新宿一丁目。这儿的后街星罗棋布地竖立着许多老旧的钢筋水泥建筑，道路狭窄，勉强容得下一台小车通行。鳄川熟练地操控着方向盘，灵巧地将车驶入狭小的停车场，在确保车辆分毫不差地倒入车位后，才拉起了手刹。两人的目的地是车场斜对面的那栋陈旧发黄的杂居小楼。

大门上有一排排生锈的破信箱，仅靠一根螺丝艰难地悬挂在门框上，四周密密匝匝地贴着许多图案诡异的贴纸，甚至有人用喷漆在鼠灰色的墙面上绘制出一幅幅猥琐下流的涂鸦。

岩楯掏出堀之内递给他的名片，核对了墙上挂着的门牌号。很遗憾，没找错地方，他们要找的就是这栋略显凄惨的楼。这些争先恐后地挤在墙上的贴纸可谓是各式各样，从金字塔与眼睛相结合的美国普罗维登斯风格的图案，到可能是用鲜血写成的“卐”，这些图案无一不远远超出岩楯刑警的接受范围，广告单上的“身体穿孔”，还有“人体改造”“人体彩绘 5000 日元”一类的字眼，实在是令人生厌。但这一切，和接下来岩楯所看到的相比，都不过是小巫见大巫。

他抬头扫了一眼顶棚，挑高极低，让人有些压抑。除了脏兮兮的电灯和窗框，从燃气表到墙壁，四处还密密麻麻布满了蜘蛛的老巢，在微风中轻轻晃动着。数量不是一般地多，仅仅是看了一眼，岩楯的肠胃就感觉到针扎般的疼痛。“这些人怎么都不打扫打扫啊。”岩栖不由得浑身一哆嗦，打了个寒战。

两人暂且退出了小楼，大口大口呼吸着室外的冷空气，抬头看了看这栋门面狭小的建筑。所有的窗户都从里侧密封了起来，只有那颜色亮丽的店招牌最为显眼。鳄川拿出手机，拍下了那些涂鸦和破旧的信箱，仅仅是为了记录下对这栋楼的基本印象，别无他想。一瞬间，鳄川好像想起了些什么，脸上露出了微笑。

“放心吧，我这就去把蜘蛛解决，您稍等。”

他从包里拿出可伸缩教鞭，用纸巾裹住前端。正当鳄川要将教鞭伸向蜘蛛网时，岩栖一把夺过教鞭，阻止了他。

“你等等，你等等！要是把蜘蛛老巢打下来，那地上不就到处都是蜘蛛了吗？！有的蜘蛛跳得老高了，你知不知道！”

“不要紧的，地上蜘蛛轻轻一踩就都死了。人类对蜘蛛恐惧的来源，主要是由于它们会毫无征兆地突然从看不见的头顶掉下来。只要把它们从天花板和墙上赶下来，我们就占据了上风，也就能够最大限度地抑制住脑海中对蜘蛛的恐惧心理。还有，战胜蜘蛛之后，这样的成功经验就会自动记录到大脑中，您的蜘蛛恐惧症也就能渐渐治好啦。”

“别怂恿我！我才不想成为那样的成功案例！大不了在蜘蛛面前认一辈子尿！你你你……你千万别没事惹怒它们啊，听到了没？”

岩栖十分严肃地大声嚷嚷着，顺带把教鞭扔给了鳄川。

正当两人受困于满屋的蜘蛛网时，远处昏暗的楼梯口传来了一阵交谈声，不久，两个拖着巨大手提包的女孩出现在他们视野里。其中一个女生的头发染成醒目的绿色，鼻子、嘴巴、耳朵甚至是喉部都垂挂着几个金属环。另一人头戴一顶骷髅图案的针织帽，妆容如死人般惨白，嘴里还吐着烟圈，耳垂上插着一根比铅笔还粗的管，手腕处文有铁蒺藜的文身。

这么年轻的女孩子为什么非得把自己搞成这副模样。岩楯从上到下扫了一眼这两位仿佛来自异次元的女孩，心想。稚气未脱的女孩们放慢了脚步，肆无忌惮地朝两名警察盯了半晌，突然爆发出一阵大笑，边笑还边激动地用力拍着手。

“这两个土包子大叔怎么会在这里？这身衣服真土！你们来干吗呀？”

“不会是来做烙印的吧？”

“欸？你们俩这年纪还做烙印的话会很奇怪吧，劝你们还是别了吧，真的太好笑了啦！”

两个打扮得人不像人、鬼不像鬼的女孩子很没礼貌地笑个不停。看着这两人，鳄川唇角微微一颤，脸上写满了困惑和不解。他一直都对“女性美”充满了美好幻想和憧憬，而这种类型的女孩可以说是彻底超出他的理解范围。

岩楯清了清嗓子，一脸谄媚地微笑着问她们：“‘烙印’是什么意思呀？能不能跟叔叔说说？”

两个女孩脸上的笑容突然消失了，瞬间转换成一副厌恶的表情看着岩楯说：“少一脸亲昵地和老娘搭讪。”

“毕竟叔叔是第一次听说这个东西嘛，就想了解了解。说起来你俩看上去好像还没成年吧，今天又不是周末，不上学来这里做什么？”

“大叔，我看你是想援交吧，净找借口跟我们搭话。”

“哦？你这么懂行，难道是老手吗？”

话音刚落，戴着毛线帽的女孩便愤怒地把烟蒂扔到岩楯脚边，绿头发的女孩则把嘴里嚼着的口香糖吐向鳄川，真是两个“血气方刚”的年轻人。虽然挺棘手，但事已至此，不教训教训她们都不行了。

岩楯叹了口气，用手指捏了捏鼻梁，从内侧口袋中掏出警察证，出示给眼前这两位正试图威慑警察的女孩。

“叔叔是警察，警察哟！来来来，把你们的身份证掏出来，我看看。”

两人突然噤若寒蝉，沉默不语地面面相觑了一会儿。突然，女孩们默契地企图各自朝相反的方向逃跑。但显然，这两位训练有素的警察先生是不会容忍这种行为在自己眼前发生的，岩楯电光石火般地抓住了小针织帽，鳄川也控制住了绿头发女生。她们尖叫地嚷嚷着“放开我”“别碰我”，奋力抵抗中不慎踢翻了印有爱心图案的手提包，里头的东西散落一地。

“不许抵抗！看你提这么大一袋行李，是离家出走了吧？在读高中吗？”

“我有权保持沉默！”

女孩们放完狠话，就虚张声势地把头扭向一边。

“好的，沉默是吧。那就相当于默认你们是未成年人了。”

她们不断地进行着眼神交流，仿佛仍不死心地在伺机逃跑。虽然两人已经面露怯色，但似乎也不是随便威胁两句就会开口的模样。岩楯捆住两人的手腕，给鳄川使了个眼色，鳄川点了点头，掏出无线电向总部请求支援。

五分钟后，一辆警车停靠在大楼前。来自新宿署的警官雷厉风行地确认了女孩们的身份信息。果不其然，她们就是半个月前离家出走的那两名少女，年仅 17 岁。从刚刚过招时的感觉来看，估摸着两人还没牵扯上毒品和卖淫等严重犯罪行为。但就现在这状态来说，若不是岩楯他们及时发现，她们以身试法走上不归路也只是时间问题。

被押上警车的女孩们还记恨着岩楯，回头朝他比了个中指，吐了吐舌。女孩舌尖还戴了舌钉，闪着耀眼的光。那舌钉如同将舌头分成两半，仿如蛇芯，着实把岩楯吓得不轻。

“好好的舌头怎么整成这个样子？你们自己搞的吗？”

“不告诉你。”

她们虽然年纪轻轻，却已经如此疯狂地痴迷于人体改造，女孩们未来的路究竟会怎么走，岩楯难免有些担心。这时，一个好想法突然闪过他的脑海，于是他连忙从文件袋里抽出那张由堀之内修正过的文身照片复印件。

“记住，我下面说的话不是在夸奖你们。你们俩似乎对人体改造很热衷，做的事情都挺……了不得的。所以，有些相关方面的问题，想听听你们的意见。喏，这张相片上面的文身图案看着像什么？”

针织帽少女满脸的不情愿，而她身边的绿发女生却饶有兴趣地看着照片，眼睛里闪耀着光芒，嘴角浮现出一丝微笑。

“这不是Destru吗？”

话一出口，针织帽女孩就用手肘碰了碰她，示意其不要说话。少女连忙缄口不语，但岩楯不失时机地上前一步：“‘Destru’到底是什么意思，还请务必告诉我。”

少女紧张地用指尖拨着绿发，眼神游离地瞟了瞟笑容满面但威慑着自己的岩楯，晃了晃耳环，咽了下口水，回头朝着正怒不可遏的针织帽少女微微点了点头，好像是在安抚她。

“全称是‘Death Tradition（死去的传统）’，就是已经‘死去’的一些老旧传统的意思。这图案在那些专业玩文身的人当中非常受欢迎，但如果只是简单地把文身当作一种时尚，是绝不会选这个图案的。”

“为什么绝对不会选？”

“文身师会警告顾客，用了这个图案，如果因此被卷入一些不必要的纷争，他们概不负责。我总觉得这张照片上半部分的图案挺像‘Death Tradition’。”

鳄川在一旁仔细观察着少女说话时的身体语言，在确认她应该没有撒谎之后，才把这些谈话内容记到本子上。

“那假设是像你们这种身上没有其他文身的人，如果仅仅文上那一个图案也会被认作是‘专业玩文身的人’吗？”

“嗯，这和文身的数量没有关系。也有人是把灵魂都倾注在一处文身之上的。”

也就是说，即便是文身的世界，也有其自身的一套规则。

根据图像解析的结果，第一个字母和第二个字母分别是D和E。在来这儿之前咨询过的一名文身师也说，有可能是表示死亡的单词“DEATH”。如果少女们的证词可信，这应该是在一部分硬派文身爱好者中流行的图案，绝不是仅仅为追求时尚而去文身的一部分人所会选择的。如此一来，为什么尸体上的文身要使用对身体有害的荧光墨水也就说得通了。

岩楯把自己的名片递给少女们，告诉她们如果有什么其他发现就打他电话。隔着警车车窗，两名少女朝着岩楯时而竖起中指，时而伸出大拇指向下比画，像刚才一样吐出舌头、做着鬼脸。岩楯目送着这幅煞人的风景随着警车远去，长长叹了口气。

一本正经的鳄川操作着平板电脑，调出一个界面，放到岩楯面前，一幅幅面目可憎的恶魔图片赫然出现在眼前，实在是不堪入目。

“她们的那种舌头在身体改造界被叫作蛇芯，因为和蛇的芯子一样从中间被切成了两条。”

“真是莫名其妙。”

“还有刚刚她们提到的‘烙印’……”

鳄川切换界面，出现一张像是烧伤瘢痕的图像。

“简单地说，就是通过烫伤后留下的疤痕来绘制图案的一种技艺。她们俩应该也已经尝试过了。”

岩楯双手捂着脸，又感慨了一遍：“真是莫名其妙！”

“其实早在古时候就有类似的人体改造了，有想方设法拉长脖子的，也有拔掉门牙的。古时候有的印第安人为了能够听到神明的指示，甚至会在自己的头盖骨上打孔。也许‘人体改造’在这两个女孩看来是一种破茧成蝶的捷径吧。再加上存在某种自残倾向，以及渴望自身存在被他人认可的特殊心理，所以才不得不选择了这条路。一言以蔽之，她们只不过在一身烦恼无以排解之时，失足迷失了方向而已。”

“这样啊。”

岩楯的手不自觉地伸向了胸口的口袋，但很快便克制住自己。他对香烟的渴望已如决堤的山洪，在戒烟阶段，对尼古丁的需求会比往日强烈许多，这种内心的焦灼使他苦不堪言。而一想到这两名年仅 17 岁的小姑娘为了满足一些欲求，居然不惜伤害自己的身体，岩楯心中便喷涌出一种愤慨。

“总而言之，把未成年人也当作获利对象的这家黑店说什么也不能放过，先写份报告书检举了吧。”

“收到！”

鳄川一脸严峻地点了点头，关上平板电脑，拿起笔，把报告书的事记在备忘录上。

警惕着满屋子的蜘蛛，岩楯小心翼翼地一步步挪向狭小的楼梯口，随即三步并作两步猛地冲上了三楼。朝三楼走廊望去，可以看到用毛笔字写着“初代 刺鹰”四个大字的朴素牌匾，牌匾下是一扇半掩着的胭脂红的门。穿过满是尘埃的走廊，两人来到门口。

“打扰啦，我们是上午联系过您的警察，来自南岸湾署。”鳄川推开门说道。

“请进。”门内传来一阵有气无力的沙哑嗓音。

两人应声脱了鞋，走进房间。本以为屋子里头会和大楼的外观一样脏乱不堪，没想到却意外地清爽整洁，窗边还挂着一只精致的竹编圆顶鸟笼。

起居室大约十张榻榻米大小，四处弥漫着消毒酒精和染料的气味。一张折叠床挂在墙上，旁边的扶手椅上坐着一个上了年纪的骨瘦如柴的小个子男人，男人肩上站着一只红喙文鸟。这位老人应该就是堀之内极力推荐的文身师——大鹰英明。

大鹰英明身着蓝色格纹衬衫、驼色马甲，轻轻用手梳着一头稀疏的白发，脸上洋溢着惹人喜爱的亲切笑容。这副优雅的模样，即使身在区域活动中心的围棋俱乐部里，也没有丝毫违和感。不过，他松弛的脸颊上有一道好像缝合过的旧伤疤，隐藏在玻璃镜片深处的目光十分锐利，虽然表现得和蔼可亲，没有一丝破绽，但很显然是不好惹的主。

“很抱歉打扰您工作，我叫岩楯。”

岩楯出示了警察证，抽出一张名片递给满面沟壑的老人。

“如您所见，我现在没在工作，谈不上打扰。”

大鹰花了点时间仔细看了看名片，随后收到袖口旁边的兜里。他试图站起身，却有些晃晃悠悠。鳄川见状赶忙上前帮忙搀扶老人家。

“谢谢你啊，这一阵儿我腰和膝盖不太安康啊。架子上有折叠椅，劳驾你们取下来坐会儿吧。家里没有坐垫，对不住啊。”

鳄川搀扶着老人坐回椅子上，岩楯取下生了锈的折叠椅，展开摆在老人面前。这阵势仿佛是在进行一场面试。

两人微微颔首后就座，环视了一眼墙上密密麻麻的照片，全部是文身图案，估计都是这位高龄文身师的作品，有如来、白虎、凤凰，还有风神等，风格鲜明又十分具有感染力，和一般流行的文身不同，传递着一种危险、吓人的气息。

“这栋楼真是不得了啊，从文身到打耳洞，再到烫伤文身，简直是人体改造的一站式服务点。”

“站在房东的立场上想，把空房租给这些古怪的店铺，的确比较省心。其实啊，这附近有不少衣衫褴褛的求租者，由于打扮和卫生问题总被其他大楼拒租。这些求租者最后都集中到这儿来了，毕竟楼内都不是什么正经店家，他们住进来也不会影响人家做生意。所以现在啊，这一带租不着房的人全都争着要住进来，一间空房也不剩。”

“莫非大鹰先生您就是这栋大楼的……”

“对呀，我就是房东。”老人朝着停在手上的文鸟说道，“但我也上年纪了，现在不过是一个连楼都管不好的老糊涂罢了。这里是工作间，住的地方在五楼。”

“冒昧请问，大鹰先生您今年高寿？”

“老朽今年 77 了。话说方才楼下不太安宁啊，好像听到了女孩子的喊声。警察先生们是否知情？”

大鹰收了收下巴，压低眼镜，从银色镜框的上方饶有兴趣地看向岩楯。

“不过是训了训两个未成年少女而已，也不知道是在这栋楼的哪间店里打了耳洞，还文了文身，真是让人为难。”

岩楯毫不掩饰地加以指责，老人也无所畏惧地笑了笑，说道：“文身也好，耳洞也好，烙印也好，都不是医疗行为，这儿也不是医院。的确，根据相关法规，不能招待未成年人，不过这年头哪个孩子能那么老实，乖乖地把真的身份证拿给我们看？虽说没能看穿身份证真伪的文身师也有一定责任，但还是冤呀。”

“看长相，或者聊聊天就能判断出是不是未成年人了吧。”

“那是警察先生您的职业病哟，我等凡人哪有这般火眼金睛。”

“也就是说，您现在也会接待疑似未成年人的客户，是吗？”

面对直言不讳的岩楯，老人家摆了摆手笑了起来，右颊的旧伤疤被笑肌牵引着，脸不可思议地歪向一边。

“我这人从不和新手打交道的，只接待道上的人。哎哟，这么说会触犯法律吗？那方面知识我实在不太了解呀。”

一旁窥视着大鹰的鳄川，也许是被文身师镇定自若、处之泰然的气度震慑住了，丝毫不敢有所松懈。真是一个深不可测的男人，柔弱的外表下埋藏着强大的内心，无论岩楯说什么，他都一脸风平浪静，不为所动。

岩楯长长地出了一口气，开始进入正题。

“文身工作是在这个房间进行吗？”

“基本都是需要外出的，但现在生意越来越差了，毕竟传统的黑道已经不再流行了。”

文身师从口袋里掏出皱巴巴的火柴盒，十分娴熟地点燃了手中的香烟。瞬间，他身上的文鸟扑棱了几下翅膀，逃命般地钻进鸟笼。烟味涌入岩楯的鼻腔，戒烟期的他刹那间变得焦躁不安。大鹰似乎已经看穿了他，这让岩楯很不自在，他无法忍受这种潜在的奚落和嘲讽，赶忙转移了话题。

“谢谢您一直以来的配合，无论如何这次我们都希望能够得到您的帮助。”

“不客气不客气，我也只能告诉你们我知道的东西而已。”

“您从事这行多长时间了？”

“至少有……45 年了吧。”

大鹰飞快地观察了正在做笔记的鳄川，却发现对方也在用同样的眼神观察着自己。岩楯从塞满文件袋的一大摞搜查资料中抽出一张，递给大鹰。

“有一起杀人事件，被害人的手腕上有文身的痕迹。这是文身图案的复印件。”

“嗯……这个大概还算不上是图案。”

大鹰将烟蒂搁在水晶烟灰缸的边缘，眯起双眼看着这张被堀之内加工过的图像。随后摘下眼镜，盯了半晌，头也不抬地闷着嗓子说道：“你们想知道些什么呢？”

“关于这个图案的内容和特征，如果能知道是谁的手艺，那就更好了。”

大鹰抬眼看了看岩楯，忍不住笑了出来。

“警察先生，您这是强人所难哪，大概只有老天爷能看出这是哪个文身师的作品。”

“瞎猜也没关系的，您真的想不出可能是谁吗？”

“就算是瞎猜也猜不到。”年老的文身师冰冷冷地说着，戴上眼镜，把烟叼在嘴上，“这是手腕上的文身，而且受损严重，对吗？”

“正是如此。”

“死者的指纹没有录入过公安系统，而且相貌已经无法辨识，除了文身以外，没有任何可以查明死者身份的线索，所以你们才找到我这里来了。是这样吗？”

“您的推理非常准确。”

大鹰把复印件还给岩楯，用力吸了最后一口烟，然后将其掐灭在烟灰缸里。他一手捋着白发，双眼直勾勾地盯着岩楯。在光的照射下，瞳孔的颜色微微泛黄。虽然只有一瞬间，但岩楯还是注意到了他眼神里不慎流露出的冰冷和无情。

“能让我看看没加工过的原图吗？这种被电脑处理了不知道多少遍的图再怎么看也看不出名堂。制作这张加工图的是那位仁兄吧，就是鉴定课有些古怪的那位。”

“身材纤瘦的鉴定课侦查员，就是他没错。”

岩楯翻了翻文件袋，挑了张现场拍摄的尸体特写。

“原图反而更难看明白吧，血肉模糊的不太好辨别。”

老人点了点头接过相片，打开侧桌上的台灯，仔仔细细地观察着被蛆虫咬得乱七八糟的伤口，脸上没有丝毫对尸体的厌恶和恐惧。笼子里的文鸟又飞了出来，停在了他的肩膀上。

“原来如此，墨水一直渗到了真皮层，应该文了有一段时间。”

“您能看出这不是最近的？”

“能，因为已经有明显的褪色了。”

大鹰拿了一柄小型放大镜对着照片，眼睑略微下垂，目光炯炯有神。

“这块文身，估计不是洋货。”

“不是洋货吗？但上面不是印有英文字母吗？”鳄川反问道，并伸出细长的手指，在照片上比画着。老人有些吃惊，他没料到人类的手指居然能这么纤瘦。

“看这里，针痕很密集的这部分，黑色圆圈的周围。”老人说。

但两人除了一团血肉模糊外，什么都没看见。岩楯重新取出堀之内处理过的那张图像，看向大鹰说的那块区域。

“的确，如果是这张处理过的图像，就可以看到很多密集的点。”

“这个针痕，是用十三平针做出来的。”

“十三平针是什么意思？这词还是第一次听说。”

大鹰颤巍巍地站起身，文鸟安静地停在他肩上一动不动。隔壁的房间里有一台形似烤面包炉的高压蒸汽灭菌器，老人打开了灭菌器的门，取了些东西放到手中的不锈钢托盘上，揉着腰，哼哼了两声，坐了下来。

不锈钢托盘上并排摆放着几根奇形怪状的针。有单根的棱锥般的尖针，也有好几根针集成一束的剑山，琳琅满目。

“难不成这些针都是您手工制作的？”

“那当然，都是手工的，然后要用那儿的工具把针固定在针床上。”大鹰朝着一件形似老虎钳的工具抬了抬下巴，“平行排两列，针并排摆放，一共 13 根针的这个就是了。”

“看起来好像以前用的那种理发推剪。”岩楯说。

“这个就叫作十三平针，这张图片上的针眼都比较均等，应该是十三平针的痕迹没错。还有，这里也有十五针和七针的圈扎入的痕迹。”

岩楯用手指轻轻碰了碰十三平针的针头，被过于尖锐的针尖扎得浑身一颤，缩回了手。鳄川在得到大鹰许可后，用手机把十三平针拍了下来。

“应该很疼吧，这束针山下手没轻没重，轻而易举地就能扎到真皮层。”

“如果文身师的水平有限，也许会一不小心扎得更深。伤口越深，最后成形的色泽就越难看，很多时候有人会把这种色泽当作是最原始的传统文身，其实这是一种误解。道上还有很多人甚至觉得这样的文身才是真正的文身，可能是觉得只有忍着痛、扎得深，文出来的文身才更有黑道的气魄吧。”

大鹰再次端详起死者的照片，指着一块凹陷的伤痕说：“这位文身师还是懂行的，你看，针痕没有越过真皮层，而且十分平整。至少不会是半路出家的野文身师。”

“这个十三平针是不是不常用？”

“那倒不会，这种针束经常用于晕染。文身通常由割线，也就是描线，还有上色、晕染和开晕四个步骤组成。如果从特征上来说，尸体上的图案线条细腻，绘制严谨，属于日式文身的样式。即便刻画的是英文字母，也没有任何西洋文身的特征。”

岩楯再次环顾了一眼挂满墙的文身。听了大鹰对日式文身的说明，这些照片不再显得吓人、阴森，每一幅都洋溢着日本独有的纤细美丽的色彩。

“原来如此，我听明白了。所以死者手腕上的文身，从针法的特点来看，和大鹰先生您平日所擅长的日式文身比较接近是吗？”

“不，也不完全是这样。”

“可您刚刚不才说这不是西洋文身吗？”

“看这里，是不是有一些极细的线条？”大鹰指了指堀之内修正过的文身图。

“这些线条描绘的是毛发，所以文得相当细。”

岩楯环视了一眼墙上的图，说：“有毛发的图案……有狮子、老虎，还有这个花魁一般的女子，就这些了。”

“日式文身的构图种类虽然十分丰富，但中心图案通常都是古典式的花纹。死者手腕上的纹路，虽说是毛发，但太过细腻温婉了些。”

“这样的毛发纹路很少见吗？”

“在我擅长的领域里的确是这样的，很少见。在日式文身中，毛发都是用来表现冲击力的，不会描绘得这么写实。文身发源于江户时代，就毛发的表现形式而言，从那时到现在从来没改变过。”

不断在一边记笔记的鳄川有些顾虑地举起手，问道：“细腻温婉的毛发，可以理解成是蓬松柔软的毛发吗？”

“也不是不可以。”

“那会不会是猫、兔子、小黄鸡、狗熊、小型犬之类……”

鳄川一本正经地从嘴里冒出一连串可爱的小动物，岩楯赶忙制止道：“行了行了，这个男人要是绣了只小黄鸡在身上，那就真是没救了。”

“不不不，我是想把所有可能想到的动物都一一罗列出来，说不定从中可以看出点什么。”鳄川拿笔顶着下巴，一脸自信地说道。

鳄川的一些特立独行的断案方法虽然有时候显得十分愚蠢，却常常有奇效。但是，当岩楯看到他在笔记本上写下了“羊驼”的时候，就果断地转移了话题。

“大鹰先生您怎么看？”

始终盯着照片看的大鹰推了推眼镜，揉了揉眼角。

“图案的话，我也没有什么想法。但从构图的角度而言，很明显不是古典式的构图。虽说如此，却也不是西洋文身，真是不可思议。”

“总之，到目前为止只能确定这不是黑帮常用的文身，是吗？”

“是的，而且这位文身师实在是技术了得。现在的年轻人赶时髦文的那些玩意儿，不过是些按模板设置好以后的机械式文身。尸体上的这个文身不同，一笔一画，每一针都是出自一双娴熟精湛的手，得是行家才能有如此手艺。”

随后，岩楯也向大鹰提及了死者身上使用的荧光墨水，但大鹰对此没有做出太多反应，只是声称染料的选择不是他的专长，所以没有什么有用的情报可以提供给警察先生，因此面露歉意地微微一笑而过。岩楯和鳄川心知肚明，这种十分配合的姿态只是老头儿可以表现出来的表象。文身师谈话时，总感觉仿佛有什么哽在了喉咙，显然，他一刻也没有放松警惕，始终都在谨慎地选择着措辞。虽然两人都觉得大鹰似乎在暗处默默嘲讽着自己，但大概是多虑了，应该是大鹰的三次前科让他们产生了先入为主的错觉。再怎么说，眼前这个男人可是有过把好几个小流氓打得半死的经历，他实在是让人难以揣摩。

通过大鹰的证词，可以得知死者身上的文身属性比较特殊，既不完全符合日式风格，也不是西洋风格。不过文身的具体图案仍不得而知，也找不到今后搜查的方向。岩楯和鳄川随后又拜访了名单上的两位文身师，都没有获取什么有用的情报，其他同组成员也都无功而返。少女们提及的“Death Tradition”也再无其他人知晓。

回到署里，岩楯看着椅子上堆得乱七八糟的搜查资料发愣。整个搜查过程，他的直觉始终没有派上用场，也没有任何突然闪现的灵感，自始至终都是一种迷雾重重的状态。这个男人到底是谁？从哪儿来？职业是什么？性格怎么样？有什么兴趣爱好？几岁了？无论哪个问题，都没有一个确切的答案。

岩楯的视线从缄口不语的死者照片转移到办公桌上的笔记本，笔记本的封面上写着“NO.1705”。仅仅三天时间，就多了八册。鳄川明明一年四季都泡在电脑、平板和手机这些电子设备中，但仍未改变动手记笔记的习惯。鳄川曾说，一旦动笔，许多情感和感受就会自然而然地涌上心头。这种理论并非毫无道理，一边复习笔记，一边整理脑海中的信息，许多容易被遗漏的重要情报就能重新被记起，对破案大有裨益。

岩楯翻开贴满便笺的鳄川手记，把今天发生的事重新回顾了一遍。

3

11 月 16 日，星期六。

早晨的搜查会议刚结束，一大拨人就接连不断地拥出会议室，岩楯和鳄川，还有赤堀亦在其中，三人随着人流一路挤过有些寒冷的走廊。

赤堀一路噘着嘴，不停地发牢骚。她费了好大劲儿通宵做实验得出的成果被毫不留情地当作“保留意见”处理而不予采用。虽然她已经很仔细地向大家说明，根据实验结果，蛆的孵化时间延长很可能是因为尸体在盐水中浸泡过。但搜查会议中，上级仍认为这不足以作为证明尸体是从大海上漂来的决定性证据。

尸体的发现现场，也就是荒川和中川的交汇点，根据气候和潮汐时不时会有海水倒流形成汽水域[1]。面对这样的事实，即便是赤堀，也哑口无言了。但她仍旧觉得不服气，认为自己只不过是还没搜集齐能够反驳这个事实的证据而已。

“赤堀，刚刚在会议上，您应该还有些话没讲吧？”下楼梯的时候岩楯开口问道。

1　汽水域：汽水又称为半海水、咸淡水，是指盐度在淡水与海水之间的水域，常见于河海交汇处。

赤堀听完两眼一斜，得意地窃笑了起来。看来她已经不再纠结于方才的搜查会议了，这表情仿佛是打定主意要重新振作，迎接来自搜查总部的挑战。

“事已至此，只好等我打牢地基以后，再向你们下战书！今天是我急躁了，出招太早，才会输得一塌糊涂。”

“你到底在和什么东西火拼啊？”

“当然是和警察啊！”赤堀直白地说着，一只手拽着格纹围巾转马绳似的不断打着圈儿，“他们肯定是觉得，如果把搜查范围扩大到大海，那局面就难以控制了，所以就想着把我的提议往后推。真是司马昭之心——路人皆知。”

“只要是个人都会这么想吧。谁让你一上来就说‘用了 40 个小时，蛆虫才孵化出来。所以各位，从今天起，搜查范围就定在东京湾啦！’这话换作谁听了都难免瞠目结舌啊。”

“可是所有的因果关系我也都详细说明了，连盐水实验的经过和结果也都和大家说了啊。”

“很遗憾，只能说这次的尸体发现现场也不怎么配合你。警方拿出了‘汽水域’的撒手锏，无论是你的盐水实验还是关于硅藻的说明，都恰好给‘汽水域’的说法提供了合理性。凭这种不够严谨的一时兴起把搜查范围扩张到大海，出错了那可不是闹着玩的。”

小个子赤堀仍旧噘着嘴，从一旁愤恨地抬眼看着岩楯。这时，鳄川明朗的嗓音突然从背后响起：“赤堀老师，您刚才说‘等到打牢地基以后再下战书’，也就是说已经有头绪了，对吧？”

“鳄鱼君，你说对了。”

赤堀边走边套上夹克衫，三人刚走出一楼大厅，迎面而来的是一阵刺骨的海风，鳄川慌忙整理起自己那风中飞舞的稀疏刘海儿。大厅门口赫然停放着一辆挂着捕虫网的不合时宜的单车，更让人拍手称奇的是，单车正好锁在大门口“禁止停放自行车”的告示板上，岩楯和鳄川见此情景皆目瞪口呆。赤堀和警察组织间的对抗就宛若这辆停在告示板边上的自行车。这个女人真是不可思议，在她看来，只要自己有理，就一定要让其他反对她的侦查员乖乖闭上嘴，就好像她觉得有理，就要把自行车停在“禁止停放自行车”的告示板旁。这种极度幼稚的举动，也就只有这个叫赤堀的女人才能做得出来。

“总之，老师还是先上车吧，今天和我一起去做调查，帮你打地基也是我的工作之一嘛。”

“欸？岩楯警官你难道不是和他们一伙的吗？”

“当然是。不过我比谁都清楚你的能力。既然你那么肯定地说死者是从大海上漂来的，那就一定是从大海上漂来的。”

身旁的鳄川也用力地点了点头。赤堀开心地用力拍了拍两人的肩，咧嘴大笑道：“所以我才这么喜欢岩楯警官和鳄鱼君呀！以后你们俩要是碰到什么麻烦，我赤堀一定拼死相救！再大的困难也不怕，就算要用上全世界所有的昆虫，也要让为难你们的人看看阴湿又黏腻的人间地狱是什么样的。”

“……看来，绝对绝对不能与你为敌。”

岩楯一本正经地说着，想象着被赤堀囚禁在大学校园里的阴暗小屋里，成群的蜘蛛、蛆虫，还有其他恶心几十倍的昆虫向他袭来的恐怖场景。

明明生性多疑，从未信任过任何一个交情不深的外人，却在不知不觉中这么深刻地接纳、认可了赤堀，岩楯对于自身的这种变化也深感意外，何况她又是这么一个不可理喻的奇葩！

看着昆虫学家在鳄川的催促下正要把自行车挪到一旁，岩楯心想，原来和有些人之间的感情，不需要苦心经营，也能够相互理解。虽然这把年纪才学会这个道理，但也不算晚。说起来，赤堀总是时不时地跳出来干扰自己的工作，不过这并不让他觉得厌烦。

三个人走进停车场，钻进车里。坐在后座的赤堀把身子探到驾驶员身边，说："请开到发现尸体的现场，也就是清新町的河对面。"

"收到。"鳄川拉下手刹，慢慢踩下油门开始加速，穿过合同厅舍[1]之后左拐，驶入沿海道路，通过了晴海街的红绿灯。这一带由于附近有滨海公园和轮船科学馆，所以交通稍稍有些拥堵，但毕竟是填海造陆造出的地盘，道路较为宽阔。在躲过这波轻微的堵车风潮后，小车便畅通无阻地奔驰在被碧海蓝天包围的国道上了。

赤堀放下背包，拿出一沓文件递给岩楯："我调查了从10月到11月的气象数据。"

"这数据也太过精细了吧！"岩楯把脸凑近列满数字的材料。

"10月20日以后的平均气温是10.3摄氏度，最高气温超过20摄氏度的天数有4天，最低气温不低于10摄氏度的也就只有2天。"

"然后呢？"岩楯催促道。

同时，他还注意到握着方向盘的鳄川正坐立不安地扭动着身体。大概是因为听到了重要的情报，却不能马上记到笔记本上才如此焦躁不安、内心挣扎吧。岩楯心想，不妨借此机会体验一番他一直絮絮叨叨挂在嘴边的心理分析法，于是向他伸出了援手："你要不要试试把你的笔记交给我保管会儿？"

1　合同厅舍：是日本行政机关、裁判所（国家机关）或都道府县机关所辖的多种不同业务的组织入驻的办公大楼。

鳄川那对隐藏在眼镜下的瞳孔突然放光，连忙从车门侧袋里抽出笔记本递给岩楯。

“麻烦您尽量写详细点儿，每一个句号换一行。啊，对了！别忘了两行句子中间也要空一行。”

“哎呀，我来帮你写啦。”

赤堀正要出手之时，鳄川慌忙把笔记本推给岩楯。赤堀笔头功夫之糟糕可是远近闻名的，她亲笔写的报告书鳄川也不是没见识过，里头的错别字多到令人绝望，净是些惊世骇俗的语法错误。他怎么可能把视如己出的宝贝笔记本托付给这样的女人！

“赤堀老师您只要负责说明情况就好，笔记就拜托岩楯警部补了。”

岩楯翻开笔记本，从怀里掏出一支笔。鳄川将车驶出匝道，顺利地进入首都高速道路湾岸线。

“我刚刚说到哪儿来着？”赤堀歪着头问。

“10月20日以后的平均气温是10.3摄氏度，最高气温超过20摄氏度的天数有4天，最低气温不低于10摄氏度的就只有2天。”

“记得这么牢！你很执拗啊！不愧是搜查之鬼。”

在他人看来这句话的用词似乎十分讽刺，但就赤堀而言，她认为这是一句纯粹的赞美。

“我之前也说过，在现场采集到的苍蝇有两种——黑丽蝇和大头金蝇。这回的搜查重点就放在夏季出没的大头金蝇上。”赤堀说。

“为什么？”岩楯边问边把赤堀说的话一五一十地记录在本子上。

“大头金蝇在高于20摄氏度的环境下无法产卵，其卵在低于10摄氏度的气温中无法生存。也就是说，可以根据这个气温条件推测出尸体是哪一天漂到沙洲的。由于尸体上发现的大头金蝇和黑丽蝇的生长程度，也就是寿命都差不多，而且适应寒冬的黑丽蝇肯定是在尸体刚漂来的时候就产了卵，所以能够得知大头金蝇的产卵日也是尸体漂来的同一天。”

“原来如此。”

“所以，最高气温在 20 摄氏度以上，最低气温在 10 摄氏度以上的连续 2 天以上的日子，就是大头金蝇的产卵日。也就是说，尸体漂到沙洲的时间是 11 月 6 日或者 11 月 7 日。”

听完赤堀的结论，正目视前方驾驶着小车的鳄川也不禁发出一阵赞叹。

“由于资料不全，接下来就只是我的个人推测了。大头金蝇本应还在冬眠，但连日上升的气温使得它误判了季节，提早解除了冬眠状态。这是气候异常带来的影响，其实世界范围内的各种生物体内的节律都因此而发生着异变。照理说，生存季节相反的两个物种是不可能同时出现的。”

“是不是会有越来越多的物种开始灭绝？”

鳄川透过后视镜向后座看了一眼。

“如果根据我的赤堀进化论，这时候就要考验它们的繁殖能力和适应能力了……”

昆虫学家的表情略显严肃，在阳光下眯起了双眼。

不知为何，比起那些大声叫嚣着要停止破坏自然、保护自然的环保团体，赤堀脸上的神情更能打动人心。她并没有一味地要求禁止这样或那样的生产活动，而是用自己的方法不断追寻着一条能让人与自然和谐相处的共生之道。虽然这种观念过于理想化，但如果是赤堀的话，说不定能再次给我们带来新的惊喜。

岩楯想着想着，扑哧笑出了声，记完笔记，抬起头说：“听了你的假设，我有一个疑问。”

“请说吧。”赤堀手掌指向岩楯。

“到目前为止，我们得知苍蝇误判了季节从冬眠中苏醒，在尸体上产卵，而且产卵的时间也已经推测出来了。即便如此，我们还是不清楚死者的死亡时间以及尸体的来源呀。”

岩楯毫不客气地指出，赤堀一如既往地笑了笑。

“不反驳我吗？”岩楯问道。

“没什么好反驳的。确实，我刚刚说的只不过是细化了的中间过程，对于案情进展没什么太大帮助。目前最重要的是，如何证实尸体是从海上漂来的。为了证明这点，必须对所有的疑点逐个击破，一定还有没被咱们发现的决定性证据。比如最近科学警察研究所在微小物质分析中发现了疑似昆虫残骸的碎片。”

“知道啦。”岩楯点了点头，啪的一声合上了笔记本。如果赤堀始终坚持自己的想法，他也不会有任何意见。

从南湾岸署出发到现在已经过去了大约 20 分钟。小车从葛西出口驶出，进入环状七号线，随后拐进荒川沿岸的道路，顺着河向前飞驰。赤堀从后座向驾驶室探出头，指着前方说：“在那儿停车。”

“可是，这里距离发现尸体的沙洲还有一段距离啊？”少言寡语的鳄川问道。

“不要紧，就在这儿停。”

鳄川把车停到赤堀指定的堤坝下，三人踩着阶梯爬上堤坝，漫步在坝上的人行道。天朗气清，万里无云，由于地势较高，周围没有任何遮挡物，刺骨的寒风一阵阵肆虐而过，三人叫苦不迭。走着走着，前方的河岸边一顶橘色的沙滩伞映入视野。这一带明明杂草丛生，一片萧瑟之景，这顶略显艳丽的沙滩伞多多少少显得有些不合时宜。不仅如此，再往前两步，烧烤工具、餐桌等应有尽有，设备齐全，田地成垄，种植的青菜生机勃勃，绿叶苍翠欲滴。

“这是怎么回事？这块地是谁开垦的？”

“厉害不，是一个叫浦和富美子的老婆婆自己一人建好的。不过中途好像有个无业的老大爷也加入了。”

“老婆婆和老大爷？是流浪汉吗？”

“不是啦！”赤堀摆了摆手，“只是对菜园子感兴趣而已。”

“这是彻彻底底的非法占地啊。”鳄川严厉地指出，同时举着手机咔嚓咔嚓地拍摄着眼前的一切。

“哎呀，行了。市政府那儿好像已经和他们谈妥了，我们就别追究了。”

话音未落，赤堀就猛地冲下堤坝。岩楯和鳄川担心皮鞋打滑，小心翼翼地跟在她身后。一踏上这片开垦过的土地，便有一种从都市的嘈杂喧嚣中解脱而出的不可思议的情感涌上心头。冬阳下的河面波光粼粼，十分耀眼，对岸的城镇朦朦胧胧，宛若覆了一层轻纱，空气中弥漫着泥土的芳香，高挑的枯草被风拂过，沙沙作响。

岩楯条件反射般地深吸了一口冷空气。这块“世外桃源”背后高大的堤坝完美地将此地与外界相隔绝，这种秘密基地般的昂扬感渗透在每一丝空气里。见到这样得天独厚的土地，想必谁都会有无视法律、开垦此地的冲动。

赤堀上蹿下跳地跃过田间，朝着一卷吊在芒草缝隙间的竹帘大喊：“富美子婆婆！您在吗？！我是前一阵儿坐船来的赤堀，还有些事想问您！”

竹帘的深处似乎就是这位叫富美子的老婆婆的住所，这设定简直像魔女一般。一阵像是味噌汤又像是猪肉酱汤的香味随着风扑鼻而来。

“富美子婆——婆——！”

赤堀纠缠不休地叫唤了半天，竹帘突然被掀开，一位面色黝黑、穿着臃肿、愁眉苦脸的老妪威严地叉开腿、挺着腰伫立在那里。体形与其说是矮小微胖，不如说是骨架结实粗壮，那腰腿一看便知，甚是强悍。

“吵死了啊！我又没聋，你喊一次我就听到了！”

她很快瞥见了岩楯和鳄川，眉毛立刻皱成一团，全身上下都警戒了起来。

“这是谁啊？你不会给我把警察带过来了吧！”

“哎呀，不是不是，这两个人不是那种坏蛋。”

“坏蛋？”

鳄川惊讶地意识到方才赤堀用“坏蛋”来形容警方。岩楯一步步避开田间的泥泞，小心翼翼地走上前，脸上挂着讨好人的假笑，双手递上自己的名片。

“突然到访给您添麻烦了，能问您几句话吗？”

富美子用那骨节分明的粗壮的手接过名片，眯着眼拿得远远的仔细看着。当她的双眼成功聚焦在名片上的一瞬间，突然脸色大变，浑身一震，结结巴巴地喊道：“他不就是警察吗？好啊你！居然给我带了两个居心叵测的大草包过来捣乱！”

富美子气得直跺脚，毫不留情地把岩楯的名片扔进还有残渣在冒烟的铁桶里，火苗突然蹿了上来，将名片烧得干干净净。看来老婆婆身上可能发生过些什么，使得她如此仇恨警察，一举一动都显得有些过激了。她喘着大气，凶巴巴的模样仿佛要吃掉一旁看着十分洒脱的赤堀。

“你到底要干吗？！喂！你说啊，你到底想干吗？！”

“欸欸欸，富美子婆婆您冷静点儿，我带他们来不是要拆您的菜园子。”

“胡说八道！自从那儿发现了死人，就有好几个警察来找我，刨根问底地问了一堆无关紧要的问题！”富美子婆婆指着沙洲骂道，“他们问话时的那口气，简直就是把我当成凶手了！没从我嘴里探出什么有用的情报，就威胁说要我赶紧停止非法占据河岸地盘！自己不走运没查到什么东西就迁怒于我！推卸责任地怪罪我！”

“哎呀呀，那些警察真是太过分了。”

“不要说得好像这事与你无关！”

老妪黝黑的脸涨得通红，凹陷的双眼爬满了血丝，愤怒地喊着。岩楯试图安慰安慰她，不然照这样子下去，心脏病发作也不是不可能。当岩楯正要忍气吞声、低声下气地去安抚老婆婆时，身后突然传来一声呻吟声，他条件反射地转过身去看。只见鳄川狼狈地单膝跪在田里，身边还有一只不知从哪儿蹿出来的白山羊。应该还是只未成年的小羊，小脸儿拉得老长，前脚不断地蹬着地，一副随时准备好要投入战斗的模样。

“怎么回事啊？你那儿怎么还跑出山羊了？”岩楯说。

“我怎么知道！它突然就从背后撞我！”

“你怎么还愣在那儿不走？小心它又撞你！”

鳄川扶了扶眼镜，赶忙站了起来。耳边传来赤堀爆发出的一阵刺耳的嘲笑声，她捂着肚子，笑得直不起身，眼角还挂着泪花。

“哈哈哈，鳄……鳄鱼君，你这也太屃了吧！为……哈哈……为什么小山羊要撞你？你是不是干了什么事惹它生气了？啊哈哈哈，富美子婆婆你看他……哈哈哈哈哈……被山羊哈哈哈……顶了屁股哈哈哈哈……哈哈，不行不行，我肚子好疼……”

真是一个大大咧咧的女人。赤堀笑得前仰后合，方才还火冒三丈的富美子肩膀一耸一耸的，拼了命地忍着笑意。她故作严肃地大步走向鳄川，抓住小山羊的项圈，拴在木桩上。赤堀心直口快的个性，在这种时候还是派上了用场。

“这里怎么会出现山羊啊？”岩楯指着木桩方向问道。

富美子实在忍不住，一阵狂笑，指了指旁边的农田，说：“那是经营那块田的老爷子的宠物。为了除杂草才养的山羊，他说这是什么山羊农作法。”

富美子脸上的阴云一扫而空，对警官的愤怒似乎也淡薄了许多。鳄川站起来，拍了拍身上的土，赤堀见此情景又开始一个劲儿地笑个不停，岩楯无奈地用手肘捅了捅赤堀。

“你们到底是来干吗的？有什么事吗？”老婆婆问。

赤堀终于忍住笑，眼角挂着泪水，指了指被黄色警戒线围得严严实实的沙洲，说：“想再详细向您问问之前发生的事。富美子婆婆您不是说有一天突然飞来了很多乌鸦吗？还记得具体是哪一天吗？”

“啊啊，记得啊。”

富美子如此轻松利落的回答让他们有些吃惊，三人面面相觑，揣度着富美子婆婆这话是不是有什么言外之意。

“真的记得吗？乌鸦第一次聚集在一起的那一天具体是几号，您真的记得？”

“不是说了我记得啊。”富美子有些烦躁地重复了一遍，随后折道回头走进竹帘，继续做饭。

岩楯满怀好奇地上前窥探一眼，老婆婆立刻有所察觉地转身大喊：“不许进来！”那双布满血丝的眼睛死死瞪着岩楯。每个人小的时候，邻居当中总会有一个和富美子婆婆类似的脾气暴躁且凶巴巴的老年人。鳄川似乎看穿了岩楯的想法，严肃地朝他点了点头。

不久，穿着羊毛开衫的富美子走出竹帘，从口袋里掏出一本脏兮兮的本子翻了翻。岩楯偷偷瞥了一眼，本子上用铅笔写着诸如猪肉酱汤、甜酒、腌菜等食物和饮料的名字。老婆婆似乎发现了岩楯正在偷看本子里的内容，赶忙拿手遮住了本子。

“乌鸦集中在这一带是从这个月的 6 号开始的。”

富美子话音刚落，鳄川就“哇”地发出了一声惊叹。他飞快地翻阅着刚刚让岩楯帮忙记的笔记，上面写着的赤堀根据气温推测出的尸体漂到沙洲的日期是 11 月的 6 日或 7 日，和富美子的证词完美吻合。乌鸦应该也是因为察觉到那天漂到沙洲上的尸体，才集中到此地觅食的。

鳄川看了眼赤堀，她眼神坚定，像夸耀着自己的胜利一般扬着下巴，轻轻笑了两声。这副十分讨人厌的神情，岩楯和鳄川早就已经习惯了。但一切似乎又太过顺利了，岩楯看向富美子，直率地发问："总不可能只要是乌鸦出现的日子您都特地记到本子上吧？为什么能够记得是那一天呢？"

"这是因为……"富美子话未出口便咽了下去。

岩楯敏锐地觉察到了她的异样，富美子也清楚自己的举动容易让人起疑心，赶忙佯装咳嗽，企图蒙混过关。果然，这个老妪身上还有很多不为人知的秘密。莫非刚才那副怒不可遏的模样也是演出来的？难不成她其实和这次的案件有关联？……岩楯十分专心地盯着富美子，认真捕捉着她的每一个表情、每一个动作。

老妪不断嘟囔着拖延时间，缓缓戴上那顶针织帽，抬起头说："你是说乌鸦出现的日子？"

"嗯，对。"

"我为了给农田施肥，那天从家里把生活垃圾带了过来。就在那天乌鸦成群地出现了。通常只有在垃圾日的时候乌鸦才会四处活动，那天不是垃圾日，但它们居然都飞到这河边来了，所以我觉得挺惊讶的。"

"这样啊，但这不能成为您记得那一天日期的原因呀。"

"能啊，怎么不能？我给农田施肥的日子是每个月的 6 号和 18 号，你要是不相信我，可以去问问隔壁田的老爷子啊。"

富美子不断地退缩到角落里，岩楯直视着她的双眼，她也不甘示弱地回敬着。关于她说的发现乌鸦的日期，应该是正确的。但刚刚那一瞬间，这个女人的的确确在掩饰着什么。

岩楯的脸上再次浮现出温和的笑容，从口袋里又掏出一张名片，直接塞到富美子羊毛开衫的口袋里。

“您要是有什么发现，请随时与我联系。拜托这次不要再烧了哦。”

看着满脸假笑的刑警先生，富美子气愤地朝堤坝方向撇过头，不予理睬，用肢体语言告诉他们快滚吧。

赤堀的推理是正确的。各方情报都证实了尸体漂到沙洲的时间是 11 月 6 日没有错。看着正和板着脸的富美子纠缠不休的赤堀，岩楯开始在脑海中构想下一步应该怎么办。

4

“让我抽根烟吧。”坐在车上的赤堀冷不丁地说道。

岩楯先是吃了一惊，身边的鳄川想到自己的上司这段时间可是豁出命在戒烟，不由得内心有些不安。其实赤堀基本上不怎么抽烟，只有在喝了酒以后，心情烦躁的时候，还有在苦思冥想时才会偶尔吸上一根。但现在这个时机真是太不巧了，岩楯戒烟的意志力薄弱得像泥沙城堡，一碰就散。现在的他定是经不起旁人的诱惑。

“怎么啦？你们俩怎么看起来有些无精打采的？”

赤堀对两人的内心戏一无所知，毫无顾忌地从背包里掏出皱巴巴的烟盒和打火机，拿出一根烟叼在嘴上，凑近打火机正要点火。岩楯忍无可忍猛地一把夺过赤堀的香烟。

“喂，岩楯刑警，你干什么啊？这么火急火燎的，动作比变色龙的舌头还快。想抽烟的话，我给你啊，那么着急干吗？”

“不，不用了。我现在在戒烟。”

“戒烟？”

赤堀探出身子，茫然地盯着岩楯的脸。那双水灵灵的大圆眼中倒映出了岩楯疲惫不堪的窘态。岩楯霎时羞红了脸，赶忙调整了一下坐姿，清了清嗓子：“现在正处于比较艰难的阶段，你能不能去外头抽？”

赤堀一脸认真地接过岩楯手上的烟，塞回烟盒，说：“明白！不用担心啦。岩楯刑警真是拼命啊，很棒了。既然你都这样求我了，我也一起戒烟吧！”

“根本没有求你……”

“对了，岩楯刑警，你是什么血型？”

“O型血，怎么啦？”他答道，全然摸不着头脑。

赤堀拍了拍手，道了声：“好！”随后从包里掏出一个塑料盒，似乎是一套简易版的昆虫采集工具，有玻璃瓶、薄纸、滴管，还有长得像滤茶器的不明器具，各种各样的道具塞满了盒子。赤堀从中抽出一个拇指大小的小容器，塞到岩楯手中，里面装满了黑芝麻般的小颗粒。

“戒烟多长时间啦？”

“一个月。”

“那现在应该是比较艰难的阶段了。如果实在受不了想吸烟的时候，就拿出这个小瓶子嗅两下，烟瘾症状会缓解很多。这是最后的撒手锏。”

“这是什么东西啊？”

“干燥过后的黑草蚁。”

岩楯二话不说，立马把小瓶扔还给赤堀，赤堀再次把瓶子塞回到他手中。驾驶座上的鳄川嘴角一抽，推了推眼镜，神情厌恶地盯着小瓶子。

“你就当是被我耍了！快试一试！别想那么多！”

“我看你是真的在耍我吧。”

“不耍你！真的！这个对O型血的人更是管用。”

“为什么对O型血更管用？你说来我听听。”

“昆虫的体液和O型血的构造非常接近，也就是说，没有A型血和B型血的抗原。如果以此为根据进行研究，用昆虫体液进行人体输血，从而解决O型血的血库不足问题也不是不可能哟。所以，我觉得O型血的人类和昆虫间应该有着某些共鸣。”

“才没有共鸣！”岩楯一脸反感地快速答道。他从文件袋里抽出一张照片，啃蚀尸体的蛆群映入眼帘。自己身上难道流着和这些家伙一样的血吗？难不成连蜘蛛也是这样吗？想到这些，他不由得一阵战栗。

鳄川把赤堀的话当作金科玉律般地一五一十地记到了本子上，随后半开玩笑似的落井下石道：“很遗憾我是B型血，就只能心领这份恩惠了。”

“鳄鱼君是B型血呀？那和大猩猩是一样的血型哟。”赤堀不留情面地用言语扇了鳄川一耳光。一旁的岩楯拼命地憋着笑。

“总而言之，荷尔蒙的组成是碳氢化合物，而且蚂蚁拥有比世界上任何一种生物更多的外分泌腺体，比如大颚腺、毒腺、杜氏腺、腹板腺等。最近我正在和大吉一起研究这块，论文的题目都拟好了，叫《治愈人类：化学信息物质与蚂蚁疗法的可能性》，这回一定要震惊学界！”

“你的研究，我到现在还是不能理解……对了，老师你是什么血型？虽然我好像也猜到了。”

“当然是O型血啦。”

赤堀诡异地笑了笑，岩楯不禁有些毛骨悚然。他使劲儿搓了搓脸，把干燥的黑草蚁塞进口袋。只要这个古怪的女人在身边，想吸烟的那股劲儿不知不觉就消失了，方才对烟草的渴求现在已经淡了许多。

“对了，岩楯刑警，有件事想拜托你。”赤堀突然郑重了起来，把昆虫采集套装扔进背包，“我想见一见九条老师，就是那个解剖医生。一直都联系不上他，从昨天开始到现在，已经打了好几个电话，都是助手接的，说九条医生很忙，忙到连接电话的时间都没有。真是让我为难。”

“你找他做什么？”岩楯问。

“尸检报告里有一些疑点，我觉得直接问他比较方便。而且从科学警察研究所那儿传出了一份微小物质，好像传到九条先生手上就没再往下传，我想知道什么时候才能传到我这儿来。”

“不然我帮你打电话问问，看他能不能挤点时间出来。”

鳄川边说边拿出手机，岩楯赶忙制止了他。

赤堀疑惑地晃了下脑袋。岩楯从头到脚扫视了一遍赤堀，陈旧的法兰绒格纹衬衫外面套着件尼龙材质的短夹克，牛仔裤上到处是被油漆溅上的斑点。像九条那般注重穿着打扮和身份地位的人，最不能接受的大概就是赤堀这种不修边幅、大大咧咧的样子了。要是把这样的赤堀带到九条面前，肯定能把他气个半死，岩楯仿佛已经看见九条满脸通红、怒不可遏地站在他面前的模样了。他一边想象着，一边摸了摸自己下巴上的小胡楂儿，得意地流露出一丝笑容。

“好！鳄川！向河内町的大学出发！”

“但……还是提前预约一下比较妥当吧。”

“只能硬闯，不然是见不到九条的尊容的。那个医生，除了上层领导以外，从不接受别人的预约。如果我们也按手续走，去找领导帮忙预约，还得和上面解释大半天见九条的原因，麻烦死了，浪费时间，浪费精力。也不知道怎么就把他这么当一回事。”

“有谣言说，九条医生好像是警察厅某高层干部的侄子。”

“行了。”岩楯一语结束了对话，用眼神示意鳄川发车。

赤堀一脸茫然地笑了笑，鳄川一脸憨厚地启动了小车。

约 40 分钟后，三人搭乘的本田雅阁停在新宿区的一隅。向警卫员出示了警察证之后，方得以走进校园。四处耸立着现代化的医疗大楼，赤堀见状，即刻爆发出一阵阵惊叹，接连嚷嚷着“好壮观！”“真有钱！”之类的话，还不断地骚扰她身边那早已被不安的情绪支配了的鳄川：“对吧！很壮观是不是！”

一行人钻进医学中心的升降梯，摁下三楼法医研究室的按钮。电梯门一打开，眼前出现一位身材高挑的白大褂女子，红色框架眼镜，一头顺畅的长发梳成马尾，一张苍白的脸毫无斗志，正是第一天他们见到的那名女助手。她满面憔悴，看着仿佛有45岁，但实际只有三十几岁。三人走出电梯，朝她点了点头，她连忙问道："您好，请问有什么事吗？这里好像没有您的预约信息，和九条医生说过了是吗？"

助手的语速相当快。看来，刚刚在一楼大厅打的内线电话就是她接的。岩楯取出名片递上，对方赶忙慌慌张张地从皮质名片盒里拿出一张名片作为交换。她过于战战兢兢的举止让三人也不禁紧张起来。名片上写着：法医学研究室技术助理石黑由美。

"贸然拜访，实在失敬。我们有些问题想咨询咨询九条医生，所以就……对了，这位是法医昆虫学博士，赤堀凉子副教授。"

赤堀一如既往地笑着和她打了招呼，两手紧紧握住了石黑由美伸出的手。

"嗯……那什么……九条先生现在在办公室里吗？"

"是的。那个……岩楯先生，不好意思，请问您跟九条老师预约了吗？"

看来，确认每位访客有没有预约，是由美的一项非常重要的工作。岩楯只好拼命装出一副和蔼可亲的态度回答道："估计是时间上前后错开了。我已经托其他人帮忙预约了，可能有些时间差吧。"

听着岩楯面不改色地撒着谎，鳄川不由得瞪大了眼，随即又收回脸上的表情，把所有情感都藏到心里。由美正困惑得不知如何是好，看着三人的脸色，小心翼翼地轻声说道："明白了，那我去和九条老师确认一下，还请各位稍作等待。"

"哎呀，不用麻烦啦。我们直接去和他说就行。"

话没说完，三人就昂首阔步地朝九条办公室走去。由美慌张地跟在他们后面。

"这样我很为难的！九条老师现在还在休息！"

“没事没事！不要紧的。”

“不是，不是这样……”

岩楯突然停住脚步，朝脸色苍白的由美果断地说：“石黑女士，我们这次是就案情相关内容来找九条医生确认的。时间紧急，必须尽快。届时就请您将现在的情况一五一十地复述给九条医生即可，就告诉他说一名叫岩楯的刑警不听制止，非要硬闯。”

由美绞着手指，一时间竟不知如何是好，看样子应该是回想起解剖过程中被九条医生斥责时的情景了。她心底有多害怕九条医生，岩楯了如指掌。他轻轻点了点头，转过身，三人向白色走廊的深处继续前进。

走廊尽头右转，便是九条医生的办公室。岩楯敲了两下门，里头传来一句：“谁啊？”说话人的语调听着有些不悦。虽然岩楯已经和九条医生相识甚久，但从未见他开心地笑过。

岩楯推开门，满面春风地看着九条说：“正好路过这附近，顺道过来看看你！”

“什……”医生一时语塞，从沙发上慢慢直起身。

“哟，在休息啊？抱歉抱歉，不过正好，瞧你现在也没在忙，来说说话吧。”

岩楯毫不客气地踏进办公室，刚刚睡醒的九条连阻止他的力气都没有，只能两眼跟着他移动。那身仿佛刚浆洗过的白大褂挂在床边，医生身上的西装衬衫上方三个纽扣都松开了。如此狼狈的模样让人撞见，九条烦躁地咂了咂嘴，眉头拧成一团，飞快地系上纽扣。

“你是怎么回事？”

“您又不记得了吗？我是警视厅的岩楯呀。”

“我知道你是谁！不是在问你这个！”

正当他加重语气朝着岩楯说话时，背着硕大背包的赤堀弹簧般地跳进了办公室，鳄川拘谨地紧随其后。九条的小眼睛瞪得老圆，自然对站在眼前的赤堀感到无比惊讶。

赤堀这身打扮活脱脱一名刚刚下班的油漆工，与九条那黑白风格干净利落的现代化办公室显得格格不入。她还大惊小怪地大喊着：“好酷啊，像电影里的布景一样。”在九条看来，赤堀存在的每一秒，仿佛都在毫不留情地蹂躏自己的办公室。

赤堀笑着走近医生，掏出一张弯折的名片递上。

“不好意思啊，好像在包里给弄折了。我叫赤堀，是一名侦查员，虽然是临时的。”

九条起初疑心重重，不怎么愿意向赤堀伸出手，但他好像突然想起些什么，接过名片，看了好一会儿。渐渐地，脸上的惊讶缓和了些，一如既往地抬着下巴高傲地说：“你就是那个所谓的法医昆虫学学者吗？”

九条这一句话，从语气到内容，完美诠释了什么是彻头彻尾的蛮横无理。

“我记得……你好像是在夏威夷留学的时候拿的昆虫学博士学位。然后又学了法医学，而且致力在日本建设法医昆虫学专业。是这样吧？”

“哇，您了解得真清楚，不过还谈不上建设啦！”赤堀有些害羞地挠了挠头。

九条又一次从头到脚将她打量了一番，脸上浮现出一丝嘲讽般的冷笑，心里肯定在想：这就是那个昆虫白痴啊。他一边摇头，一边用一种挖苦的语气嘟囔着：“法医昆虫学，法医昆虫学呀！”不知为何，比起自己被小觑，九条现在对赤堀的态度更让岩楯感到不快。早知如此，就让赤堀用手巾包住脑袋，拿着捕虫网，穿双沾满泥巴的长靴冲进来得了，岩楯对于没把赤堀打扮得更脏乱些这件事感到万分后悔。

“然后呢？招呼也不打一声就上门打扰是你们警视厅的传统做法吗？”

“我们觉得，不这么做，那肯定见不着您。还请您谅解谅解。”

岩楯和鳄川果断地低下头赔礼道歉。九条薄唇紧闭，以示不满，似乎觉得事情都到了这个份儿上，如果还把这三人赶出去，难免有失身份。他长长叹了口气，心不甘情不愿地指了指那张皮沙发，示意他们就座。

房间里打扫得一尘不染，非常干净，的的确确是九条的做事风格。整间屋子美得甚至能够让人感受到主人的恶意。即便如此，赤堀还是一如既往，粗暴地一屁股坐到沙发上，等左右的两位刑警坐好时，她已经从背包里把资料掏了出来。

“九条老师您喜欢什么类型的昆虫？甲虫类还是鳞翅类？其实啊，学者这个职业里，有好大一部分人都是虫迷呢。”

“这个问题，和你们不请自来的原因有什么关联吗？”

“啊，只是我个人对此感兴趣而已啦……”

赤堀话音未落，九条便插嘴说道：“麻烦你谈正题，长话短说。”

“明白啦，那我也就不绕弯子了。关于尸检报告书，我有几处不太明白，想和您确认一下。”

“有几处不太明白？就因为这种事，你们仨招呼都不打，就冲到我这儿来？”

“嗯，对呀。”

“看完之后能不能看明白，是你个人理解能力的问题。”

“唉，是啊。我这人理解能力的确不太行，您有没有什么好办法？”

赤堀翻阅着资料，洒脱地应对着。果不其然，这番举动让九条越来越烦躁。助手由美敲了敲门，走进办公室，给大家倒茶。医生一脸严苛地呵斥她说没必要招待这些家伙。赤堀朝助手道了声谢，目送其出门后，继续刚才的话题。

“关于尸体气管内的异物测定，不知为什么右侧支气管的数值要高出许多。报告书上只是一笔带过，没有详谈。我还挺在意的。”

九条吃惊地看着赤堀，端起杯托，轻轻抿了一口翠绿色的煎茶。

“法医昆虫学虽说也算是法医学的一个分支，但光做昆虫研究你似乎还不满足，还想着研究研究人体怎么着？这样是不是有点不务正业啊？”

“我会尽力朝本职工作的方向发展。所以，九条医生，支气管的数值要如何解释呀？”

赤堀依旧带着满脸灿烂的笑容看着九条。这个古怪的女人，无论他再怎么损她、嘲讽她，她都完全不会放在心上。意识到这点之后，九条面无表情地把茶杯放回桌上。

“听好了！比起左支气管，人类的右支气管更容易吸入异物。左支气管和人体中轴线成约 50 度角，而右支气管只有约 25 度角，异物更容易被吸进右侧。这可是基本常识啊。”

赤堀连连点头，用无比潦草的字迹在报告书的一角记了一连串没人看得懂的笔记。随后抬起头，继续说道：“原来如此，我明白了。右支气管发现 203 只 1 厘米左右大小的罂粟甲虫，左支气管有 13 只，加起来一共 216 只。啊！就是它们！”

赤堀从资料堆中找出一张放大后的不甚美观的标本照片，亮到九条眼前，医生不由得皱起了眉头。

“原来是因为支气管和人体中轴线的角度问题才大量流入到右侧的呀。可是这种罂粟甲虫是海滨动物，通常黏附在被冲上岸的海藻里侧。您有过这种经验吗？去海边采集裙带菜，带回家煮，结果不小心把里头的小虫子一块儿吃了下去。”

“对了，解剖时还检测出了微量的海藻。”

九条笔挺地站起身，走到书架前，抽出一份厚重的解剖资料，又坐回座位，查阅了一会儿，抬起头说道：“海洋大学的学者说，气管中发现的是一种被称作侧枝鹧鸪菜的海藻，这种海藻在汽水域也能生存。所以你刚才说的那些甲虫可以认为是黏附在这种海藻上的吧。如果你的言外之意是想说死者尸体可能是从海上漂来的，那我只能告诉你，没有确切的证据可以支持你的观点。”

“那死者胃中发现的少量沙土、液体，还有红色天鹅绒螨的碎片又有什么其他含义呢？”

“含义？什么含义？尸体在水里漂了那么久，有些异物流进体内不是很正常吗？”

九条一脸诧异，一旁的两位刑警也是一样的表情。大家都不明白赤堀到底想说什么。她双手端起茶碗，灌了一大口，将茶碗放回茶托，一脸期待地看着九条医生。

“总而言之，我是不打算配合你继续给这起案子出难题了。”

“好的，我明白了。九条医生，说句失礼的话，被害人真的是被勒死的吗？”

天哪……这个女人到底在说什么？岩楯和鳄川有些坐立不安，九条医生不动如山，死死盯着赤堀，脸因气愤而涨得通红，眼角开始抽动，下巴的肌肉收得老紧。平时总绷着一副扑克脸的他，竟然被逼到这般境地，岩楯还是第一次看到九条这副模样。赤堀直接又坦率的发问深深刺伤了他作为名医的自尊心，看来这事有些闹大了……他不由得感到有些发毛。

九条沉默了半晌，只字未发。突然，他像是被什么东西附身了一般，用嘶哑低沉的嗓音从喉咙里挤出一句：“眼睑和眼结膜出血，毛细血管充盈，甲状软骨左上角出血，以及甲状软骨骨折，气管内缺少小气泡，大动脉中血红蛋白沉淀。我之所以判断他是被勒死的，在报告书上列举的理由还不够多吗？”

“啊，你说的那个我知道。但是啊，有很多痕迹都表明死者可能不是死于勒杀。比如肺的膨胀啊，口唇处黏膜没有出血点啊，而且胃里……”

“赤堀副教授！”九条粗暴地打断了她，“你好像对自己的立场有什么误解。他们任命你为临时侦查员，不是要你到处给人找碴挑刺的吧。更何况你一个门外汉，你觉得你有资格对尸检的结果和结论评头论足吗？”

“哪里哪里，我怎么敢啦。是我太无知，所以问题就比较多。但是现阶段的调查涉及整个案件的根基，所以不能放过任何一个不合常理的疑点。”

“嚷嚷着不合常理的只有你一个人好吗？！”九条压着嗓子狠狠地说，同时用怪罪的眼神死死瞪向岩楯，“岩楯警部补，对赤堀副教授这种无礼作风居然熟视无睹、坐视不管，你是何居心！从我接触司法解剖到现在，还是第一次遭受这种羞辱！真是难以置信，我要向你们警视厅投诉！”

当然，岩楯早就料到九条一定会投诉。但是从现在的情况来看，他估计会向一些核心的高层领导投诉。真是伤脑筋。

九条倏然起身，打开办公室的大门，强忍着心中燃烧的怒火道：“请回吧。”鳄川吓得脸色苍白，合上笔记本站起身。赤堀为难地笑了笑，走向九条，说：“九条老师，如果我话说得过分了，那我向您道歉。非常对不起。但是老师您也清楚，这具尸体中发现了很多海里的小型生物和微生物。虽说现场是汽水域，但您看，如此大量的罂粟甲虫都流进了死者的右支气管，发生这种事的可能性多低啊，难道真的只是巧合吗？”

“法医学里没有什么可能性一说。难不成你是想说，死者活生生地被扔到海里，还狠狠喝了海水吗？”

“那我就不清楚了。但是，的确还有很多疑点。你我均是一个领域的研究者，本来我是希望可以一起努力，相互合作的。”

九条一脸无奈地摇了摇头：“这样强行把我和你归到同一领域，真是没什么好说的了。你知道为什么现在法医学领域中，昆虫学一直被拒之门外吗？呵呵，稍微动动脑子就知道了，因为这个学科没有用啊。不需要通过研究那些小蝼蚁，现在的法医学的发展就足够用于破案了。依我看，在破案体系里引进这个学科的警察组织也开始察觉到这个所谓昆虫学的假大空了，估计也开始后悔了吧。”

“老师，您这么说就有些过分了……”岩楯插了一句，但被满面笑容的赤堀制止了，她朝九条点了个头：“我会努力不让他们后悔引进昆虫学的。还有，九条老师，没了人类，昆虫还能继续生存，但没有了昆虫，人类是会灭亡的。它们所肩负的使命，和我们的生存息息相关。把法医昆虫学拒之门外这种行为，是人类自认为无所不能的傲慢的一种体现。”

赤堀看着九条，掷地有声地抛出这段话，随后又深深鞠了一躬，离开办公室。

这样一来，被投诉是难免的了。毕竟赤堀这番话相当于拐着弯儿告诉九条：你这个人既孤陋寡闻又傲慢无礼。两位警察也赶忙附和地点头示意，迈着大步追上赤堀。

拐过弯之后是一条走廊，只见九条的助手由美耷拉着脸，紧张地伫立在走廊的尽头，双手因不安而来回搓动着。健步如飞的赤堀突然站住，转了个身往回走，和身后的岩楯撞了个满怀。

“怎么啦？”

“忘了问科学警察研究所寄来的微小物质的事了。你们俩先上车等我，我去找九条问问就来！”赤堀连忙往回跑。

“等等，等等！”岩楯猛地一把抓住赤堀的后衣领，“我真是不懂你，刚刚才和他吵得那么凶，这会儿怎么又屁颠屁颠地笑着脸跑回去。”

“哎呀，不打不相识嘛！”

“可你们刚才打得也太狠了吧。”

岩楯气得头疼，用手指揉了揉太阳穴。这时远处传来了助理由美的两声虚弱的咳嗽：“那个，关于科学警察研究所寄来的微小物质，我们刚打算寄过去，还放在研究室里呢。正好你们过来了，还麻烦各位到一楼稍作等待，我现在去取。”

“啊，真的吗？太好了，谢啦！”

看着后襟被抓得牢牢的赤堀，由美似笑非笑地点了点头。

三人从三楼乘坐升降梯回到一楼，走出电梯门，赤堀突然朝着岩楯和鳄川转过身，一脸顺从、乖巧的模样。

“岩楯刑警，鳄川刑警，非常对不起！”

她深深鞠了一躬，背上的包差点就顺着脑瓜儿滑了下来。

“我自己闯了祸，还把你们俩也牵扯进来了。刚刚出电梯的时候我还在想要怎么办才好，一直想不到解决办法。”

“干吗呀！这一点都不像你的作风，抬起头，抬起头！”

“就是嘛，犯不着道歉的呀。”

赤堀慢吞吞地抬起头，他们俩从未见过她如此不安的模样。看着赤堀泫然欲泣的双眼，岩楯吓得哑口无言，鳄川惊慌失措地安抚道：“别……别哭啊。没什么大不了的啦！”那神情和语气仿佛是在安慰伤心的小朋友一般。

“我没有哭啦！”赤堀无力地笑了笑，“但是，如果九条先生投诉了的话，你们俩也会一起遭殃啊。比如罚你们去涩谷车站维护交通秩序啊。哎呀，你说，会不会降你们职，把你们发配到警视厅的小卖部去？”

这个女人说话真的是不着调，岩楯筋疲力尽地勉强笑了笑：“的确，刚刚和九条医生的对话是够激烈的，不过你也应该有确切的根据才敢这么说的吧？”

“不算是根据吧，只是报告书上有好几处我不太能理解的内容。”

“那没事，不管他。爱怎么说怎么说，这是你的言论自由。再说，无论我和鳄川在不在场，只要是你闯的祸我们都得挨骂，这种情况也不是一两天了嘛。”

这次的事，只要九条的一句话，写检讨肯定是逃不掉的。这也是无可奈何的事，岩楯开始意识到，把赤堀带进充满束缚的警察体系并剥夺她的自由，对谁而言都不是件善举。

这时，电梯旁的楼道里传来一阵急促而响亮的拖鞋声，只见由美慌慌张张地跑下楼，喘着大气跑到岩楯一行人面前。看来她平日里没少被九条使唤来使唤去。

“抱……抱歉！让你们久等了。”

“哪里哪里，是我们给您添麻烦了。”

岩楯微微点头示意。由美推了推鼻梁上的眼镜，露出僵硬的笑容，将一份B4大小的茶色文件袋转交给赤堀。

“石黑女士，前些日子解剖那具在荒川发现的尸体时，您也在场吧？”

“嗯，在的。”

“关于那具尸体，您有没有注意到什么异样？”

石黑瞥了一眼赤堀，赤堀稍稍颔首继续说道：“我读了尸检报告，感觉有多处症状都显示死者不像是被勒死的，所以觉得此事有些不寻常。”

由美一愣，而后很快反应过来，十分惊讶地浑身一颤。

“大多数情况下，死因的判断是复合的。尸体在水里泡了那么长时间，所以不一定所有症状都会和教科书上说的一模一样。”

“如果真的是被勒死后才被抛到水中，那死者的循环系统中为什么还能检测出水里的硅藻呢？”

“单就这一点而言，这的确不是被勒死的症状。”

“不是被勒死的症状？”

“啊——啊啊，只是就这一点来说是这样。不是我的个人见解……”由美手忙脚乱地补充道，“而且，死亡时的周围环境、在水中浸泡的时间、死后经过多少时间等条件都不能确定，所以只能做出一个比较笼统的整体判断。”

她用手指不停地推着鼻梁上的镜框，语速相当快，一边说一边紧张地环顾四周，好像这些话被九条听见，她就会遭殃。

不过，赤堀对于尸检报告的执着让岩楯有些在意。虽然这个女人口无遮拦，有些疯疯癫癫，但他比谁都清楚，没有确切的证据，赤堀是不会这般纠缠不休的。

话虽如此——岩楯开始回想现场和解剖时的尸体照片，无论哪一张照片，死者看上去都是被勒死的。溃烂的喉部，浮肿通红的脸，眼中的出血点，都和他之前见过的被勒死的尸体没什么太大区别。正如由美所说，尸检时从整体的情况来判断死因也没什么不妥，更何况主刀是那个缜密又博学的九条。相处了这么长时间，这个男人的实力岩楯已经领教过无数次了。

赤堀抱着胳膊陷入了苦思，然后从背包的侧袋里掏出一张皱巴巴的名片，递给由美。

“由美女士，我想听听您的个人感想。听听您作为专业解剖人士的观点。”

“个……个人感想？我哪有什么感想。”

“是吗？从复合的角度来判断，死者是被勒死的，那如果不从复合的角度来看呢？死因会是什么呢？刚刚您也说了，单就那一点来说，的确不是被勒死的症状对吧？关于这些，我想了解一下您的想法。”

“不是……我的意思是说，九条医生的见解都是正确的。再说了，解剖是不需要个人观点的。”

由美连忙拒绝了，把名片推回给赤堀，似乎巴不得立马逃离这个是非之地。赤堀见状用安抚的口吻慢慢地说：“好啦，我知道了。不过我觉得，既然选择了法医学，就应该有一种追求真相的使命感，这是必要的。”

“您说得……对……”

“是吧。要是有什么你觉得不太对劲儿的地方，事无巨细，什么都可以，尽管联系我，打电话、发邮件都可以，我现在对案子还是一头雾水呢。总之，这是我比较任性的个人请求，拜托啦！”

赤堀一边说一边打开茶色文件袋，从里头拿出两个装有微小物质的塑料袋。塑料袋里只有少量的像黑沙一般的小颗粒。

“这是什么东西？”

鳄川凑近了仔细端详着。由美又推了推眼镜，小声说道：“根据科学警察研究所的说法，应该是毛虫的刺一类的东西。此外，还有少许疑似是螳螂前腿的残骸，说是要把这个拿给赤堀老师。”

“毛虫和螳螂？！”两位刑警异口同声地惊叹道。一旁的赤堀则目不转睛地看着这两件物品。

由美用那一贯有气无力的嗓音继续说道：“尸体的头部有被撞击的痕迹，留下了一道伤口。伤口上掺杂着沙土和一些其他物质。相关照片和说明都在文件袋里了。”

“夏日限定款的苍蝇，外加毛虫和螳螂吗？赤堀老师，螳螂应该和腐蚀分解没什么关系吧，这种物种好像特别自由自在，哪儿都有它们的影子。”

“对，对。螳螂比什么都自由，如果能在这里见到它们，那真是太让我开心了。”

赤堀抬起头，两眼闪着光，已然神游到九重天外去了。

5

隔日，天空还是一片澄澈，万里无云。

猛烈的阳光透过窗子照进会议室，岩楯略感闷热，便脱去西装外套，挽起衬衫袖子。坐在长桌对面的鳄川也松了松胸前的圆点领带，继续埋头敲击着笔记本电脑的键盘。由于需要问询的地方又增加了几处，他估计正在把这些地点标注到地图上，再和那份已经填满的行程表做对照。

从一开始，岩楯就不断地反复翻阅着搜查资料，在所有他在意的地方都贴上了便笺。虽然已经掌握了很多重要的线索，但整起案件的头绪还是没有厘清，仍像雾里看花。由于从大鹰那儿听取了关于“十三平针”的情报，搜查的方向可能会做一些微调，不过似乎还是少了些什么，他内心有些不安。

而来自九条医生的投诉更是让本来就不乐观的现状雪上加霜。九条医生毫不留情地直接告到警视总监那儿去了。岩楯昨天就被领导叫了过去，面对被恶意夸张的指责，除了不加辩解、乖乖接受、好好认错，别无他法。对于什么“无知的门外汉毫无根据地对解剖结果吹毛求疵，不可理喻”之类的控诉，也都只能作罢。虽然不用写检讨书，但是上面严重警告，要求从今以后，不允许赤堀接触九条医生，且不许对九条医生的工作及生活加以干涉，这也算是意料之内的结果吧。

岩楯放下笔，两手用力上下搓着脸颊，大声斥责着始终找不着状态的自己。事到如今，索性放弃愚蠢的戒烟，尽情地摄入尼古丁也不失为上策，他心想，这种对任何人都没有半点好处的苦行僧般的戒烟行动真的有意义吗？干脆堂堂正正做一个敢作敢当的吸烟者，岂不快哉！这样反反复复思来想去，他意识到要承认自己遭遇了挫折也是挺不容易的。

岩楯手伸向放在桌边的外套，从口袋里拿出赤堀给的小瓶子。没想到自己居然把希望寄托在这样的东西上，真是走投无路了。他把瓶子伸到阳光下，仔细观察着里面的东西。黑色的躯体上均匀生长着白色的短毛，虽说和平日里见惯的蚂蚁没什么太大区别，但几百只密密麻麻地挤在这个小瓶子里，还是去除水分的蚂蚁干尸，不由得有些令人厌恶。这时，岩楯的脑海中浮现出这样的画面：赤堀在烈日当空下一边哼着小曲儿，一边往竹席上均匀地撒着成堆的黑草蚁。

拔掉瓶口的木塞，他小心翼翼地把鼻子凑了过去。一股浓烈的植物臭味猛地钻入鼻腔，岩楯连忙转过脸，这个味道好似山椒却不是山椒。然而，在渐渐适应这股臭味之后，他的心情便神奇地平静了下来，大脑中的所有杂音都消失了，感觉十分美妙。

当岩楯对着干燥蚂蚁下意识地不停深呼吸时，桌子对面传来一阵刻意的咳嗽声："警部补……"

鳄川停下了敲击着键盘的双手，嘴唇颤抖着，用无比担心的眼神瞧着岩楯，充满危机感地说道："你居……居然……真的用了蚂蚁疗法。"

"欸，这个像赤堀说的那样，吸完以后神清气爽啊。你也来试试。"

"不了，谢谢。"鳄川毫不犹豫地立刻回答道。

岩楯看他这么坚决，心生"恶念"，强行把瓶子推到鳄川鼻子前逼他嗅了嗅。鳄川被呛着，咳了几声，双手紧紧捂着口鼻。

"什……什么？这不是山椒吗？"

"怎么会是山椒呢？是烂掉的洋葱吧。"

“怎么可能！”

岩楯又忘我地吸了一口，塞上木塞。鳄川难以置信地看着上司做出这种奇特的举动，清了好几下嗓子。

“警部补，您这种行为是彻底……”

“彻底？彻底什么？”

“没……没什么。”鳄川把到嘴边的话又咽了回去。

“抛开玩笑话不说，昆虫和人类的血型说不定真的有关联。”

“这个从科学的角度来说，是绝对不可能的，更不要说什么昆虫和人类有共鸣！在这点上我坚决和赤堀老师唱反调。”

“毕竟你和大猩猩是一个血型，所以想法会比较与众不同嘛。”

“恕我直言，如果非要在昆虫和大猩猩中选一个，我宁可选择后者。”

两个人毫无营养的对话不断继续着，一位穿着工作服的瘦高平头男出现在门口，为了不让脑袋撞上门框，他躬着身走了进来，鼻梁上架着的玳瑁边框眼镜几乎滑落到鼻尖，脸颊凹陷，看起来十分憔悴。看见正在和鳄川贫嘴的岩楯，鉴定课的堀之内满心欢喜地朝着他们俩打了个招呼：“辛苦啦！情况怎么样？”

“你怎么来啦？是来问那个文身师老头儿的情况吗？”

“嗯，被你说中了。怎么样？那人是不是很有两下子？气势上完全没有输给你们吧？怎么说他也是白手起家在黑社会里混迹至今的男人。你看大鹰这个名字，是不是恰如其人，一点儿也不含糊？”堀之内语速还是一如既往地快，“仅仅从几个针痕就看出那是十三平针，还能由此推断出文身师的技术好坏。真是宛若一只让人毛骨悚然的老鹰！你不觉得，如果顺着这条线查下去，说不定就能找到大宝藏吗？”

“也许吧。”

“还有，我想问问啊，看过我修过的那张文身图像之后，他说了什么没有？我看报告书上没有提及这方面内容，是不是岩楯警部补您还有些什么其他疑问，才故意藏着没写进去啊？”

镜片深处的一双眼睛闪着光，毫不掩饰满脸的期待。看来堀之内真的相当敬重大鹰。

岩楯毫不留情地说：“很遗憾，我没什么藏着掖着的。除了看出可能是表现毛发图案的文身以外，什么都看不出来。”

“这绝对不可能！”

巡查部长突然提高了音量，抗议一般地将双手狠狠拍在长桌上。

“年代呢？根据图案来预测文身的年代应该是大鹰的老本行了！”

“如果能算出年代，那我们现在就不用这么焦头烂额了。究竟是什么图案都还不清楚，所以也无从查起，现在只能就十三平针这一线索先着手调查。总部也开始行动了，刚刚开会的时候都说了。”

堀之内似乎受到了很大的打击，愣愣地站在那儿开始嘟囔了起来。什么大鹰听到荧光墨水的时候没有什么反应吗？“Death Tradition”是怎么回事？诸如此类只要是和文身相关的情报，他连珠炮似的穷追不舍地问着。

大鹰的确洞察力非凡，不过在工作上他还是有些太自负了。对于时刻把专业性放在第一位的堀之内之所以如此崇拜大鹰，岩楯也不是不能理解，但在他看来，这种崇拜似乎还是有些过于盲目了。这位巡查部长正满脸不解地双手叉腰，歪着头。岩楯转念一想，堀之内即便看起来其貌不扬，骨子里却是一名相当优秀的警官。更何况，他做事说话一向追求客观，且有理有据，绝不是一时兴起的夸夸其谈。

想到这些，过去那些痛苦的经历开始一点一点地渗入脑海，在岩楯初入此行之时，也发生过类似的事。那是一起强盗杀人事件，发生在当地某望族的古宅中，一把历史悠久的暗锁被撬开，所以他多次走访了当地多名精通古董锁的开锁匠。这当中却忽略了许多其他重要的线索，导致案件进展缓慢。当时究竟为什么会那么做，明明只要认真想想就会知道那样的做法不合理。

“可恶。”岩楯小声骂道，收了收桌上的资料，拿起外套，“鳄川，要出发了。”

“好的！是去调查出售十三平针的零售店吗？要从美国的Sporting公司进口方开始调查，还是从National Surprise公司开始？”

鳄川赶忙关上电脑，整理起桌上散放着的笔记本和资料。

“都不是，是去北新宿一丁目，初代刺鹰那儿。”

“什么？又是去刺鹰那儿？”

鳄川一头雾水地推了推鼻梁上的眼镜。两人走出办公室时，和堀之内擦身而过，不小心碰了下他那细长的胳膊，巡查部长突然不知所谓地说：“是这样啊！原来是这么回事！居然来这招！”两人也没多在意，默默离开。

岩楯和鳄川驾车前往北新宿，把车停在上次那个狭窄的停车场，走进对面的混居大楼。两人本打算前往五楼大鹰的居所，但在路过三楼时，从走廊看到大鹰的店门微微敞开，于是摁下了三楼的门铃。门铃声十分刺耳。

“门开着，请进。”房间里传来一阵沙哑的声音。

“打扰了。”

岩楯推开门，看到窗边的扶手椅上半倚着的初代刺鹰。他的眼镜压得很低，视线越过镜框上方看向岩楯。他的稀疏的头顶上停着那只文鸟，今天它也一如既往地时不时叽叽喳喳叫两声。

“没提前和您打声招呼就来了，实在是不好意思。”岩楯向老人打了声招呼。

大鹰笑了笑，脸上的伤痕在笑肌牵引下呈现出奇怪的纹路。

“没事，反正我现在也闲着。”

“您应该也没闲着吧，难道不是正在和站在头上的那只小鸟打赌，猜那些愚蠢的警察什么时候再来？”

大鹰昂首大笑，受惊的小鸟扑棱着翅膀逃进竹编的小笼。

“您差不多是时候该把真正有用的线索告诉我了吧。”

“真正有用的线索吗？”

“很久以前也有过类似的事。在某起重大案件的调查中，警方听取了一位有名的匠人的口供，结果整个破案过程陷入泥潭，曲折不断。他在接受调查时，巧妙地将一些看似有用的情报一点一点地透露给警察，使得大家误把这些线索当成是破案的核心。”

“然后呢？”

“匠人把警方玩弄于股掌之间，自得其乐。他厉害的地方在于，所述证言中没有一句是假话，匠人只不过是将一些没有实际用途的线索提供给警方而已。实际上，顺着这些看似重要的线索，警方无论怎么查都查不出什么名堂。”

大鹰一言不发地坐在椅子上，一手轻抚着稀疏得可见头皮的白发。

“警察先生，您说的那位匠人为什么要这么做呢？”

“他有过前科，当时有个被全球通缉的盗窃团伙，这位匠人教过他们撬锁的方法，他开锁的技术可是相当了得。”

从出门到现在都不在状况内的鳄川，此时终于明白了岩楯的意图。

大鹰点上一支 hi-lite[1]，深吸一口之后慢慢说道：“原来是这样，的

1 hi-lite：日本的一种香烟品牌，尼古丁毒素极强，被称作“与氰酸相匹敌的毒物”。

确和我有些共同点。”

“想来，你们连气质也如出一辙。谈话时始终用心观察着我们的一举一动，无比慎重地选择着措辞。”

“你该不会是认为全部有前科的人都会对警方充满感激吧？一边泪流满面一边道谢，随即幡然醒悟，下决心重新做人？”

“感激倒是不必。我的工作只是给予他们一个机会，一个为自己所犯下的罪行赎罪的机会、一个接受法律制裁的机会。”

“噢，那可真是有意义的工作！只不过你们警方太缺乏想象力，充其量不过是一个标榜正义与和平的笨蛋集团。”

岩栖心里很不是滋味，但也不得不承认，大鹰所言句句在理。这些有过前科的犯罪人员并没有协助警方调查的义务，说到底，也没有协助警方的意愿，警察在他们心里肯定没有留下什么好印象。不过，如果是对堀之内那样无论形象气质还是行为举止都不太像警察的家伙，他们倒也就不那么严苛了，有时还会消遣性地给他提供一些线索。如此看来，大鹰没有被警方列入那份文身师名单也不足为奇了，大概面对堀之内之外的其他警官时，他也只会像上次那样绕着弯搪塞一番罢了。

岩栖从文件袋里抽出几张照片，放在大鹰身旁的侧桌上。老人先是用眼角的余光瞥了一眼，然后缓缓吸了口烟，把烟灰抖落在烟灰缸中，这才缓缓拿起照片看了两眼。

“大鹰先生，如果您有什么发现，还请务必告诉我们！不，不是如果，您肯定在看到照片的一瞬间就已经发现问题了。”

老人一言不发，也许是看着堀之内修正过的文身相片出神，突然他撑着椅子扶手，慢悠悠地站了起来。大鹰走进隔壁的房间，站在书架前，手指在成排的书脊上滑动，用那双因晒伤而褪色的手抽出一本书。

书的四个角早已磨损，好像是一本文身图鉴。大鹰坐了下来，舔了舔手指，把书翻到某一页递给岩楯，一股旧纸张的气味涌入鼻腔。

那是一幅身着羽衣的天女文身图案，天女的脚底下写着“LET ME DIE”三个英文单词。

“LET ME DIE？‘让我死吧’的意思吗？”岩楯看着图片自言自语道。

一旁的鳄川突然插嘴：“这里的意思应该是‘让我去吧’，像是开了个文字玩笑，和日语中‘让我去吧’[1]的意思相照应。天女是作为一个性感的符号出现的。”

“原来如此，我果然也不年轻了，已经没有那方面的联想了。刚刚说的那些，要用红笔在笔记本上标重点啊。”

岩楯笑了笑，鳄川有些脸红，赶忙清了清嗓子。

大鹰向他们展示了另外一页，全是绘有英文的文身图案。每一幅都嵌有巨大的英文字母。这种略显违和的构图法，和尸体上发现的文身甚是相似。

老人一言不发地看着两位刑警，那只看似狡猾的文鸟又飞出鸟笼，停在他的肩膀上。大鹰用手背抚摩着小鸟，用嘶哑的嗓音说道：“警察先生，这些图案你们怎么看？”

“‘怎么看’具体是什么意思？”

“就是谈谈你们最直接的感想。”

老人试探性的口吻让岩楯有些警觉，他突然好像想明白了什么，朝着大鹰苦笑道：“您这是在考验我们吧，根据我们的行为决定要不要提供线索。”

“你们在说些什么，我怎么听不明白。”大鹰装傻道，同时还装模

1　让我去吧：日语中“让我去吧”（いかせて）有色情含义。

作样地和文鸟噘着嘴作亲吻状。老人一直在卖关子，岩楯对此已经有些感到疲劳了。他活动活动僵硬的脖子，把视线放在那本厚厚的图鉴上。

“我也不太确定，不过总感觉这些图案有些奇怪，整体来说显得不太平衡，有些廉价感。”

“不平衡吗？比如呢？”

“这上面的图案均是古典风格的样式，从色调来说，更像是墙上这些日式文身，却又混杂着英文字母。说不定是故意追求这种错乱的效果而设计的。”

话音刚落，方才还一副昏昏欲睡模样的大鹰瞬间两眼放光：“你虽说是个警察，但右脑还挺开窍啊！”

“正因为是警察，有时候得靠右脑才能混下去。”岩楯毫不避讳地说道。

“你说得没错，这一页的文身都不成体统，去除了古典式风格的一部分特征，胡乱混杂了一部分英文单词。”

“有什么含义吗？”

“没有，不过是一时的潮流而已。”

大鹰用指节敲了敲书本：“年号都标着呢。”

鳄川赶忙一五一十地记到本子上。

“昭和五十年开始，这种文样突然流行起来。在日式文身的基础上拼凑进英文字母，相当俗气。也差不多在那个年代，小尺寸的文身也逐渐成为一种潮流。”

“死者身上的文身差不多也是这种风格，文在手腕处是有什么讲究吗？”

“虚张声势罢了。特地文在手腕这样的地方，无疑是为了在其他人面前显摆显摆。[1]故意去穿那种无袖衫，也是为了让大家能看见。死者身上是不是应该有不太寻常的晒痕？”

确实如此，死者的褐色肌肤显然是一年四季暴晒在阳光下的结果。

岩楯聚精会神地看着图鉴上的文身。这年头，在手腕上文文身已经不是什么罕见的事了。在提交到警局的寻人启事中，身体特征一栏写“手腕处有文身”的也是见怪不怪了。如果之前那两个离家出走的少女说的“Death Tradition”一事属实，那么死者应该不是那种徒有其表的文身爱好者，而是比较上道的老玩家了。但根据大鹰的说法，选择这种不入流文身的人，不可能是懂行的。何况这回大鹰已经不像上次那样冷淡，也不像是有所隐瞒。

老人看着苦思冥想的岩楯，满怀期待地等着他的下一个提问。无奈恨铁不成钢，岩楯想了半天一言不发，大鹰有些恼怒地补充道：“警察先生，你们上次说的荧光墨水曾和这种样式的文身流行于同一时期。昭和五十年代几乎都是采用这种对身体有害的荧光墨水。”

“这条线索虽然意义重大，但死者年龄在30岁上下，昭和五十年前后要么还没出生，要么还是小婴儿。如果说单纯是喜欢复古风格的文身，那也太过于完美主义了吧，连墨水都选择一模一样的。”

言毕，大鹰微微抽动一下。

“您是不是知道些什么？”

“我哪儿知道，现在这年头已经没有人会文这种文身了。”

“大鹰先生，求您了，您刚刚的测试，我们也算是勉强合格了，就告诉我们吧。”

---

1 在日本，有文身的人大多数为黑社会人士。

老人愉快地笑了起来。

岩楯继续问："能做这种'庸俗文身'的文身师，想必也是有些特别之处吧？"

"不，没什么与众不同的。从那个年代起，黑道也已经不再流行往背上文身了，混混们都开始穿名牌，打扮得优雅又讲究。文身师眼见饭碗难保，便开始接一些零散的细活。"

"这样啊，不过这应该是过去的事了，现在又是如何呢？"

在谈及核心之前，大鹰长长吐了一口气，把文鸟关进笼子，说："我真的不清楚是谁给死者做的文身，但是我知道死者是在哪里做的文身。"

一旁的鳄川猛地倒吸一口冷气，老人继续波澜不惊地说："虽然这个图案在昭和五十年代过后很快就不再流行，但仍有一个地方始终没有抛弃这种构图。警察先生你知道横须贺夹克[1]吗？"

"就是起源于横须贺的那种棒球夹克衫吗？"岩楯不假思索地答道。

"对。不知为何，夹克衫上的刺绣图案只在横须贺地区流传了下来，大概和美军基地有关吧。现在那里的军人还是很喜欢日式花纹和英文字母的组合，所以仍有很多店还在采用那种风格的文身。总而言之，横须贺地区的 DOBU 板路就是你们要找的地方。"

鳄川的笔头在笔记本上飞舞，大鹰的每一句话，甚至每一个停顿他都原原本本记了下来。

终于有了新的突破口！投身文身行业长达 45 年之久，大鹰的证词十分具有说服力，的确有必要深入调查一番。

1　横须贺夹克：日本一种刺绣棒球卫衣，由驻日美军带入日本，美式夹克融合日本元素的产品，不良少年和黑道人士常穿。

“非常感谢您的协助！非常感谢！”

“要道谢的话，应该去谢那位瘦高的鉴定官，而且还不确定就一定是在横须贺呢。如果猜错了，你们就再来找我吧。”

岩楯突然警觉起来，难不成这次又是大鹰的故弄玄虚？但看大鹰的样子，似乎已经放下了对他们的戒备，原本那副凶恶的气质似乎也已经消失了。

Chapter 3

单身母亲的决心

1

明明是星期一，但到处都是游客的影子。

地铁站附近的几个停车场全都堵得水泄不通。无奈之下，岩楯和鳄川只能将车驶过美军基地，在三笠公园下车。

空气中弥漫着一股浓重的海水味，柔和的阳光缓缓倾注而下。岩楯伸了伸懒腰，揉揉手腕，活络着僵硬的筋骨。远处的码头边停靠着自卫队的护卫舰，附近可以看到很多拿着望远镜的军事爱好者。看来，这附近好像在举办什么军港巡礼观光展，四处都贴着印有“一起来参观神盾舰吧”宣传字样的大海报，在三笠栈桥停泊着开往猿岛的渡轮，很多带着孩子的家庭排着队等着上船。

“真是旅游胜地。”

岩楯四下张望着。和整治得井井有条的时髦的台场湾岸不同，略显杂乱的横须贺地区更像是一位阴晴不定的设计师的即兴作品。而这种杂乱却意外地使这里更具魅力，更有味道。

嘴里含着糖果的鳄川打开了平板电脑，确认了一遍地图上标出的所有文身店，把用红线标记出的路线图印入脑海。随后，两人沿着海边小路开始了调查工作。

“DOBU 板路就是要去汐入车站前会路过的那条街吧，虽然久闻大名，但是我从来没有去过。在电影或者小说里，还有游戏当中，横须贺地区还是挺常见的，特别是码头一带。”

“几乎都是黑社会题材的作品吧。”

“嗯……准确来说，是属于硬汉派风格的作品。这个街道整体给我的感觉就像是那种硬汉风格的世界观的浓缩之地。”

鳄川梳理着被海风拂起的刘海儿，一脸神清气爽的模样。

“话说回来，警部补是和夫人一块儿来过这里吗？总觉得您不是第一次来。”

鳄川冷不丁地突然提及自己夫人的事，岩楯被呛得不轻。

“戒烟也是您夫人要求的吧。我们课也有很多同事是在家人的强烈要求下戒烟的。不过，无论对家人还是对您自己，戒烟都不是一件坏事。”

“是啊。”岩楯轻描淡写的一句话终结了这个话题。

鳄川是个热衷于揣测别人内心世界的人，即便如此，也会时不时表现出孩子般天真的一面。他似乎坚信自己上司的私生活是顺风顺水、高枕无忧的。但其实婚姻里存在的许多问题与矛盾是单身的鳄川所不能理解的。岩楯发自内心地希望鳄川所钻研的心理学能够在这种时候派上点用场，好好培养培养自己的眼力见儿。

妻子在半个月前就回了娘家，看来是下决心要给以岩楯无声的制裁。虽然在出走之前，他们俩也坐下来好好谈过，不过那次谈话无非是让岩楯再一次意识到，妻子那通过与人攀比来衡量自己幸福指数的恶习，从结婚到现在就没有改变过。抱怨的内容无非是诸如受够了这种被工作左右的生活；总是单方面地收到去海外旅游的朋友带回来的特产，觉得特别没有面子；比起她，岩楯更重视工作，这让她忍无可忍；诸如此类。岩楯也不是不能理解她的心情，他也试图去做出改变，戒烟便是行动之一。不过妻子说，只要丈夫愿意跳槽换个工作，所有的问题都会迎刃而解。不，妻子也许并不是真心这样想，可能这只是她的孤注一掷，大概是觉得烦透了吧。无论事态怎么发展，在这场与妻子的对弈中，他都只能输。

岩楯用力吸了一口海风，努力不去想妻子的事，于是强行换了个话题。

“关于之前的那把一字形螺丝刀，怎么样了？”

话音刚落，鳄川便一脸严肃地点了点头，说：“有个调查小组把工厂挨个儿问了一遍，终于掌握了一些有用的线索。今天早上，江户川区的船堀有个汽车零件工厂称他们有个肥头大耳的临时工，左手腕处有文身，前一阵突然就不来上班了。”

鳄川边走边从文件袋里抽出一份文件，是那个消失的临时工的个人简历。简历上贴着他的证件照，宽大的下脸盘，用发蜡塑过型的短发，一对银耳环，两片上扬的厚嘴唇，面露无所畏惧的轻蔑笑容，一脸凶相。

“这人是 11 月 6 日那天消失不见的，如果他就是死者，那大致是能对得上的。”岩楯说。

“这个男人向来品行不端，由于参赌和借钱，好像惹上了不少麻烦。说不定是由于金钱上的问题，在与人争执中被杀害了。”

“他估计借了高利贷吧，如果有最近正好突然跑路的债主，那直接逮捕了便是。我们用不着大老远跑来横须贺，案件也能解决。”

岩楯自嘲般地笑了笑。当然，搜查总部立刻把这条线索看作重点，文身一事就被束之高阁。失踪的临时工就是死者的可能性很大，接下来只需要找到他的住所，进行 DNA 比对，很快就可以确认死者的身份了。

进展一下子加快了，侦查员顷刻之间充满了动力，破案似乎已是指日可待。但岩楯仍是本能地排斥着这个结果，并不是因为发现自己的推理出了错，气不过而无理取闹，而是因为案情仍充斥着各种不合理的地方，这让他很难释怀。

岩楯脑海里一遍又一遍地回想着整个案子，两人拐进一条两侧林立着公寓大厦的甬道，鳄川突然用斩钉截铁的口吻说道：“看来一字形螺丝刀才是破案的关键吧。”

“是吧。”

“毕竟在船堀的工厂也发现了和死者随身物品同种类的螺丝刀，看来这次是没错了。死者也有可能是在横须贺文的文身，一切都能说得通。”

“嗯嗯。”岩楯漠不关心地回应着鳄川。

鳄川观察着上司的脸色，渐渐放慢了脚步。

“警部补好像不怎么感兴趣啊。”

“嗯，虽然说大致上是对得上，但日期上还是有些出入。按赤堀的推测，大头金蝇在冬天产卵是比较困难的，通过筛选气象数据，推测死者漂到沙洲的日期是 11 月 6 日。”

“嗯，我记得应该是……”鳄川翻阅着笔记本对照着自己以前做的记录，“据经营违法菜园的浦和富美子女士所称，乌鸦数量增多的日期也是在 11 月 6 日。”

“嗯，对，就是那个凶巴巴的老婆婆。话说突然消失的那个男人，在 11 月 5 日傍晚 6 点钟还在工厂工作，这点已经找人证实过了。倘若他在当天下班后被人杀害抛尸河里，那尸体的腐烂程度就有些过于严重了。发现尸体是在一周后的 11 月 12 日。”

“对啊，我记得赤堀老师在调查的一开始就说过，根据气温和蛆虫的发育情况判断，死者身上的腐烂有些过快。”

岩楯点了点头，不断地在脑海中回顾着案情。船堀小工厂里的技师几乎都是上了年纪的老人家，关于失踪男子手腕上的文身图案，他们也是各执一词。有人说像缠在一起的爬山虎，有人说像一条眼镜蛇，也有说像一块锁的……综合所有人的证词，应该是细长图案的文身，和大鹰所述的有手有脚的人形文身图样相差甚远。也有证词说文身的色彩干净利落，和堀之内的分析也不符。也就是说，这个人和目前他们一步一步积累而来的调查结果都不是十分吻合。

还有一点，搜查总部这次的行动计划的制订完全没有参考赤堀的推理。

岩楯叹着气说道："总之，那个失踪男子的家不是已经找到了吗？很快就会出结果了吧。"

"如果是好消息就好了。"

鳄川说话时的表情有些纠结，抬起手指了指面前的店招牌。招牌是用黑板做的，上面用黄色的粉笔写着"蜡纸文身"几个大字，具体的营业地点好像是在公寓大厦里。于是他们走进大楼，搭乘升降梯上了楼。但是仅仅十分钟后，两人默默地离开大楼，向下一家文身店出发。店里净是一些满身文身、举止轻佻的年轻男子，连荧光墨水都没听说过，根本不配被称为文身师。问他们清不清楚这一带盛行的很早以前就有的以美国军人作为主要目标客户的文身，都晃着脑袋说不清楚。遗憾的是，其他的几家店也是如此，他们的文身都偏于重视时尚感。说到底，这些店主只在乎什么图案的文身能赚钱，其他的统统没考虑。

连续走访了四家店都没有什么实质性收获，两人已经开始渐渐意识到这次的调查可能只是做无用功。但在刚刚的调查中，有人建议他们去找在日出町一家叫"直美"的老店问问，于是两人决定赌一把。

两人回到车里，驶往日出町。日出町是昭和风的娱乐街，所以有些脏乱混杂。车站前有一家脱衣舞厅，外涂装饰已经掉色了，大门口贴着禁止营业的大封条，仿佛是这条落魄街道的象征。见状，岩楯不禁哈哈大笑起来。带陪酒服务的卡拉OK厅，还有古色古香的无座居酒屋鳞次栉比，整条街焕发出一种别样的活力。

终于在沿街的一排小酒馆的角落里，找到了写着"直美"的招牌，店门口装点的白色木槿花仔细一瞧原来是人造假花，密密麻麻地堆积在一块儿，显得有些突兀。两人把车停到附近的停车场，走进店里。

“这是葬礼用的花圈吗？”岩楯说。

“木槿花……应该是为了营造一种夏威夷风吧。”

鳄川一本正经地道出这个谁看了都能一目了然的事实，一只手拿着手机拍着照。拨开落满尘埃的花圈，推开店门，门口的电子风铃随之响了两声。屋内熏着香，甜腻的气味让人有些喘不过气，昏暗的房间里也装点着假花，笼罩着一片雾霭。

“穿西装的那两个男的，对，就是说你们，是来推销的，还是政府的人？”从屋子深处传来一阵低沉的嗓音。

这家店看似不大，没想到纵深如此长。两人一路拨开从天花板上垂下的假花，朝发出声音的方向走去。只见一个穿得花里胡哨的金色鬈发女子，身穿一件木槿花纹的连衣裙，头上也插戴着假花，夸张的假睫毛和特别的妆容显然都是早已不再流行的打扮。肤色浅黑，不像是晒出来的，应该是天生的。乍一看年龄估计要比岩楯长十几岁。

“贸然打扰实在是对不住，正如您所说我们是政府的人。”岩楯健谈地对答道，向女子出示了警察证。

对方反复将岩楯的脸和证件上的相片对照了几遍，说：“你们有何贵干？违法的香料我们早就不卖了。”

“那可真是太好了。”

“这里也没有私藏偷渡客。”

“再好不过。我们有些事情想了解，一路上有不少人建议我们找您问问。”

直美瞧了一眼站在岩楯身后的鳄川，指着一张民间艺术风格的木雕长椅，示意两人坐下后，继续手头的工作。

只见她正在清洁一把小型电钻模样的工具，前端镶着不锈钢别扣，大概是文身用的自动文身机。

“听说您是本地人？”岩楯问道。

她眨了眨那双睫毛厚重的眼睛，说：“我的父亲是一名本地的美兵，虽然我不知道哪个才是我的父亲。”

“在这儿开店很多年了吧？”

“也不久，五年前还在DOBU板路营业，但是那里场子钱太贵了，只好搬过来。说到底那地段现在也彻底成了景区，到处都是拖家带口的游客，也是要完蛋。”

直美盖上黄铜香炉的盖子，把文身用的工具放回到架子上。

“你们要问我什么问题？”

“东京发生了一起案件，我们在调查和某个文身有关的线索，但是图案有些看不太清。”

岩楯望向鳄川，鳄川会意后立刻从文件夹里抽出一张堀之内修正过的文身图样复印件。直美皱着眉头，看着这幅都是点的图像，慢悠悠地伸手打开了台灯的开关。

“这是对某个人手腕上的文身图像进行修正后的照片，应该是在某种花纹上又添加了英文字母。”

“我也不太清楚，不过你们警察既然这样说，那应该就是这样吧。”

“还有，这种日式图案配上英文字母的文身在横须贺一带是不是很常见？我是从一名只做古典文身的文身师那儿听说的。”

听完这句话，直美缓缓站起身，从架子上取下一本电话黄页一般厚重的图册。看得出这本图册时常被翻阅，页脚都已经翘起，看起来十分蓬松。她把它递到岩楯手里。

“来我们店的客人，大多数都是从这本书上选的图案。特别是那些外国人，就喜欢那种陈旧的文样。总的来说，每做几个文身就有一个带有一些日式风格。最近不仅仅是英文，汉字也挺流行的。你们东京的文身师说的没错，这个构图的确是横须贺这一带的特色。”

图册中有很多日式文样和英文字母的组合图形。

“对了，您了解有哪些店还在用荧光墨水吗？”

“只有一家。”直美利落地答道，“这种叫夜光文身，在紫外线下会发亮。很多人觉得去夜店的时候身上有这种文身特别酷，所以火爆过一段时间。”

“那家店在哪儿？”岩楯略显激动地探着身子。

直美抚着自己华丽的鬈发愉快地笑道：“那个文身师已经死了，所以店就倒了，死因是大肠癌。节哀顺变啊……对了，节哀顺变是对你们俩说的，不是对他说的。”

直美好像对自己说的这个“段子”十分满意，不停窃笑。身旁的鳄川略感无力地在本子上写下“和荧光墨水相关的重要人物病死”。岩楯焦急地追问着：“除了那家店，就没有其他店用这种墨水了吗？”

“没有了，风险太大了，没人敢用。更何况那种墨水成色不佳，夜里还行，白天的时候颜色都晕开了，难看得要命。用那种墨水根本绘制不出细线条，所以一般只有在 logo 处才用。”

直美扫了一眼修过的图像。

“还有还有，那种荧光墨水里还混杂有一种叫什么聚甲基的固体，虽然看上去不过是块小小的树脂，但其实是有毒的。有的说是会致癌，也有说会引发皮肤炎和肿瘤。我刚说的那家店好像也因为这个惹出不少麻烦，应该是被哪个消费者起诉了吧。他们美国佬不是最喜欢到处起诉人嘛。唉，那家店店主文身的手艺很好的，就是选错路子了。”

“那……有没有什么办法可以查到那家店的顾客？”

“没有。”直美斩钉截铁地说。

事到如今，岩楯不得不开始反思自己是不是误判了案情，是不是真的已经走投无路了。追溯着每一条线索千辛万苦才走到这一步，却还是弄不清文身的图案，也查不到被害人的长相，真是无计可施了。

“那您听说过‘Death Tradition’吗？”岩楯叹着气问道，摆了摆手拨散萦绕在眼前的烟雾。

直美瞪大了眼睛，夸张地歪着脑袋，在长裙下跷起了二郎腿。

“听说对文身有讲究的人，都喜欢这种文身。”岩楯继续说。

“什么东西？我第一次听说。”

“换言之，就是道上的文身。为了和那些追求时尚才文身的人区分开来的一种表达自己灵魂的图案……大概是这个意思吧。”

岩楯话音刚落，直美发出一阵大笑，笑声嘶哑，那双涂满睫毛膏的眼睛已经溢出了泪花。

“警察先生，在我之前你们应该询问了不少文身师吧。”

“是啊，多得数不过来。”

“想必也咨询过文身店的顾客吧。”

侦查员当中确实有人把文身店的常客当作主要的询问对象调查了一番。

“这些人当中有人知道‘Death Tradition’这个词吗？”

“基本上没有啊，所以我才这么着急。”

“不知道是谁和你说的，但你的的确确是被人耍了，哈哈哈。这个词根本就是捏造的。”

“什么？是捏造的吗？！”

“对，是捏造的。警察先生，没想到你居然这么天真，真是可爱。”

岩楯安排过组里的部下去调查“Death Tradition”，虽然当时他也强调过这个词的来源不一定可靠。但是，由于这个词的出现，搜查的范围扩大了不少，白白浪费了很多工夫。没想到自己居然被十几岁的小屁孩儿牵着鼻子走，这可真是大意了。可恶的臭小鬼……岩楯心里不禁咒骂一通。不过，两名离家出走的少女还是给他留下了很深的印象，她们的语调和表情都让岩楯觉得意味深长。

鳄川还是一如既往地面无表情，但被愚弄过后内心的愤慨还是多多少少流露了出来，现在的他比平日看着还要无精打采。直美满面笑容地看着两位失落的刑警，关上台灯，清了清嗓子：“节哀节哀，两个大男人失落的模样真是让人兴奋哪，更何况还是两位警察……”

“嗯，很多人都和你有一样的想法。”

“安心吧，我会告诉你们一些宝贵的线索。”

直美故意半晌不言语，缓缓用手托住腮帮子，营造着一种戏剧性的效果。两人这才意识到，挂满她左手上那些奢华的戒指居然都是文上去的。

“如果你们要找的人的确是在横须贺一带做的文身，而且的确使用了这种特殊的荧光墨水，那有家店他肯定去过，肯定！是一家很早以前就有的酒吧。”

“为什么您这么肯定他一定去过？”

“你们看这个。”

直美从花罗纹的收纳袋中的一沓传单里抽出一张，上头用订书钉钉着一张券，券上写着“第一杯免费”。

“原来如此，这是商家间的合作宣传是吗？”

“呵呵，你想多了。酒吧老板视财如命，这些饮料券才不是他送的，都是我们自己出钱买下来的。你说气不气人，真是一点合作精神都没有。”直美摇了摇头，“这个酒吧从以前开始就备受美军青睐，时间长了，仿佛就成了文身介绍所，大概所有驻日美军都会在日本做个文身。我们店把附赠有他们酒吧饮料券的传单送给客人，把客人介绍给他们。相对应地，酒吧老板也会给他的客人推荐文身店。”

“也就是说，无论如何，酒吧老板都不吃亏是吧？”

“就是就是！而且他竟然还好意思向我们索要介绍费，真让人生气。唉，虽然很不甘心，但店里的客人几乎都是从他那儿介绍来的，所以也不好说什么。用荧光墨水文身的那家店也和酒吧有合作，通常来说，客人就算不消费也会去酒吧用掉那张饮料券。去看看就知道了，那里肯定有很多你们想要的线索。”

直美饱含深意地看了一眼鳄川，把印有地图的传单递给他。不知老板的证词可不可信，大老远跑了一趟也没有任何实质性进展，这让两名警官十分焦躁不安。但岩楯本能地认为文身这条线索应该追查到底，要把所有的疑点逐个击破。

眼看着直美要开始拉家常了，两人赶紧道谢离开。钻进车里，鳄川正要把酒吧的地址输进导航系统，岩楯果断地阻止了他：“回东京。”

“啊？这家酒吧特别近，就在 DOBU 板路的后街，真不去看看吗？”

“不，今天就不去了。还记得那个长得像青苔怪一样的一头绿发的女孩吗？就是那个提供假情报的舌头像蛇芯一样的家伙。我现在想去会会她。”

一听这话，鳄川便两眼放光：“果然是这样！我也是这样想的。从那个少女看到文身图案时的表情来判断，她肯定知道些什么。看，我都记在笔记本上了呢。因为她看到图片时的反应，我们都相信了她。估计是那时候同伴突然碰了碰她，叫她不许说，无奈之下才临时想出什么‘Death Tradition’这样的词来糊弄我们。”

“不错不错，要是你连这点都没能发现，那‘笔记狂魔’的尊号也可以易主了。绿头发女孩才是所有这一切无用功的起点，要是我们现在冒冒失失地闯进酒吧，也只会自乱阵脚，惨败收场。”

向本部问到了少女的住址，两人立刻驾车前往。这次开车的是岩楯，从横须贺出发，一个半小时以后抵达东京墨田区女孩的家里。出门迎接的是女孩的母亲，对于两位刑警的突然拜访似乎很是震惊，慌张的模样让人有些心疼。她结结巴巴地说女孩出门了，不在家，应该很快就会回来。两人便在车里等了两个小时。

从车里可以清楚地看到东京晴空塔，岩楯却完全不为所动，把鳄川从便利店买来的饭团一扫而空，目不转睛地监视着女孩的家。时不时烟瘾上来了，就靠赤堀给的黑草蚁熬过去。鳄川似乎已经下定决心不再插手黑草蚁的事情了，对岩楯的行为没有任何的表示，只是带着怜悯的笑容朝岩楯微微点了点头。

时钟走到了 3 点半，住宅区的小巷中出现一颗绿脑袋。

“总算是回来了，这个臭小鬼净给我找麻烦。”

鳄川溜出车去，偷偷埋伏在小巷出口。岩楯打开车门，笑嘻嘻地叉开双腿伫立在路中间，迎接挂满耳环的少女。少女看到岩楯，惊得倒吸了一口凉气，转头就跑。可鳄川早在出口处恭候多时，少女见情况不妙，便板着脸猛地啐了一口，嚷道：“你们要干吗？恶不恶心啊？”

“这不是担心你怎么还不回家嘛，最近还好吗？”

“少管闲事。”

少女小跑着试图从岩楯身边逃走，被他一把抓住。

“有些事情要问你，如果能配合我们去车上坐会儿我会很开心的。”

“你开什么玩笑！”

“不好意思，没跟你开玩笑，事情很严肃，你最好别拒绝。今天诸事不顺，我现在心情不是很好。”

“什么？！你在逗我吗？！”

为了消除恐惧，少女扭动着身体，试图从岩楯手中挣扎出来。

“要不是因为你们俩，我就不用整天跑到少年更生支援机构听儿童咨询所的大叔说教了！”

“儿童咨询所啊，挺好的啊，对你今后的人生会有很大帮助哦。”

“帮助？！简直就是拷问。”

少女大喊大叫了半天，鳄川为她打开了车后座的门。

“你要是这么不想上车，那我们上你家谈也行。”岩楯指着一户种着浅红色天竺葵的人家说，“如果你觉得单独和两个叔叔谈不妥，那我们就邀请你妈妈一起来。你自己选。”

“和我妈没关系。”少女的表情突然认真了起来。

“嗯，也对啊。”

“你们会把我妈再叫去警察局吗？”

“不会。”

少女瞬间失去了方才的气势，沉默不语地望向门口花盆里的天竺葵。从那带有哀伤又有些难堪的神情可以窥探出，少女还在为离家出走的事情以及给母亲带来的伤害而懊悔。至于她的不良行为和叛逆表现，还有对成年男子表现出的厌恶大概都是少女的父亲一手造成的吧。

她闹着别扭地咂了咂嘴，心不甘情不愿地坐上车，岩楯坐到她身边，鳄川则在前座。少女摸着自己绿色的头发，用极快的语速说道：“你们要问什么？”

“你应该比谁都清楚我们要问什么吧，你可把警察耍得团团转呢。”

岩楯拿起地上的包，从中掏出一份文件袋，把堀之内修正的那张文身图像抽了出来。

“当时你看到这张图像的时候，立马就有头绪了吧。”

“嗯，算是吧。”少女晃了晃嘴唇和耳环上的吊坠，满怀自信地直视着岩楯，“答应我个条件，我就告诉你们。”

“如果我们能做到的话，一定答应你。”

“我接下来说的东西，都不许告诉神子，一定一定不能说。”

“神子是那个比你还拗的女孩子吗，脸上的妆化得像死人的那个？”

少女点了点头。

“要是让其他人知道我协助警察办案，那就真的倒大霉了。我马上就会被同伴抛弃，一辈子都得贴着胆小鬼的标签。如果是那样，我会崩溃的，太逊了。”

这种朋友不交也罢！岩楯差点脱口说出这句话，还好及时忍住了。少女选择现在的生活是有她自己的理由的，身体改造大概也是目前唯一的精神寄托。不过，她还是懂得心疼含辛茹苦抚养自己的母亲，这点对于现在的她来说是十分重要的。

“好！我们答应你！作为交换，你得把知道的事情一五一十地告诉我们，绝对不能撒谎。怎么样？”

岩楯直视着少女戴着紫色美瞳的双眸，少女也没有移开视线，坚定地点了点头。随后接过文身图片，指了指上方像是 logo 的位置。

“这是‘Destruction（毁灭）’的意思，一定没错。”

“毁灭？你之前不是说是‘Death Tradition’吗？”

“对，但是当时神子在边上盯着，我有些害怕，所以没说完。她还挺上道的，不会轻易放过叛徒。”她实诚地说。

“看，你们看这儿。”少女指着图像的右侧，“这条翘起来的线看到了吗？这是最后一个字母‘N’。还有这里，上面这个有点特别的圈，看着有点像 D，但其实是‘T’。”

“等等，等等……”岩楯打断了她，“我怎么什么都看不出来，难不成你那个紫色美瞳是什么神奇的滤镜吗，戴上以后就能看到一般人看不到的东西？”

少女流露出和年龄相符的灿烂笑容。

“我以后呀，要成为一名艺术字设计师。现在就已经做了很多字体库哦。”

“字体库？”

“嗯，英文的字体库。你要是像我这样每天都在搞字体设计，就算只有支离破碎的几个文字碎片，也能立马看出是什么内容，使用的是什么字体。算是职业病吧。这应该是 Old England 字体的变形。”

岩楯想起堀之内也说过文身上的文字被修饰得花里胡哨，鳄川立马在平板电脑上搜索 Old England 风格的字体，果然是装点得有些过于华丽。D 和 E 都和文身上的字体很相近。少女来回比对着平板电脑上的字形和修正后的照片，把字母一个一个嵌进文身图像。

“这个是 S，然后这个是 R。对吧，不就是‘Destruction’嘛。”

“你能把这个词写给我看看吗？”鳄川把笔记本递给女孩。

女孩一脸诧异地问道：“这是什么东西啊？日记本吗？”随即在纸张的正中间大大地写下“DESTRUCTION”几个歪斜潦草的字母。

“把这种字体变形，就可以和图像上的碎片完美贴合了，这样就可以证明图像上写的就是这个单词了吧。”

“那你之前说的文这个图案的人都是内行那句话是……”

“假的。”

“好。但是……”

岩楯话还未出口，便被少女那做了双水珠花纹美甲的手遮住了嘴。

“你就说是我参加的社团里也有人文了这样的文身，所以我才有印象，能记得字体也是因为这个。行得通吗？”

“何止行得通，这个理由简直天衣无缝。你以后前途无量啊，这不是客套话，我真是这么觉得的。”

岩楯向女孩伸出右手，女孩一时没反应过来，顺势和他握了握手，随后不由得一阵尴尬，慌忙假装咳了两声。比起上次，女孩今天思维敏捷，而且言语中洋溢着自信，证词应该是假不了了！这样一来，文身上的文字总算是弄明白了。

离别之际，鳄川抓了一把糖放到少女手里。少女一边抱怨着“我又不是小孩”一边接过糖果下了车。此时，在岩楯看来，女孩像蛇芯一样分叉的舌头再也不显得那么吓人了，眼前站着的不过是一个可爱天真的 17 岁小女孩罢了。

2

茜红色的夕阳溜进窗子，贴在墙壁、书架和台灯上的便笺在光的照射下拖出一道道长影。

坐在滑椅上的赤堀看了看左手腕上的表，慵懒地站起身。时间已经过了下午 4 点，这是一天里这间小屋最富情调的时段了。

赤堀边捶打着她那因伏案工作而僵硬的腰板，边打开门。已经过了红叶漫山的季节，一株高大的榉树伫立在狂风里，枯黄的叶片接连不断地飘落而下。栖息在栎树上的椋鸟似乎也搬了家，从农学部的小屋附近传来阵阵吵闹的叽喳声，但是过不了多久，它们还会搬回来的，因为那一带的学生热衷于抓小鸟，似乎把青春都荒废在琢磨捕鸟的陷阱上了。

赤堀深呼吸，枯草的味道随着冷风一起涌进了鼻腔。此时，远处一阵说话声渐渐靠近，声音高亢，呼吸紊乱，口齿不清且有些絮絮叨叨。推开临时搭建的木栅栏，由美的脸出现在眼前，手里还牵着一个小孩儿。赤堀赶忙鞠了一躬：“欢迎欢迎！你们是直接找到这儿来的？”

“嗯，这块地的尽头就是，还挺好找的。”

九条的助手由美看着门牌上写得歪歪扭扭的“法医昆虫学分室”几个字，心想这时候是不是应该礼节性地奉承一下对方，便努力地组织着语言：“哇，像山间小屋一般，好棒啊。嗯……又安静，而且绿化很棒，仿佛这里已经不是东京了呢。这是赤堀老师的办公室吗？”

“算是吧，这是我专属的‘悟道屋’，正经的办公室在校本部。”

赤堀蹲下身，朝拽着由美的小男孩笑了笑：“你好啊，你叫什么名字呀？阿姨是你妈妈的朋友，叫赤堀凉子。”

小男孩穿着一件特别好看的金黄色夹克衫，扭扭捏捏地羞着脸躲到由美的身后。下一个瞬间，他突然伸出小手指着小屋的屋顶，满眼放光地用高亢的嗓音喊道：“猫咪！”

赤堀回头望去，发现榉树后面的确藏着两只凶神恶煞的猫，一只灰色条纹，一只茶色条纹，一副自上而下窥探着人间的模样。

“哇，你的眼神儿真好，那些小猫咪呀，它们就住在那儿哟。”

“它们就住在屋顶上吗？”

“嗯，对啊。它们就藏在屋顶上，这样就可以轻易地抓到那棵大树上的小鸟了。你仔细听，是不是可以听到远处有鸟鸣声？”

赤堀蹲在小男孩旁边，学着他的动作把手放在耳旁听着远方的动静。太阳正要下山，椋鸟的鸣叫声迎来了高潮。男孩一脸认真地竖着耳朵倾听大自然的乐曲，奶声奶气地说：“可以听到好多好多小鸟的叫声呢。”

“对吧，也会有好多好多的小鸟飞到这棵树上呢。然后……猫咪就会抓住它们，张开血盆大口，狼吞虎咽地把它们统统吃掉！”

赤堀伸出双手向他做了个要吃人的动作，男孩子一边大叫，一边笑着藏到妈妈身后。她又问了一遍男孩的名字，男孩答道：“我叫相良。”由美自始至终带着一种苦恼的微笑，不停地扶着鼻梁上的那副红框眼镜。

“实在不好意思啊，因为幼儿园下班了，我只好把孩子也带来了。”

“没事没事！这块地就我和农学部在管，法外之地，不用讲规矩，哈哈哈。相良君差不多3岁了吧？”

“嗯，对。这个年纪的小孩儿太有活力了，到处乱跑，为了追上他真是累坏我了。”

由美望着纸屑般飘下的落叶和在一旁玩耍的儿子说道。她的年纪应该和赤堀相仿，纤瘦的瓜子脸上写满了生活的艰苦和疲劳，一副心神不宁的模样，仿佛总是在畏惧着些什么。

小屋外的白炽灯亮了起来，远处的红日则一点一点落下。

“进来吧，请。里头有些杂乱，你看了可能要头晕呢。”

“哪里哪里……”由美说道，朝相良挥了挥手，招呼他进门。男孩子坚定地大声嚷嚷着：“我要待在外头！”

赤堀拍了拍由美的肩安抚道：“那就让他待在外头吧，反正里面外面都一样。”

随后她进屋拿了两张木制圆椅，放在门口，说：“就在能看得到相良君的地方聊吧，虽然光线有点暗。”

“实在不好意思啊。”由美一个劲儿地向她道歉。

赤堀再次进屋搬来了所有的资料，由美也慌忙从包里取出文件袋。两人面对面坐得很近很近。

“前些日子我们不是被九条医生狠狠训了一顿嘛，我还挺担心他会不会迁怒于你，毕竟我们是在无视你阻拦的情况下强行闯进他办公室的。”

“啊，不用担心的，我没事。”

“那太好了，我本想找个时间去道歉，但岩楯刑警大喊大叫说：‘你别再让他看到你了！要是路上碰巧撞见了也赶紧给我藏起来！’所以就没去成。”

“九条医生不记仇的，不要放在心上啦。”

虽然在赤堀看来，九条哪里是不记仇，估计是到死之前都不会忘的类型。但此时她还是相信了由美。相良在落满黄叶的地面上跳来跳去，边喊着“妈妈快看”，边四处跑来跑去。由美的表情里带着些忧愁，视线追随着儿子轻快的步伐，叹了口气，把扎起的黑色秀发甩到了脑后。

“从那之后，赤堀老师的话一直在我脑海里挥之不去，我认真考虑了自己作为一名法医学者的前景和未来。我是单身母亲，所以有很多制约因素。家离得很远，也不方便，因为总是很晚才去接孩子，总被幼儿园的工作人员埋怨。要是家里发生了什么事，就也不得不放下手中的事去处理，工作上束手束脚的。要是孩子生病了，我就只能连着请假好几天在家里照顾他。但我现在能在这个大学工作，也是得益于‘独自抚养孩子且努力工作’……”

不知不觉一口气说了一堆话，意识到这点的由美慌忙低下头道歉：“对不起，发了这么多牢骚。”

“哎呀，不用道歉啊，由美你太客气了。而且，我感觉你总是太过压抑了。偶尔试着把心里话全部吐出来吧，这方圆几百米内只有你、我、相良三个人，我口风很严的，你别担心，何况我还被警视厅下了‘禁止接近令’，说不许出现在九条医生周围呢。”

由美愣了会儿，无厘头地说了句：“‘禁止接近令’吗？怎么听着觉得有点酷啊。有种自立女性的感觉……”

她随后又看了一眼相良，面露苦色地说：“同事们都有些看不惯我的这种特殊待遇，纷纷劝我回老家工作，说这样也是为了孩子好。”

“为了孩子吗？”

“对学校而言，招聘像我这样的单身母亲是有好处的，这样一来，比较容易申请到政府的补助金，还有利于塑造学校的形象，什么公平对待女性的校园之类的，况且我的简历和能力是符合工作岗位需求的。但是对我而言，学校不过是一个让我为了生计而舍弃自尊的地方而已。”

由美低着头，不停地倾诉着，仿佛是被自己脱口而出的话语玩弄着一般。虽然对几天前才刚认识的赤堀仍怀有戒心，但她内心的情感已如决堤的洪水般一泻千里，拦都拦不住。她从自己的使命和信念、孩子的未来一直说到与职场同事关系的不和睦、他人的刁难和对自己的失望，滔滔不绝。赤堀很清楚，由美内心的积郁不会那么轻易就一泻而空，但仍十分认真地倾听着每一句话。一直以来，由美都是独自挑着重担，忍气吞声地努力走过来。在赤堀看来，由美如此害怕与人相处的原因有二：其一，她所在的工作环境让她过分地意识到自己立场的薄弱和无力；其二，她内心根深蒂固的自卑感。

这时，相良拿着个洗过晒干的玻璃瓶兴冲冲地跑了过来，瓶子中有一只西瓜虫。赤堀拨开脚下的枯叶，敏捷地又抓了两只关进瓶子。相良接过瓶子，继续开心地找着虫子。

“有些话我必须说，千万不要把有孩子这件事看作是弱点，这样就正中那些欺负你的人的圈套了。而且，由美，不要对自己感到失望，你并没有为了生计而舍弃自尊。如果真的没有了自尊，这种辛苦又赚不了多少钱的工作谁都坚持不下来。正是因为你的使命感还在，你才努力到现在，你才会到我这里来，不是吗？”赤堀眼睛向上窥探着由美，笑着说道。

由美被赤堀逗乐了，嘴角微微扬起，虽然她内心留有一些警戒，但方才紧张的情绪已经烟消云散了。

下一秒，她又重新调整回严谨肃穆的神情，推了推眼镜，咽了下口水，收紧了下巴说道：“坦诚地说，听到赤堀老师提出的对解剖报告的看法时，我十分震惊。我十分赞同您的意见，的确有很多不合理之处……”

“嗯！接到你的电话真的很开心，作为参与解剖者，你的意见对我而言很是重要。”

“我其实也挺迷茫的，毕竟九条先生是业界老手了，当然我不是说九条先生的判断有误。如果只需要得出一个大致的结论，那尸检报告肯定是没有任何问题的。但果然还有一些可疑的地方，那当然不能视而不见。”

由美打开文件袋，从中抽出死者喉部的解剖照片，递给赤堀。沿着气管贴着很多箭头状标志，这些标志在灯光下闪烁着青光。

“死者甲状软骨的左上方有出血的痕迹，伴有骨折。但是舌骨却没有任何骨折的迹象，也没有弯折和裂纹，十分完整。第三颈椎和第四颈椎的前端分离。”

她边说明边翻阅着资料，指着一张用器具把眼睑撑开的眼部照片继续说：“左右眼球都出现了出血点，而且上下眼睑都发现了出血斑。就在这儿，能看清楚吗？”

“嗯，就是这条肿胀的紫色血管处，对吧？”

“对的，还有死者整个头部发红，且肿胀得厉害。这些都是死于勒杀的典型症状，无论谁看了，都会觉得被害人是被勒死的。”

赤堀认真地听，不停地记着笔记，时不时也不忘看一眼在附近捉西瓜虫的相良。由美麻利地归纳总结着各个要点，方才的虚弱感已经全然不见踪影。

一张照片映入赤堀眼帘，是尸体的发现现场。她是亲眼见过的。

“在解剖后的会议上，没有任何人对死因提出疑问。”

“但是，你觉得有点不对劲儿是吗？”

“……是。我还在上学的时候，参与过一次尸体解剖。那具尸体比较特殊，和这次的尸体有不少相似之处。”

“相似之处是指……”

“你先看看这个。”

由美从包里取出另一个文件袋，慌慌张张地从中掏出一张照片。

“这张照片上的不是当时我参与解剖的那具尸体，是从荷兰的某份解剖报告书里找的。从那次解剖以后，我就一直在搜索相关资料。”

黑白照片上一具尸体扑倒在绵亘着防波堤的海滨上，身体的大半部分被掩埋在沙堆里，体形肥胖。

“这次在荒川发现的被害人的BMI值超过了30。”

“BMI是说体重指数吧？”赤堀记着笔记。

由美用力地点了点头。

“像死者这种程度的肥胖体形，即便是被勒死的，眼中也很难出现出血点和出血斑。我学生时代参与解剖的那具尸体，眼部也出现了这些表征。那是一位肥胖的女性，外伤十分严重，但死因是溺水。”

赤堀抬起头，和脸颊微微发红的由美的视线撞在了一起。

“再看荷兰那起案件的照片，赤堀老师您仔细看这里，脖子往上一点的地方，虽然被头发掩盖着，但还是能看到一部分脸颊。”

赤堀二话不说便走进小屋取出台灯，把照片放在台灯下，聚精会神地观察着。尸体虽然趴在海岸上，但脸是偏向一边的，所以可以稍微看到一点脸颊的线条，而且可以看出脖子以上部分的确浮肿得厉害。

“这具尸体是死于勒杀吗？”

“不是，这个人是溺死的。”

“什么！”赤堀兴奋不已地举起照片，“明明是溺死的，为什么和勒杀的表征完全一致？脖子以上部分肿得颜色都变了，完全可以断定是被勒死的呀。”

“由于死者属于过度肥胖体形，身体被埋在沙堆里，遭受到压迫，所以躯干没有出现尸斑。但头部摆放的位置比身体低，全身的血液都涌向头部，所以头部才会有那么严重的肿胀。眼部的出血点也是这个原因造成的。”

“也就是说，只要满足过度肥胖、溺亡、死后尸体被掩埋且头部位置较低这三个条件，那死后的表征就和勒死是一样的，是吗？”

由美点了点头，说：“只不过，能同时满足这三个条件的案例太少了。它们之间维持着一种微妙的平衡，缺一不可。我之所以判断这个死者不是死于勒杀，不单单是因为这一个理由。”

已经对西瓜虫丧失兴趣的相良发现榉树上有个树洞，惊讶地大叫了一声。赤堀打开手电筒，塞到小男孩手里。男孩开心地抱着手电筒，一会儿照照树洞，一会儿照照天空，咯咯咯地笑个不停。儿子天真无邪的脸庞和自己手头照片里凄凉的尸体形成的鲜明反差让由美有些不是滋味，但她还是笑着向赤堀道了谢，继续回到正题。

“关于这次尸体的外伤，除了动物和昆虫的蚕食腐蚀以外，基本上没有发现其他种类的伤痕。唯一的伤口是死者头部右侧的砍伤。”

“听说那个伤痕里发现了疑似螳螂的前腿残肢和毛虫的刺？”

“嗯，是这样的，这两件证物的鉴定工作您做完了吗？”

“还没呢，但这种情况下螳螂和毛虫同时出现真的是挺不可思议的。要是鉴定结果真的是螳螂和毛虫，那大概也只是它们路过那附近，一不小心受到了牵连吧。”

“这样啊。”由美把有些滑落的眼镜又推回原先的位置。

“死者虽然没有什么醒目的外伤，但内伤比较严重。肋骨骨折，还有刚才说的第三颈椎和第四颈椎前段的分离。由于出血量很少，所以九条医生认为这些伤都是死后很短的时间内形成的。”

“也就是说，被害人死后很快就撞上了什么硬物，比如倒下摔在地板上之类的？”

“对，九条医生是这么判断的。他还说头部的砍伤和皮下出血都表明了死者被杀害之后的情况。他的结论真的是句句符合教科书上的定论，基本上无可反驳了。”

“好，我明白啦。现在让我听听由美你对他的反驳吧。”赤堀伴着肢体语言说道。

由美被逗乐了，笑出了声：“能造成脊椎骨折和分离的，通常只有交通事故、高空坠落、跳水事故，还有一些强度比较大的运动。这次案件的尸体有皮下出血的症状，所以应该是头部在剧烈撞击时发生了高强度的弯折，才导致了脊椎分离。根据头部的伤势判断，应该不是撞到坑坑洼洼高低不平的地方，而是撞击到比较平整的物体上。我琢磨着甲状软骨的骨折应该也是这个时期发生的，并不是由于被勒住脖子才骨折的，而是因为撞击。毕竟死者的舌骨完好无损，如果是被勒死的，这就有些不合理。”

赤堀记着笔记，同时一遍一遍回顾着本子上的内容，突然想起和九条争论时提到的一些尸体表征。无论是右支气管里大量的罂粟甲虫，还是胃里的天鹅绒螨，都指向一个事实——死者生前曾喝进了大量的水，并不是像九条医生说的那样，是水涌入了死者身体。

“被害人是溺亡的，而且是在水比较浅的地方栽进去的，头部朝下狠狠撞到了水底，是这样吧？”

赤堀说罢看了一眼由美，由美神情严峻地点了点头说：“死者坠落地点距离水面的高度，还有水面到水底的深度，这两个要素综合起来决定了受伤的严重程度。目前还没有发现头盖骨骨折和内脏损伤。所以，作用在头部伤口处的外力应该不大。根据以前的报告单和被害人的伤势，我做了个检测。”

她翻动着手上那本用旧了的小山羊皮封面的记事本。

“和赤堀老师推测的一样，是从距离水面较近的高度坠入较浅的水体，同时头部和水底发生了撞击。”

由美猛地从本子上撕下一页递给赤堀，纸张写满水深一米以内，距离水面两米以内的所有地点。赤堀盯着纸，头也不抬地说：“我有个疑问。”

“嗯，您说。”

“被害人有可能是自杀，但同时是不是也不能排除意外落水的可能？”

此时，由美薄薄的嘴唇紧紧抿成了一条线。赤堀抬起头，眼神毫不逃避地跟她的交织在一起。虽然由美没有给出任何回答，但她鼻头渗出的汗珠已经出卖了内心的想法。她之所以难以开口，是因为这个问题的回答涉及她个人的想法。更何况，警察早就把这起案件定性为杀人事件，并据此展开了大量搜查工作，还成立了几十人规模的调查团队。万一由美的判断是正确的，那自始至终主张被害人死于勒杀的九条医生将颜面扫地，同时还意味着由于他的误判，警方花费了巨大精力搜查一个根本不存在的杀人凶手……不过，作为九条的助手，同时作为被破格雇用的单身母亲，由美难免感到受恩于人，内心有愧，所以不敢轻言妄语。对此，赤堀也十分能理解。

“情况好复杂啊。”

赤堀脱口而出这句话，随即转变了思维——要继续向前走才是，不应该纠结于这个问题。

“总而言之，就算说不定死者是自杀，也不能排除他杀的可能性。还是不能下结论。”赤堀说。

“我也这么觉得。那个……有件比较难以启齿的事情我想麻烦赤堀老师，还希望老师能够帮帮忙。”

由美神经兮兮地窥探着赤堀的脸色，似乎在担心自己刚刚面对问题时的缄默不语是不是让对方失望了，担心对方会不会认为自己很不像话，不好相处。但她立刻摇了摇头，下决心要和过去那个优柔寡断且懦弱的自己告别。

“我会和九条说明这些情况，所以想再搜集一些更具有说服力的资料，然后向他申请进行二次尸检。虽然这么做可能会让我以后在大学里难以立足，但我早已经受够了这种只想着保全自己的人生了。我是一名法医学者，如果要我对现在这种情况视而不见、默不作声，我还不如一死了之。”

“死了可不行！”赤堀哈哈哈地大笑道，“没问题！有句话我只对信得过的人说。想追溯真相，必须从解剖学、昆虫学，还有警方调查三个方面入手。这种三足鼎立、三位一体的态势并不是不合道理的，相反，这才是最正确的互助模式。”

由美虚弱地笑了笑，湿润了眼眶说道：“能把这些事情说出来，真的太好了，真的太好了。”

赤堀一路把由美和相良送到校门口，在转身回小屋的路上，拨通了岩楯的电话。

3

诚如直美所言，横须贺的DOBU板路已经彻底转型为一片明朗的观光胜地。许多餐饮店门口都贴着声称本店上过电视的标语，但离开主干道拐入一条小路，方才热闹繁华的光景瞬间烟消云散。小路旁都是些在招牌上写着英文的房屋中介，还有外装修不完善的杂居大楼，让人滋生出了一种漫步在异国他乡的错觉。他们要找的酒吧就混杂在这样的风景当中。落满灰的霓虹灯管招牌映入眼帘，一段窄而陡峭的楼梯直通地下。

“休整中。”

鳄川正拍着照片，记录四周的环境，视线突然被挂在地下室门口的金属板吸引。岩楯走下楼梯，透过楼梯尽头门上的格子窗向内窥探。房间里的灯都关着，一片昏暗，柜台处隐隐约约透出一丝光亮。他试着摁下门把手，才发现门已经上了锁，根本打不开。

岩楯朝鳄川使了使眼色，鳄川立即掏出从直美那儿拿来的传单，拨通了上头的电话号码。他三言两语结束了通话，入口处的灯便突然亮了起来。

一位体形微胖的白须老人从柜台里缓缓起身，红色对襟毛衣与他头顶的红色针织帽遥相呼应。他就是被直美诟病为守财奴的酒吧店主，瞧这模样，在圣诞节各大单位举办活动的时候估计还挺抢手的。不过，他得把现在摆在两人面前的这张臭脸给换成笑脸才行。

岩楯隔着门向老人出示了警察证，老人戴上挂在颈口的眼镜仔细盯了一会儿，才动作浮夸地打开了门。

“我可没有做过什么坏事。”

店主显得有些坐立不安，似乎在脑海里不断回想着这次警方的登门拜访是为哪件事。看来他私下干的非法勾当不是一起两起了，不过他们今天主要还是来做有关文身的调查。

“突然上门打扰您实在对不住，我们是从直美女士那儿打听到这里的。”

“直美？她还活着呀？”

“嗯，还挺精神的呢。”

“挺好挺好。”

店主从头到脚反复观察着岩楯，同时也瞥了一眼站在岩楯身后的鳄川。老人看起来得有 80 来岁，干瘪的皮肤上刻满了沟壑般的皱纹。瞳孔的颜色很浅，狡黠的气质显露无遗。虽表面上不动声色、稳中有度，但给人的感觉还是不怎么好。

店主把两人引进门，摁下墙上的电灯开关，小屋一瞬间便被橘色灯光点亮了，走在最后的鳄川发出一阵惊叹。

20 平方米左右的小店，墙上贴满了拍立得照片，不，不仅仅是贴满，而是用图钉密密麻麻重叠交错钉在一起，数量多如牛毛。照片上各种人种都有，大家纷纷露出文身，炫耀般地摆着姿势，满面笑容。也有很多照片上的文身像是在不可见光的照射下发出荧光效果一般。

两人终于明白直美为什么说这里有警察们想要的情报和线索了，的确如此。

“这数量真是多得惊人啊，得有个两万……不，三万张以上吧？”岩楯问。

店主回到摆满酒的柜台里，说：“我没有一张一张算过，所以不知道有多少张。这些都是客人自己贴上去的。”

“您经营这家店有多长时间了？”

“很久了，马上就满50年了。一开始我也没想过要搞成什么‘文身吧’。本来只是找几个年轻貌美的姑娘招揽美国人进店，但是这些姑娘的开销实在太大了，不得已转型成文身吧了。”

店主往玻璃杯里倒了点水，一饮而尽后继续说：“那些美国人都喜欢文身，还喜欢炫耀自己身上的文身，人人都想着要做大英雄，要和别人不一样，要特立独行。美国的军人和警察就净是这种人。”

“我到现在也还没成为英雄呢。”岩楯说。

“你还是更适合做大反派，哪做得了英雄啊。”老人毫不留情地说，“总之，我们这儿就是找了一些女人来吸引军人进店，那些美国人或者是美式做派的年轻人就成了常客。这家店经营多年不倒的门路大概就是这样吧。”

跟他圣诞老人般憨厚宽容的外表正相反，店主其实是个精于算计且十分难对付的家伙。

岩楯很快地向他说明了事情的原委，并询问他对被害人的穿着打扮和身上文身图案是否有印象。但店主几乎不加思考地立马回答说：“我不知道啊，老实说，我又不是因为喜欢文身才开的这家店，只是顺水推舟，拿它当作赚钱工具而已。而且我对聊天也没什么兴趣，从不掺和客人们之间的对话。”

“即便如此，比较常来的客人还是能记得的吧？”

“脸的话，记得，但是很遗憾，我不记得有体形硕大的日本人。”

“好的，我明白了。那换个问题，是不是几乎所有来店里的客人，都会把自己引以为傲的文身拍下来挂在墙上或天花板上？”

“啊，的确是这样的。这都是客人自己拍完后贴上去的。”

店主朝着一台年代久远的弹珠机抬了抬下巴，镶着玻璃的游戏机上，放着一台老旧的拍立得相机，旁边立着写有“三百日元一张”字样的纸牌。

“你们如果要调查那个身份不明的文身男，就别再到处找人问来问去的，都是浪费时间。直接看我这儿的照片找多快，只要是来过我店里的客人，一定会留有照片的。我觉得你们该先从照片下手才对。”

“您说得对。”岩楯苦笑地环视着四周密不透风的照片墙，“不知您是否同意让我们把相片取下来带回署里分析？我们保证一定会尽早归还给贵店。”

“那可不行。”

老人摘下了鼻梁上的金边眼镜，像是看好了时机一般略显愉悦地笑着说道：“这些照片可是我做生意的招牌，要是被你们撤走了，那我还开不开店了？但是，如果你们能允诺一些补偿，倒也不是不能考虑。啊，但是补偿费可不是你们说了算，每天的营业额乘以天数，还要附加精神损失费。”

“精神损失费？怎么还有精神损失费啊？”

“我现在生存的价值就是经营这家店啊。要是突然不能开店了，那是一定要折寿的哟。何况我都是一把年纪的糟老头了，也没剩多少日子了。所以给点精神损失费难道不是很合理吗？”

老人得意扬扬地捋了捋下巴上的白胡须，脸上浮现出一丝冷笑。真是要命，真人比直美描述的还要贪财。店主满心的期待和对赚钱的热情充斥着整个空间。

“那这样吧，我们不带回去，就在你店里查可以吗？开店前一定把照片都给您恢复原样。您可别说什么因为我们警察在贵店里呼吸惹您不快，所以得缴纳什么精神损失费啊。”

“搜查证呢？没有搜查证你们应该什么都查不了吧。”

“如果您需要警方出示搜查证，我们总会有办法的。”

看来，老人是下了决心要给这些警察制造点麻烦。一阵突如其来的疲劳感袭向岩楯。

“话说回来，你们店里有娱乐场所营业许可证吗？我看照片里有几个客人跳舞跳得可开心了啊。”岩楯瞧了一眼墙上的照片说道。照片里，一对男女在酒吧的镜面球下深情拥抱在一起。

“根据日本的法律，没有深夜酒水经营证，可是不允许客人跳舞的哟。”

“你说什么？这条法律不是早就改了吗？”店主说。

“没有的事，现在关于这条法律的修改还在审议中呢。但是看你们店这模样，法律再怎么改也救不了你啊。这年头啊，对违章店铺的检举和查封都是来去一阵风。经营者只要看到警察来了，都冒着冷汗战战兢兢的呢。”

岩楯爽朗地笑了笑。老人用力地咂了咂嘴：“我的天啊，这都是什么时代的法律啊？天保改革[1]吗？真是的，禁止跳舞到底对谁有好处啊！这破法律就是为了赚老百姓的钱才制定的吧。”

鳄川斜眼看着怨言不断的店主，心中暗暗为岩楯这绝妙的反击拍手称快。

总而言之，这个顽固的拜金老头说什么都不肯让他们不交钱就把照片带回署里，不过在重压下还是勉强同意让他们在店里调查照片。于是，岩楯立即给同组成员下达了命令，让大家都集中到横须贺来协助调查。

两人决定先去吃午饭，于是选了文身吧附近的一家无人问津的咖喱

---

1 天保改革：发生在1841年至1843年，老人借此影射该法律的古老和腐旧。

屋。鳄川向来对食物很挑剔，在点菜的时候特地向店员强调了要多放椰子和黄油。

“没想到事到如今，居然发现死者有可能是自杀……”这话鳄川今天已经重复好多次了。

从南湾岸署出发来这儿的路上，岩楯把赤堀电话里说的都一五一十地转达给了鳄川。鳄川一路上听得慌慌张张、坐立不安，一把车驶入停车场就专心致志地把所有内容都记到了本子上。对于鳄川的这种情绪，岩楯可以理解，毕竟昨天他自己接到赤堀电话时，也惊讶得脸色发青、无所适从。

“九条医生到底会怎么做呢？”鳄川问。

“他不是那种会轻易承认自己错误的人。九条的个性虽然非常讨人厌，但的的确确是这行的老手。仅凭一个助手想推翻他的尸检报告，真是闻所未闻。更何况前一阵儿还有赤堀那档子事呢，他肯定不会轻易放过咱们。而且，如果真的能进行二次尸检，那解剖医生肯定得换人。从我做警察到现在，从来没有见过有尸检出错需要进行二次尸检的。”

“真是一件不得了的大事。在九条医生看来，这应该是奇耻大辱吧，关系到他今后作为法医的信誉呢。没想到只要同时满足那三个条件，溺亡和勒死的死亡表征居然是一样的。这我以前可从没听说过。”

鳄川从包里掏出笔记本，看了一眼自己做的记录。

“根据赤堀老师的说法，右侧支气管里发现了大量的虫也是与死因相关的，这点似乎还挺重要的。”

“但也不是说就完全排除了被勒死的可能性。之所以判断为溺亡，主要是根据过去为数不多的几个相似案例。要从根本上证明死因是溺水十分困难，不过赤堀好像有意要挑战一番……”

岩楯看着被埋没在文字里的鳄川笔记，脑海里想象可能会发生的几种情况。毫无疑问，九条肯定不会把这些事报告给警察，虽然他也不至于对这些不同意见充耳不闻、不管不问，但还是会把他作为医生的尊严放在第一位。除非事情真的很严重，要不然他肯定会慎重又低调地解决这件事。也就是说，为了消除隐患，选择开除由美也是有可能的。

在一旁观察着岩楯的鳄川突然合上笔记本，说："警部补，您是不是对溺亡一说还将信将疑啊？"

"尸检那方面我是门外汉，判断不来，如果我要再深究那些，那真的什么事都做不完了。"

"但赤堀老师电话里不是还提到了什么三位一体吗？她是不是在委婉地向我们求助啊？也许总被夹在警察和司法解剖中间，行动起来束手束脚的，让她觉得很困扰。"鳄川说。

岩楯听了摇摇头，摆了摆手说："听好了，鳄川，很遗憾，你的这个推理不正确。无论是勒杀、溺亡还是自杀，这都和我们没有关系。当务之急是赶紧确认死者的身份，这样被害人的死因自然而然也就浮出水面了。赤堀说的三位一体不是你想的那个意思，她是想说，警察用警察的方式，她用她的方式，解剖助手用解剖助手的方式，大家一起努力探寻真相。相当于在说情报共享。"

"嗯，我笔记上也是这样写的……"

"你动动脑子想想，如果赤堀真的想向我们求助，那肯定是直接找上门来大闹天宫，才不会这样拐弯抹角呢。她绝不是那种为了让旁人察觉到自己脆弱的少女心而矫揉造作的类型。"

鳄川的脑海里浮现出赤堀戴着自行车头盔在大马路上飞快飙车的画面，于是立马接受了岩楯的说法。这个女人与"温文尔雅"四个字算是彻底没有缘分了。

这家店的咖喱味道有些独特，两人飞快地把午餐一扫而光，重新回到了文身酒吧。酒吧店主仍旧纠缠着警方要赔偿金，直到鳄川坚定而严肃地告诉他“希望您能够出于善意协助我们的调查”时，他方才意识到警方不会是他的摇钱树。

看了一眼手表，时间已经过了正午，岩楯和鳄川决定把所有视野里能看到的照片先确认一遍。拍立得相片上的留白处均写有拍摄时间和人名，乍一看，左手腕上有文身的人并不少，甚至可以说是相当多，而且几乎没有女性，看来这回警方的工作量肯定不会小。

数量如此之多，岩楯不禁打了个寒战。他脱下西装外套，放在椅子上，松了松领带，卷起衬衫的袖管开始干活儿，毕竟光是抱怨可不会出成果。凭着一股不撞南墙不回头的劲儿撑了30分钟，他便想宣告投降了。满墙的照片杂乱无章，毫无规律，检查过的照片还是不知不觉地被反反复复检查了好几遍。也许是因为有太多相似的照片，两人的视觉焦点已经有些模糊，头也开始有些发晕。就连平日里一丝不苟的鳄川也时不时地犯下初级错误，每每失误都能听到他懊悔的咒骂声。

“要不然还是把检查过的相片一张张取下来吧……”

然而，为了把照片取下来，不得不把早已生了锈的图钉一个个拔出来，岩楯这才意识到这项工作有多么烦琐，懊恼得不行。老旧的拍立得相纸由于长时间重叠在一起，有的都粘一块儿了，如果强行拆开，很有可能会损伤画面。而且，那位守财奴店主正在虎视眈眈地从身后监督着两位警察，想必是在等照片受损时好好讹一笔。

“真的能从这些照片上找到被害人吗？”眼看着调查没有什么太大的进展，鳄川焦躁地问道。

“放心吧，死者就在这当中。”岩楯波澜不惊地说。

他心里是有底的。从文身所用的墨水以及针孔的状态，可以判断出死者手腕上的文身不是近期的。如果被害人不是这家店的常客，那他的照片一定被淹没在了相片墙的里层。岩楯心里也很清楚，没有证据证明被害人一定来过这儿。但从自己收集到的情报来看，几乎所有的线索都把矛头指向这家酒吧。

正当他们埋头苦干之际，外头传来一阵交谈声，两人抬起头，只见搜查一课四系的部下抱着巨大的铝合金箱气宇轩昂地走了进来。其中有一名穿着时尚、长相俊朗的年轻警官，警视厅里首屈一指的风流人物，浑身上下散发出一股轻浮气质，乍一看就觉得他身边的女性关系应该会比较复杂。这名警官一副有苦难言的表情，迈着大步向岩楯走来。

“警部补，我有点受不了那个人，今后不会还得和他一起做调查工作吧？”

“你到底在说什么，我没听明白。”岩楯疑惑地答道。

这时，入口处进来两个举着人字梯的男人，是所辖署的同组侦查员。正当岩楯在为突然把大家叫来一事致歉时，身着蓝色工作服、提着大箱子的堀之内也弯着腰走进了店内。身材修长的鉴定官环顾着四周，抬了抬帽子惊叹道：“厉害啊，这酒吧真的太厉害了！老板，这都是你自己装修打理的吗？简直可以感受到时光洪流的涌动，造型上也非常有质感，可以称作是艺术品了！”

堀之内发自内心地赞美着冷漠的店主，语速奇快地絮絮叨叨夸个不停。站在岩楯旁边的部下深深叹了口气，说：“对不起，我真的不知道怎么和巡查部长沟通。”

“你们都是警察啊，有什么不好沟通的？”

“不，警部补，不是这样的。打开天窗说亮话，我俩完全不是一个类型的人，根本没法儿好好相处，和他一起工作真的太难受了。”

“行啊，那你们俩现在给我一起滚到猿岛上去开个篝火派对，这样就能好好相处了。”岩楯毫不留情地批评道。

部下一脸怨愤的神情，向上捋了捋长长的秀发。这个爱打扮的部下其实个人能力挺强，不过在待人接物上没有什么包容心。

紧接着，他便向四名侦查员讲述了打听到的情报。

“总之，我们的工作是要从这堆照片里找出所有在左腕上有文身的男人。文身图案的开头字母是 D 和 E。记得，我要的是所有满足这个条件的照片，就算照片上的人不是大胖子也必须都给我挑出来。”岩楯说。

“明白。”从南湾岸署赶来的两位刑警有气无力地回答道。在经验丰富的他们俩看来，船堀小工厂里失踪的那个男人才是案件的突破口，眼前这一切都只是在做无用功。

“有的照片都粘在一块儿了，分开的时候要慎重。还有，这家店晚上 7 点开始营业，老板要求我们必须在那之前把店里所有东西都恢复原状。对了，这里的照片统统不能带走。”

“看样子，大概不连续来个两三天是不能……”南湾岸署的侦查员还没说话，便有人插嘴道：“不会的，不会的，今天之内就能全部搞定。据我推测，大概只要花四个半小时。关键在于，如何把粘在一块儿的照片分开，让每张都能看清。”

说话的人是堀之内，他仔细检查着墙上的照片，随后悠悠地转过身，从运动包里取出塑料膜。

“岩楯警部补，麻烦您把塑料膜铺到地上。鳄川君，给你这个。”说着便从包里拉出一条挂有晒衣夹的长绳，“用椅子之类的想办法把这些横挂起来，包里还有很多晾衣绳的衣夹，有多少就挂多少吧。嗯，对了，老板呢？老板！”

店老板守卫般地站在柜台边，目不转睛地监视着警察们的一举一动，堀之内上前与之搭话：“我们现在需要些开水，啊，我自己来烧就行，不用麻烦您。对了，您这儿有没有什么能盛开水的容器？”

“盛开水的容器？你到底想做什么呀？”

店主一头雾水，十分诧异。但他似乎对眼前这位干脆利落又神神秘秘的鉴定官有些好奇，于是骂骂咧咧地从柜台里取出一只老旧的脸盆。

堀之内大叫着，说这可是好宝贝，用手指弹了弹脸盆边，熟练地准备好开水，倒入盆里，放在塑料膜上。

“准备完成！现在为大家说明一下用法。店里这些照片因为长时间叠在一块儿，在水汽和灰尘的作用下便粘住了。由于表层的保护膜是明胶材质，我们现在才能采用这个方法。只要把它们浸泡在25摄氏度左右的温水中就可以了，这是常见的银盐冲印相纸的修复工序。但是，由于这家店里的照片都是拍立得照片，所以时间和剥离的速度必须掌控好。”堀之内喋喋不休地说道。

同时，他从墙上取下几张照片，找出其中粘在一起的四张一起浸入脸盆，一边灵巧地把水引入每张照片间隙内，同时飞快地将之剥离开来，挂在晒衣夹上。用纸巾吸干背面的水珠后再打开吹风机吹。大家定睛一瞧，照片完好如初，丝毫未损，整个过程如行云流水，令人叹服。

“大致过程就是这样，我就负责剥离，晾晒工作就交付诸位了。对了，提醒大家千万不要触碰到照片的正面部分。”堀之内说。

“好，我知道了！就按拍摄时间从旧到新把相片悬挂起来，如果其中有发现符合条件的，就抽出来。”岩楯补充道。

六个人立刻开始行动，鳄川踩上人字梯，把挂在高处的相片逐一取下，堀之内一张接着一张，马不停蹄地重复着剥离工序。店主在一旁看着挂在晾衣绳上的相片，一面兴奋地喊说哪张是多少年前拍的，一面纠缠不休地问像警察这种什么脏活累活都得干的工作能赚多少钱。

虽说这项调查迫不得已花了很多时间，但截止到下午5点，如堀之内所料，店里所有两万多张照片都从墙上取了下来。小小的空间内横挂着好几条晾衣绳，绳上一连串地夹满了不同年代的照片，颇为壮观。虽然有的由于年代久远，画面已经看不清了，但大多数照片的保存状态还是比较理想的。这当中，符合条件的有七八十张。

岩楯先是排除掉了一部分外国面孔，把剩余的都排列在吧台上，共29张。

照片里的人都满脸得意地露出左手，炫耀般地将文身展示在镜头前，且所有的文身logo都是以字母D开头。侦查员都围到吧台边，视线来回游走在这些文身间。

“把看起来60岁以上的家伙也都排除了吧。”于是吧台上的照片又少了9张。

“接下来，把年代过早的相片也挑出来。”

最后只剩下四张照片。

照片里都是看上去30岁不到的年轻男子，左手腕部文有大鹰所推测的图案——古典式的和风文身样式与英语的不和谐搭配。

岩楯又从中抽出两张，其文身logo是“Destruction”字样，由黑、蓝、白三色绘了一匹獠牙尖利的狼。

两张照片里出现了同一个人。这个人膀大腰圆，肥头大耳，满脸横肉，双眼细小，看起来容光焕发，朝着镜头竖着大拇指，开心地笑着。在另一张照片上，他则是与一名戴着牛仔帽的络腮胡男子勾肩搭背。拍照日期分别是去年的12月和7年前的6月，留白处的签名写的是“昌树”。

一旁的鳄川颤抖着缓缓吐出一口气：“总算是找着了……‘Destruction’加上动物毛发，和打听到的所有情报一致。被害人生前一定在横须贺这一带！”

他拿出手机，开始努力地寻找着什么。

“照片里和他站在一块儿的这个牛仔男，在其他照片里也出现过多次！”

“真的吗？”

“对，因为他在其他照片里也和很多客人合了影，我觉得有些异样就拍了下来。”

为了让大家都能看清，鳄川把手机放在了柜台上。的确，戴着牛仔帽的男人也和其他客人拍了不少亲密的照片。其肤色黝黑，估计是长期日晒造成的，虽说看长相应是过了知天命之年，但举手投足间仍迸发着一股顽强的生命力。

岩楯把昌树的照片拿给坐在柜台里的店主过目，问道：“对这个体形肥胖的男人有印象吗？他去年年末的时候来过你们店里。”

老人戴上圆眼镜，仔细盯了会儿，捋了捋下巴的白须，歪着脑袋说：“名字叫昌树吗？……完全不记得了。”

“那他边上那个牛仔认识吗，应该是这里的常客？”

“啊，那个人是罗迪。”

“罗迪？是从美军基地来的外国人吗？”

店主摇了摇头，把照片递还给岩楯：“他是日本人。因为是克林特·伊斯特伍德[1]的影迷，所以美国佬们都叫他罗迪。总之，他就是一个疯狂的美国迷，时不时也会来我们店里露露脸。他在市内佐原区经营一家钓鱼用品店，店名就叫‘伊斯特伍德’。”

鳄川立即在手机地图上搜索这家店，马上查明了具体地址和电话号码。接下来，只要向这个牛仔男打听打听文身男，就可以确认死者的身份了。

堀之内把照片从晒衣夹上一一取下，准备将店里恢复原样。店主见

1 克林特·伊斯特伍德：美国著名演员、导演，曾主演爱情电影《廊桥遗梦》，凭借《不可饶恕》《百万美元宝贝》等作品多次获得奥斯卡金像奖最佳导演奖。

状，一个箭步冲出柜台，难以想象这是一名上了年纪的老年人的身手。

“等等！等等！照片这样放着就行了，你们回去吧。大老远从东京跑来一定累坏了吧？要是连店铺整理都让你们帮忙，那我会遭报应的啦。回去吧，回去吧。”

见店主这副媚声媚气、满面笑容的模样，岩楯马上明白了他的用意：“看来你是想到了什么赚钱的新手段吧？”

看来是被岩楯言中了，店主捋了捋胡须扭动着身子说：“那……那什么，有不少客人说想看看以前的老照片，但是全部翻出来实在是太费工夫了，就被我拒绝了。现在这样不正好是一石二鸟、一举两得吗？你们找到了你们想要的情报，我也能靠这些照片招揽生意，如果能有杂志或者报社来帮我们宣传宣传，那就更好了，说不定还能吸引一些喜欢怀旧的上了年纪的新客人呢。”

哼，什么一石二鸟、一举两得，可笑！眼前这位贪婪成性的老头儿让岩楯十分不痛快。不过从结果上看，的确靠这家店提供的线索解决了一个重要谜题，还是得向他表示感谢。他们采纳了店主的提议，拿着两张照片离开了文身吧。

“我其实也不怎么了解他。”

眼前这位自称罗迪的男子头戴一顶黑色毛毡牛仔帽，一只手轻捋着从鬓角延伸到下巴的黑中夹白的络腮胡。日晒形成的古铜色脸庞，让人联想到裸露在海风中风化的铁块。虽然已是满面皱纹，但并不给人沧桑感，而是以一种绝妙的平衡感营造出素雅的气质。

离开文身吧之后，岩楯他们便顺道来拜访了这家钓具店，正巧赶上快要打烊的时候。店主将门口飘扬的星条旗收回店里，给放在屋檐下的鱼饵用冷藏柜上了锁，说：“说实话，警察先生，在你们来之前，我根本不记得还有这么个人。既不清楚昌树是不是化名，也不知道他住在哪儿。”

“你这么不了解他，怎么还和他搂着肩膀拍合照？”岩楯问道。

罗迪停下手中的活，得意地扬起右侧嘴角，笑着说：“的确，在日本人看来，两个男的搂着肩拍照是比较亲密。除了热血的体育类社团或者关系非常好的密友之外，这种勾肩搭背十分少见。但在美利坚，这只是打个招呼罢了。就像拥抱、接吻或者是开玩笑，都没什么特殊的含义。不过透过这些，倒是可以看出人性的。”

说着，罗迪向鳄川伸出拳头，笑着非要和鳄川碰拳，而鳄川彻底无视了他的要求。岩楯见状甚是愉悦，骤然忘却了一天的疲惫。店主只好清了清嗓子缓解尴尬，用食指抬了抬牛仔帽的帽檐：“我对DOBU板路一带也算是相当熟悉了，美军基地的人平日里都会去那里的酒吧。我也常去那儿和兴趣相投的美国人聊聊伊斯特伍德的作品。对了，警察先生，你们看过伊斯特伍德的电影吗？”

“嗯，也就看过《警探哈里》（*Dirty Harry*）这类的。”岩楯说。

“果然是这样！”罗迪兴奋地拍着手，以一条腿为轴灵巧地转了个圈儿，“你是因为崇拜警探哈里·卡拉汉才当了警察吗？看长相，你的确像是那种为达目的不择手段的个性。该不会配枪也是点四四口径的史密斯·韦森的左轮手枪吧！”

钓鱼用品店老板接二连三地列举出剧中的著名台词，连从枪套中拔出枪扣下扳机的动作都忠实再现了一遍。虽说这家伙的“杂耍”是挺有趣的，但放任下去的话，他估计能絮絮叨叨一整晚，岩楯赶忙插嘴道：“关于刚刚那件事，文身吧的好几张照片上都有你。”

“只是用于纪念而已，想留下和美军畅谈的回忆。”

“但是去年12月份，你和并不是美国人的昌树也一起拍了照片啊。”

“怎么说呢……就是一时兴起吧。明明和他是初次见面，但聊得还挺开心。第二天，他就来我们店里买了绕线盘，还是最贵的那种。”

他转身走向收银台，脚上那双压花皮的西部靴响个不停。打开带锁的玻璃柜，拿出一个带有钴蓝色显示屏的绕线盘。

“形状大概是这样的，还配有超声波探测器，是最适合游动饵钓鱼的鱼竿。日本制造，在钓鱼用具这个领域，日本制造的产品是公认最好的。”

“价格呢？”鳄川问道。

“15 万日元。”罗迪回答。

“这可不是一笔小数目。是用信用卡结算的吗？”

“不，是现金付款，我也吓了一跳。”店主动作浮夸地耸耸肩，把绕线盘放到柜子上，“他给人的整个感觉就是事业有成，连手上的钞票都是用钱夹夹着的，我只在黑帮电影里见过这种高级货。他身上还叮叮当当挂着好多银首饰，好像还是名牌。”

“所谓的青年实业家吗……”

岩楯看向手中的拍立得照片。男子戴着配饰，身上的 T 恤印刷着某位女性的裸体，粗大笨重的双腿勉强塞进牛仔裤。怎么看都不像是手头宽裕的人，更不像是踏踏实实工作的成功人士。罗迪也在一旁仔细盯着照片。

“根本谈不上是青年实业家，怎么说呢……像个地痞小混混。这么说可能不太好，但就算说恭维话，我也觉得他不像是什么大人物，估计只是装模作样地炫富而已。这个人真的很肤浅，而且话特别多。”

“绣花枕头一包草，没有内在的家伙是吧？”

“嗯……也许吧……不，也不算是。”他用手托着下巴，陷入了思考，“像红酒、白兰地这类进口酒，他都挺熟悉的，听他说，他还参观过什么特别有名的酿酒厂。在烹饪和食材方面，他也很懂，还说最近准备买艘船。虽然我觉得应该只是在吹牛，但是他聊起这些的时候还是挺专业的，并非瞎编。所以，他应该不能算是没有内在的家伙吧。不论我问他什么问题，比如酒的产地、年份或者价格这类，他都对答如流。”

鳄川点点头把罗迪的话记到本子上。岩楯仔细观察着店主的一举一动，同时揣摩着话里的内容。虽说罗迪的美国做派过于严重，但他言语间给人的感觉比较踏实，并不浮夸。看来，那个自称昌树的男人一定有某种特殊的资金来源，能负担起浑身上下那些昂贵的首饰和15万日元一个的绕线盘，还熟知高级食材和洋酒，甚至有买船的念头。

不过，在荒川发现的那具尸体又如何呢？尼龙长裤，一把老旧的螺丝刀，还有脏兮兮的厚棉手套，都是些廉价物，并没有任何手头宽裕的迹象，感觉其收入只能勉强填饱肚子。

岩楯试图在大脑中厘清思绪，同时向正在给放在墙边的一排钓鱼竿上链条锁的店主发问道：“他没告诉你家住在哪儿吗？工作地点知道吗？”

“说是住在这附近，工作听说是在自己创业的海上咨询公司做海上咨询师。”

“海上咨询师？这个职业不怎么常见啊。”

“具体我也没多问，他只说目前是批发货物给加盟店，以后要招一些在欧洲留过学的厨师，开餐饮店。他说的时候可得意了，但我觉得这太好高骛远了。唉，也许这是他的梦想吧。”

越来越让人摸不着头脑了，从体形和身上的文身来看，毫无疑问那具尸体就是昌树，但是咨询公司员工的主要工作应该是与人交流，又怎么会只随身携带着一把一字形螺丝刀出现在荒川的沙洲上？关于他说的招募在欧洲留过学的大厨，表面看起来似乎只是装腔作势的话，但其实这个想法似乎也不怎么夸张，还挺现实的。昌树的个人形象和他们想象的可以说是完全不一致，不过，难道说这种不协调、不一致有什么更深层的含义？比如，凶手可能将被害人身上值钱的东西都扒下来，把死者伪装成失踪的工厂修理工？

岩楯换了个思路，继续发问：“既然他买了 15 万一个的绕线盘，那应该是个钓鱼爱好者吧。他有没有和你提到他平常去哪里钓鱼？”

“没有，他从没和我谈过钓鱼的地点。不过买了那么贵的绕线盘，肯定不会是在防洪堤上垂钓，应该是去冲钓了。印象里这人对于钓具还是有一定了解的。”

“原来如此，那你在和他的接触中有没有发现什么异样，很琐碎的细节也行？”

“嗯……我想想。”罗迪停下了手头的工作，抱着胳膊陷入沉思，时不时摸一摸别在胸口的星形治安官[1]徽章，又盯着和昌树搭着肩的拍立得照片看了半晌，随后抬起那张轮廓分明的脸，看着岩楯说：“要说有哪里不对劲儿的话，的确有，他自始至终没有谈及自己钓到的鱼。”

“怎么说？”

“通常来买鱼竿或者绕线盘的客人，都会问这种产品能钓到什么样的鱼，或者吹嘘自己以前钓到的大家伙。但是，在和他的对话中，他没有提到任何有关钓到的鱼的内容。毕竟是买了 15 万日元的绕线盘啊，很不对劲儿。”

难道是在故意隐瞒些什么吗？还是说只是有钱人一时兴起想去钓钓鱼？虽然没有确切的证据，但岩楯更倾向于前者。获取的所有有关昌树的情报都比较笼统，没有确切信息，这可能是昌树在和罗迪的交谈中下意识地掩盖了部分事实。无论是自杀还是他杀，可以看出昌树与他人相

1 治安官：美国维持郡等治安的官员。

处时是充满戒心的。

“还有，昌树通常是只身一人去文身吧的吗？”

“不是，是两个人一起的。另外一个看着像是他的手下。”

“手下？不是部下，是手下？”

“嗯，酒喝完了让他去取，衣服脱下来也让他拿去挂。虽然昌树自己说那是自己的挚友，每周都会一块儿出去玩，但我觉得那两人之间的关系并不简单。那个男人几乎不怎么开口说话，和昌树说话时也是讨好般地笑着。他和酒吧的氛围不太搭调，他自己似乎也意识到了这点，所以有些坐立不安。我还挺同情他的，一个人蜷缩在角落里，存在感一点点丧失。当时我就好奇，既然如此，他为什么要和昌树来往。所以印象还挺深刻的。”

“年龄大概多大？”

“嗯……20 多吧。不，可能是 30 多。毕竟现在的人看着都比较年轻。”

“你和他也合影了吗？”岩楯紧追不舍地问道。

店主摇了摇头：“他说他很不喜欢拍照。”

随后鳄川还向罗迪询问了此人的相貌特征，但这人似乎没有文身，长相也没什么特别之处，所以也没给罗迪留下什么特别的印象。根据两人的对话推测，他们应该是工作上的同事或是一起钓鱼的朋友。对昌树如此低声下气可能是因为两人是雇佣关系，也有可能是因为过大的贫富差距导致的两人地位不对等。不过，既然是每周都会一块儿出去玩的挚友，那为什么昌树失踪了这么久他都没有报警或者贴出寻人启事？岩楯把刚刚想到的这些，全都记到了大脑里。

4

第二天也是万里无云的大晴天。河边的风仍旧凛冽，但白天勉强还算是比较舒适的。工厂的员工们纷纷披着夹克衫，坐在长凳上或是河堤边，有的吃着手里的便当，有的则躺下小憩一阵儿，一片悠然自得的光景。经河面反射的阳光格外刺眼，岩楯的双眼不自觉眯成了一条缝。

距离赤堀在这里发现那具尸体仅过去八天，但这段恐怖的记忆仿佛已经从人们的脑海里永远消失了，案件的影响很快便淡化了。眼前这幅国泰民安的日常生活画卷，让岩楯和鳄川有些焦躁不安，毕竟手头的工作还没完成。

穿着警视厅配发的工作服，岩楯和鳄川行走在荒川沿岸的人行道上。

“我们今天是来调查什么的啊？”鳄川向前弓着身体迎着风问道。

“怎么，你难道还不知道吗？”

“只知道肯定不是什么正经的调查。”

“没错，想想这次是谁叫我们来的就知道了。那个女人就算只是为了找一只蜻蜓，即便是深不见底的沼泽地也能笑着钻进去。舔两口昆虫的尸体，然后根据味道来推测死因，对她而言只是热热身。赤堀说的‘调查’，对一般人来说就是严苛的生存训练，不过她本人倒是很乐在其中。”

岩楯边说边回忆起过往那些不堪入目的“调查”工作。自己也活了四十来年了，即便拥有这四十来年的人生经验，他也根本无法理解赤堀这个女人。托她的福，岩楯才再次认识到世界之大，无奇不有。要和赤堀共事，就必须忘掉所有的常识。

两人还没走到约定地点，就隐隐约约地听见混杂在狂风中的傻笑声。无论在多么嘈杂的环境里，哪怕只有一瞬间，岩楯也能分辨出那笑声的主人是谁。远处的堤坝底下，用格子围巾裹着头的赤堀和穿着醒目的亮黄色连体工装裤的大吉正相互打闹着。大吉的背上印着“大吉昆虫咨询公司”几个大字，字的下方是公司 logo。

赤堀紧紧拽着好几根足足有三米长的筱竹，身后的大号背包上斜插着捕虫网，脖颈上挂着个四四方方的工具箱，像挥鱼竿似的来回摆动着手中的筱竹。最要命的是那双像是和长靴融为一体的胶底袜[1]。本来看上去就不是什么正经人，现在这副模样比以前更可疑了。赤堀手里挥舞着的竹竿一次次近距离地从大吉身边掠过，不断闪躲的大吉相当狼狈地大喊着：“危险危险！别挥了！！危险！！！”蘑菇头发型也变得凌乱不堪。

“你这身装备是要干吗？”岩楯问。

“新工具，战斗力应该不错！”

鳄川从胸前的口袋里掏出手机，通过变焦功能把镜头拉向这位昆虫学专家。堤坝下的赤堀注意到了岩楯和鳄川，一边挥手一边大声叫着两人的名字。

“你瞧这家伙，明明刚被上级叫去谈话，现在又笑得这么开心。”

岩楯小声嘀咕着，举起手示意，拨开枯草下了堤坝，向无论何时都吵吵嚷嚷的赤堀走去。大吉不知为何突然一脸正经地低下头深深鞠了个躬，那副矮胖身材和轮廓分明的脸庞还是一如既往地令人难忘。

---

1 胶底袜：一种以日式短布袜为原型的室外用鞋。

“许久不见，能与您二位再次相见十分荣幸。前辈这次好像又给你们添了特别多的麻烦。”

“到底怎么了你？”

“赤堀前辈前一阵儿不是刚得罪了某个法医界的权威教授吗？唉，她这个样子只要是正常人估计都会生气吧。我非常能体会。”

大吉摇了摇头，把视线移向打扮得像某个原始部落人的赤堀，继续说：“不过，要论胆量、热情和法医昆虫学的专业素养，她称第二，全日本没人敢称第一。还麻烦您二位帮忙疏通疏通，别让警视厅就此断了和赤堀前辈的合约。”

“现阶段还不需要担心这些，而且这根本就不需要你来担心啊。”

赤堀抢着说：“就是说啊，我们那儿的学生和教授总喜欢替我向别人道歉。九条医生的事的确是我不好，但除此之外我什么祸也没闯啊！鳄鱼君你说是不是？”

赤堀像拎着一杆长枪似的，把手上的筱竹立在地上，三人看着赤堀，无言以对。没有什么比缺少自知之明更可怕的了。尽管如此，大家还是把她当作家人一般守护，这大概也是她与生俱来的某种能力吧。

“在开始干活前，我有个问题想问你。你这双靴子般的胶底袜是定做的吗？我从刚看到你的时候就很在意这个。”

“啊，你说这双鞋啊？”赤堀说着把腿向前伸，摆了个诡异的姿势，“这是田里专用的胶底袜，是长筒胶鞋和胶底袜结合后的农业界最新型产品哟。既防滑又防水，售价只要1500日元！是不是很难以置信！日本科技的跃进真的太让我吃惊了，而且款式也挺时尚的呢。”

“嗯……是挺有个性的。”

见一旁点着头的鳄川开始拍摄起田间用胶底鞋的特写，岩楯赶忙转移了话题。

“好了好了，大吉你这回也受苦了，毕竟是尸体的第一发现者。”

“哪里哪里，都是赤堀前辈一人靠着几只苍蝇找到的尸体，嗅觉的敏锐程度简直能和野生动物媲美。”大吉略显自豪地挺起胸膛，继续说道，“那时候，我设计的音响陷阱啊……”大吉手舞足蹈地刚开始向大家谈起当时的情形，赤堀便无情地打断了他：“好了好了，废话就说到这里，我们开始干活。”

大吉愤恨地看了一眼赤堀。

“这些分给大家，是我从农学部那儿偷偷锯的。”

赤堀不由分说地把三米长的筱竹塞到每个人手中。仔细一瞧，竹竿上贴着红色和蓝色两块胶布。

“这个贴着红色胶布的位置是距离竿头正好一米的位置，蓝色的则是两米。由美女士根据过去的资料得出了十分精确的结论：被害人如果是死于溺水而不是被勒，那他掉入水中时距离水面高度应该在两米以内，水深也在一米以下，且是头部朝下坠落的。”

“喂……你该不会是想找到他的落水地点吧？难不成要把荒川一带所有的河岸都测量一遍吗？！”

“岩楯刑警，你说得一点儿没错。”赤堀拍了下手，“虽说如此，我们也不清楚死者是从哪条河上漂来的，到底是荒川、中川，还是隅田川。”

“……说不定还是从什么远得要命的不知道在哪儿的某个上游地区漂来的呢。”

“那可不？还有，大海也别忘了。”

赤堀满意地笑了笑，把筱竹夹抱在腋下。鳄川把脸凑近笔记本，一言不发地飞舞着笔。赤堀深深地吸了口气，慢慢地一点点呼了出来，说：“警方现在正致力于调查被害人的个人身份对吧？”

“对啊。因为根据我们现在掌握的这些线索，根本没办法查出死者的落水地点。所以，应该要先查明死者身份才对。”

“嗯，正因如此，我才要调查落水的地点呀。和警方做同样的调查根本没有意义。”

“然后你就不分青红皂白地要把这些竹枪插到河里到处测水深啊？江户时代也有个好事者和你一个德行。花了 17 年跑遍全国到处测量，最后把日本地图绘制出来了。”

“叫伊能忠敬。”鳄川附和道。

“不管怎么说，你这个想法也太原始、太粗糙了。要是这些都要调查一遍，时间和精力根本不够啊。我们也没那个闲工夫陪你胡闹。”岩楯毫不留情地说道。

赤堀有些吃惊地闭上了嘴，迎着风默默低下头，视线盯着脚上胶底靴的鞋尖。鳄川责备地看了眼岩楯，认为他说得有些过分了。她突然双肩微颤，大家还以为她是不是在偷笑，没想到赤堀一抬起头，一双外眼角有些下垂的大眼睛聚精会神地看着岩楯。

“前辈脸色看起来不太好……”大吉不由自主地往后退了一步。

“岩楯警部补，法医昆虫学是一门需要出示根据的学问，你认为单凭别人提供的几条线索，我就会鲁莽地采取行动吗？”

“你现在不就是吗？”

“不是，你不懂。说我太原始我忍了，但是在我们这个领域里根本不可能有‘粗糙’这个概念。太过分了，我现在真巴不得马上把你扔到拉丁美洲的哥斯达黎加丛林里，太可恶了。”

气鼓鼓的赤堀放下背包，取出一份文件袋，粗暴地翻了翻，把一份复印件摔到岩楯眼前。是几张放在培养皿里的蛆虫的图像，每张图像看上去都差不多，但浮签上标记的各项数值均不同。

“你还记得我和你说尸体上采集到的卵经过 40 个小时才孵化的事吗？”

“那肯定是记得的。”

“盐分对生物的孵化和成长毫无疑问是有影响的，所以我们用黑丽蝇的幼虫做了实验。把肉块浸泡在不同浓度的盐水中一段时间再拿去喂养它们，在幼虫羽化成蝇并产下卵后，再计算卵孵化的时长。”

赤堀把手中的材料翻开到写满数字的一页，说：“我想等数据更充实一些之后再提交给搜查会议，尸体的沙洲附近的盐分浓度为0.4%，根据采集水样的调查结果，不同日期采集的样本，其盐分浓度只会有一些非常非常微小的误差，不会对实验结果造成影响。喏，你们看这个。”

她把资料翻回蛆虫照片那页，继续说道：“蛆虫吃下在盐水中浸泡过12个小时的肉块以后产下的卵，经过26个小时才孵化成虫。在正常情况下，卵的孵化时长最长是24个小时左右，所以也算不上什么意外的结果。”

“但是和尸体中蛆虫的孵化时间相差甚远，对吗？”岩楯翻阅着资料问道。

赤堀点了点头：“于是我们一点点地改变盐水的浓度，把相同实验进行了多次。得出的结论是，当盐水浓度在3.5%的时候，卵孵化成蛆的时长和死者尸体上的蛆虫完全相符，大约是40个小时。”

“盐度高达3.5%的水体……那就是……”

“没错，就是东京湾的海水。”赤堀不假思索地答道，“荒川和中川的上游，河水盐度也不过0.05%，毕竟是淡水河嘛。所以说，如果尸体真是像搜查总部说的那样，是从上游漂流而来的，那浸泡过的最高盐度也不过是沙洲附近的不到0.4%。而尸体上蛆虫的卵孵化时间却要40个小时，这就说不通了。”

“所以说，尸体是从盐度更高的大海上漂来的……”

“只有这种可能了，都是这些蛆虫告诉我的。”赤堀直视着岩楯的双眼果断地断言道。

“还有，这也是被害人死于溺水的证据。在被害人的支气管里检测出了 216 只罂粟甲虫，意味着死者吸入海水时连带着吸入了附有罂粟甲虫的海藻。这种甲虫在没有依附的情况下是不能存在于水中的。”

鳄川不知何时已经蹲在地上，拿背包做垫板疯狂地在笔记本上写个不停。在这些铁证面前，这次就算是搜查总部也不能视而不见。如若担心赤堀是出于对由美的同情才这样做，那可就真真是杞人忧天了，她根本不是那种会从那种角度思考问题的人。虽然早就见识过赤堀的好强，但这回又一次体会到她绝不服输的个性，岩楯不由自主地笑出了声：“好好好，老师您说得是。我认输，我认输。请您肆意地使唤我吧！”

“好，这样，我先写一张丛林生存技巧给你。”

“怎么还是要把我流放到哥斯达黎加啊！”

赤堀微扬着下巴，有些神气地笑了笑。随后她从背包里掏出张地图，铺在地上，拿四块石子压住四个角，以防被狂风刮走。

“我们现在所处的位置是距离尸体发现地 400 米左右的下游地区。以这里为界限，把上游地区全部排除出调查范围。”

“那排除的还蛮多的，真的可以吗？”鳄川抬起头确认道。

“没问题，一点儿不留都排除掉。我已经让学生们和大吉采集了河流沿岸不同水域的水样，检测出的浓度和实验结果相匹配的只有从这里开始的下游地区而已。”

赤堀用绿色的马克笔在地图上画了条线把荒川截成两段，她标注出来的待搜查地段和搜查总部重点搜查的地段完全错开。从荒川的河口附近开始，到葛西，随后到浦南，再往前延伸到大海。

“还有，房总半岛我也已经调查过了，在水深上没有匹配的地点。”

“你调查过了？怎么调查的？”

“就是沿着海岸线骑自行车一路观察呗，直到东京湾的内房地带，看岸边距离水面垂直高度是不是在 2 米以内，水深是不是小于 1 米。其实，满足这两个条件的地点非常少，几乎没有。首先，沿岸水深在 1 米以内的就特别罕见，而且水底还必须是平的，况且防洪堤上很多地方都设有高高的防护栅栏，有的地方建有工厂，通向岸边的路基本是堵死的。”

整个过程听着似乎挺简单，但沿着海岸线到内房可是有 300 多公里的路程。大吉和鳄川盯着手机屏幕上显示的距离测算结果，瞬间呆若木鸡、哑口无言。

“唉，不过从结论上说，要把沿海所有地方都调查一遍那肯定是不可能的，这个地区实在是太广阔了。”赤堀说。

“你现在才意识到吗？！”岩楯吃惊地摇了摇头。

“总之，我们就先把荒川河口这块给排查了。让搜查总部知道他们苦苦搜查的荒川这一带其实和本案一点关系都没有。”

“你说什么？难道不是要找死者的落水点吗？”

“啊，抱歉抱歉，我还没和你说，接下来我们要调查的荒川沿岸估计不会有符合条件的地点。因为根据死者支气管中罂粟甲虫的数量来看，这附近是绝对不可能的。”

从搜查范围中排除荒川河口的搜查，真是彻头彻尾的逆向思维。难不成这是在向搜查总部挑衅吗？岩楯心觉此事十分有趣，便忍不住小声笑了出来。

“那我们赶紧开始吧。鳄鱼君和大吉开车去对岸，从邮政局门口开始排查，昆虫的调查也要同时进行，这个就拜托大吉了。”

“放心交给我吧！”大吉两手叉腰，挺着胸充满自信地说。

岩楯随即问道：“对了，科学警察研究所那儿送来的东西调查清楚了吗？就是什么和螳螂有关的那个。”

“嗯，送来的那些颗粒太细碎了，也就沙子般大小，具体是什么物质现在还在分析中。所以我才想重新调查一遍沙洲附近的昆虫，弄清楚螳螂和毛虫到底是从哪儿来的。不，应该先弄清楚到底是不是螳螂和毛虫……”

赤堀自顾自地嘀咕着一大堆没人听得明白的东西，彷徨的视线游离在天空中，声音越来越小，话还未说完便停了下来。

岩楯心里明白，这次的案子看似简单，实则错综复杂。不知为何，线索总是追着追着就突然断了，整个过程中也没有太多走近真相的感觉。更何况，事到如今连死者是自杀、他杀，还是死于事故都不敢确定，案件的根基都不牢靠。而这当中，只有赤堀带领下的这些蛆虫自始至终一五一十地倾诉着事情的真相。

鳄川和大吉拎着筱竹竿向地图上标记的地点出发。岩楯和赤堀则向下游方向移动，沿着平铺在倾斜的防洪堤上的混凝土瓦块走下堤坝。与尸体发现地不同，荒川河口附近十分整洁，杂草也都修整得相当干净。每当狂躁又冰冷的海风迎面呼啸而来时，两人便转过身背对着风，试图逃过一劫。

岩楯走近岸边，向下看了一眼，枯草和塑料袋一类的废品堆满河岸，河水缓缓流向大海。他垂直放下筱竹竿，竹竿的尖端贴着河面，还没入水，竹竿上的蓝色标签差不多正好在岩楯脚底的位置。也就是说，岸距离河面的垂直高度大约 2 米。随后，他又将竹竿插入水中，但无论怎么向下伸，就是触碰不到河底。岩楯沿着河岸走了几米再做尝试，还是同样的结果。

“这水真深……”他自言自语地说着。

“其实这还算浅的，有的地方水深要超过 2 米呢。”

身上挂着一堆行李的赤堀走到他身边。

“我也想过用鱼群探测器来测量水深，但这一带属于自然保护区，船开不进来。而且我们要测量的不是河中心的深度，而是岸边的水深，难度就更大了。”

“明白了，所以你才选择了这个比较原始的测量方法。”

“嗯，对啊……”话音未落，赤堀似乎发现了什么，便猛地从身后抽出插在背包里的捕虫网，哈的一声大喊，向前挥了出去。捕虫网堪堪从岩楯鼻尖掠过，他一惊，赶忙向后仰，以求避开，结果重心一偏，眼瞧着就要摔进河里。千钧一发之际，他慌忙抓住赤堀的背包，逃过一劫。

“喂，你干什么啊？！要把我推下水吗？！”

“抱歉抱歉，我没想到这捕虫网这么长，还差点打着你。”

赤堀挠着脑袋，笑着和岩楯打马虎眼儿，随即从捕虫网中捏起一只小飞虫。这个女人实在是太危险了。她手里的小飞虫腹部呈黄色斑点状，似乎还挺常见的。

“蜜蜂？”

“外形的确和蜜蜂很像，其实不是蜜蜂。这是一种叫作蜂蝇的昆虫，属于蝇一类。”

赤堀打开挂在脖子上的箱子，从中掏出一只玻璃瓶，把蜂蝇放了进去。

“这种昆虫最喜欢生活污水，同时也是在污水中出生的。不过，你别看它们生活环境肮脏，蜂蝇可是重要的花粉传播者呢，即使是在严冬，花朵的绽放也少不了它们的功劳。”

她一边说，一边上蹿下跳地挥舞着捕虫网，而岩楯根本看不清赤堀在捕捉些什么。网里捕获的基本上都是蜂蝇和摇蚊，偶尔混杂有一些红蜻蜓和灰蝶，似乎没有什么与案情有关的昆虫。即便如此，为了掌握这一带的生态系统概况，赤堀对于调查仍旧毫不松懈，看到草丛便毫不犹豫地钻进去，伸手去抓体形巨大的棒络新妇蜘蛛和黄金蜘蛛，这一幕真叫人汗毛倒立。更让人惊讶的是，她兴高采烈地在水面抓了一条橙色的蛇塞进了背包。这一切岩楯都清清楚楚地看在眼里。

“等等……你……刚刚……抓了什么东西……”

“啊？就……抓了条蛇啊。”

“不是……你为什么要抓蛇啊？”

赤堀诧异地看着岩楯，放下背包，打开拉链，把一米来长的蛇给活生生拽了出来。蛇的头部呈三角形，黄色眼睛硕大，瞳孔竖着眯成一条线。

岩楯瞧见那排尖锐的牙齿，吓得连忙往后退：“你！这……你这……怎么看都是眼镜蛇啊！”

“哎呀，不是啦，这是林蛇。”赤堀掐着蛇脖子，轻轻晃了两下，“这种蛇主要分布在印度尼西亚和澳大利亚，后来作为一部分爱好者的宠物而进口到日本，管理不善就成了这样，四处乱窜。法律上定性为具有一定危险性的特定外来物种，虽说毒性不至于致死，但要是咬到小朋友还是非常危险的。既然发现了，就必须把它抓走。”

这时，赤堀脚下的背包里又爬出好几条相像的蛇，岩楯吓得连连往后跳。她到底是什么时候抓了这么多？！虽然方式比较粗糙，但赤堀的做法的确是正当的，她一如既往地保持着对自然和生物的敬畏。不过就算如此，岩楯也不能不管不顾地就鼓励她总做这种事，只好静静待在一旁，看着她把奋力扭动的毒蛇一条条塞回背包。

随后，两人继续方才的工作，穿过首都高速公路和京叶线，沿着河口一边测量水深，一边捉虫，然后来到临海球场。眼前便是东京湾，右侧是南湾岸署辖区，沿着左侧的一排四角防波堤走下去，便是浦南。岩楯和赤堀伫立在防波堤边，看着东京湾里往来交错的集装箱船，放空自己，任凭疲劳感袭遍全身。

“你看吧，还是没找到要找的地方。”赤堀说。

“嗯。”岩楯回应道。

“你来之前是不是抱了很大期望？”

“没有。”

“那就打起精神！你不是总说‘工作中百分之九十的努力都是无用功’吗？要不要和我一起朝着大海喊两声？”

一阵笑意升起，但岩楯硬是忍住了。赤堀貌似在用自己的方式照顾着岩楯的情绪，但其实对岩楯而言，多亏这次搜查，案情总算明朗起来，他感谢还来不及呢。荒川可以基本排除了，应该把注意力放到其他地点。

两人同时把手伸进口袋，各自从口袋里掏出一个一模一样的装满黑草蚁的小玻璃瓶，拔出软木塞，对着瓶口深深吸了一口。岩楯对于蚂蚁的抗拒感已经消失，甚至觉得要是没有这些小家伙，自己肯定扛不住戒烟的痛苦。他以眼神向赤堀示意，两人便沿着原路折返。

“关于那个螳螂残肢，你怎么看？”

“从科学警察研究所那儿传来的分析结果来看，通常螳螂的活动会一直持续到11月中旬，所以时间上是合理的。从残肢碎屑上的色素斑来看，有可能是棕静螳。不过……”

赤堀把裹着头的围巾解下，看起来有点生气地歪着头，继续说：“为什么偏偏只是在死者头部的伤口里发现了一点点螳螂的残肢碎屑？为什么不是一整只啊？毛虫碎屑也是这样，我也正在向其他的一些专家请教。但是很不顺利，估计还要花不少时间。”

这件事只能全权交给赤堀了。

岩楯给鳄川他们打了个电话，结束了一天的工作，两拨人员准备会合。而此时，太阳已经渐渐西斜。会合后，大吉不停地发着牢骚，说他们认为最有可能符合条件的东京江东区一侧的砂町运河附近的水深根本对不上。看来，赤堀的推测是正确的，荒川附近的这些派生区域也没有发现任何符合受害者落水条件的地点。

帮了一天忙的大吉接下来还有其他工作安排，便精神抖擞地向大家告辞了。三人沿着河堤漫步，赤堀像个化妆广告员[1]一般一马当先地走在最前面。随后，那个井井有条的违法菜园出现在他们的视野里。

“我去和老婆婆打个照面。”赤堀说。

“浦和富美子女士吗？您是有什么想问她的吗？”鳄川拿中指推了推鼻梁上的眼镜说道。

“关于报告书一事，我已经向署里提出申请了，仍没有回音。而且，你们不觉得老婆婆的举动有些异常吗？”

“的确，她的戒备心强得可怕。但那十有八九是由于非法占用了河岸用地，做贼心虚才这样的。”鳄川说。

“那老太婆看着可不像是会做贼心虚的人。”

岩楯边说边沿着小道走向堤坝下方的菜园子，赤堀也侧着身子一路拨开枯草跟上去，鳄川则是在确认了菜园子里的山羊都紧拴在木桩上之后方才谨慎地跟上两人。田间空空如也，悄无声息。但其他一如往常，芒草从深处袅袅炊烟升起，一阵猪肉酱汤的香味扑鼻而来。

“估计那里才是大本营吧，一年四季都窝在里头，不知道在搞什么见不得人的勾当。”

赤堀刚打算喊富美子婆婆出来，就被岩楯阻止了。他小心翼翼地掀开破旧的竹帘，悄悄踏入这块神秘之地。竹帘后是一条只能容纳一人通过的细长小道，两侧长满了枯萎的芒草和芦苇。在好奇心的驱使下，鳄川和岩楯的脸上都下意识地浮现出一丝浅笑。小道出乎意料地长，掀开

1　化妆广告员：一种为一系列商业活动做宣传的日本街头艺人，一般都会化妆并敲锣打鼓以引人注目。

尽头处的另一张竹帘后，眼前的光景令所有人目瞪口呆。

一片宽阔的土地上矗立着一间由废木材和铁板搭建而成的街边小吃店似的小屋。小屋边上的大圆桶里烧着火，上面架着一口大锅正热腾腾地煮着什么。除了富美子以外，还有三位老人坐在远处的河岸边。看到岩楯他们从帘子里钻了出来，老人们并没有表现出惊讶，只是安静地看向这几名不速之客。

面面相觑了半晌，富美子才回过神来，盯着岩楯一行人，微微收着肥硕的双下巴，说道："你们在搞什么名堂？竟然自作主张地闯到这里来。"

"要说自作主张，你才是行家呢。"岩楯边说边看着四周。

这一带被修缮得相当齐整，铁板建成的屋棚上还写着菜单："小杯日本酒 300 日元、猪肉酱汤 100 日元、甜酒 120 日元……"甚至还用木框对河岸边的水域做了区隔，分成几块区域，像极了市里休闲场所的垂钓区。不仅如此，旁边还精心修建了一座小水车，以确保能够顺利排水。那三位老人就坐在河岸边的圆凳上，正在垂钓，但显然有些难为情，一个个像喝醉了一般脸色通红。正对着垂钓区，一排高耸的芒草将两岸分隔开来，即便站在河对岸也窥不到此处的风光。

"啧啧啧，这个精心设计的秘密基地真是得天独厚啊，怎么说呢，还挺让人心动的。"岩楯说。

向来循规蹈矩的鳄川见此光景便严肃地板着脸，嘴角不停地抽动着。赤堀对此则兴奋不已，两眼放光，四处张望。这下他们总算弄明白了，那天在被问及为什么对乌鸦飞来的日子记得那么清楚时，富美子为什么会表现出犹豫和慌张，原来都是因为这个。

岩楯的目光投向折叠桌上的小本子，老人们点的单都记录在里头，其中还混杂着天气、日期以及两三行如同日记般的记述。他看见在今天的日期下，写着"从那天起，乌鸦就赖在沙洲不走了……"这样漫不经心的几行字。

“浦和女士，你居然是这秘密垂钓区的老板娘啊。都做起生意了啊。”岩栖说。

“才不是做生意呢，不过是给寂寞的老年人提供点乐子罢了。”

“话虽如此，这种规模的违章菜园说什么也不能视而不见啊，更何况你还出售酒水。”

“不是做买卖，只是消遣而已！再说，我们虽占用了这块地，但没有干扰到任何人的正常生活。这个世界上给人添麻烦的家伙到处都是，为什么你们政府官员就总把我们老年人当作眼中钉？！”

富美子紧紧攥着围裙裙摆，瞪着一双血红的小眼睛大声发泄着，悲痛且愤慨的情绪喷涌而出。

虽然富美子的确蛮不讲理，但她对这份“事业”的热爱也不是不能够被理解。也许是出于保护这些为寻找说话对象而聚集来的老人，她才会如此愤怒。更何况，就岩楯个人而言，以违规为由把年纪比自己父母还大的老人撵走这种事，他是极不愿意插手的。

唉，这该如何是好呢？岩楯仰头朝天长叹一声。他看到赤堀蹲到老人身边，把倒插在地上的一件黄色物体缓缓拔了出来，身后的鳄川慌张地踉跄两步，只见是一把十分眼熟的割柄螺丝刀。

“老爷爷，这个是做什么用的？”赤堀蹲在穿得圆鼓鼓的老人身边，笑着问道。

老人困惑的眼神游走在岩楯和赤堀之间，翕动着嘴口齿不清地说：“这是处理贝类用的。”

“贝类？是撬开贝类海鲜的外壳时用的吗？”

“不是。”老人摆了摆手慢慢站起身，手指指向把垂钓区切分成不同区域的木板的一端说，“这里经常有海水涌进来，常常会有很多奇奇怪怪的贝类。如果放着不管的话，不过两天入水口就会被堵死，所以就得用这个螺丝刀把它刮到河里去才行。”

赤堀穿着田间用胶底鞋，二话不说就直接踏进河里，把粘在木板上的贝类掰了下来，是像蜗牛一般的圆形贝类。她站起身，边向回走边仔细观察着手中的小生物。

“是豆石蜑螺一类的生物，是繁衍能力非常强的一种贝类。”赤堀说。

岩楯点了点头，继续问道：“你为什么要用这种螺丝刀啊？”

“哪有什么为什么……”

“如果只是想把贝类从进水口剥下来，用刀或者木铲之类的也行吧，明明有那么多选择，你为什么偏偏要选螺丝刀呢？”

“这是常识。”老人还是没听明白岩楯的提问，于是坐在老人身边的一个身材高大的男人插嘴道，“当过渔夫的人基本上都会选择这种螺丝刀，我就是其中之一，在64岁之前一直在远洋船上工作。船身上到处都是贝类，必须将之一个一个铲到海里。的确，螺丝刀以外也有很多其他的选择，但还是螺丝刀用起来最顺手，它早已成为我们随身常备的七种工具之一了。”

手腕上文着狼的昌树也是钓鱼爱好者。不，还不能确定他爱好钓鱼，只知道他对钓鱼相关知识有所了解。如果他随身携带的螺丝刀并不是作为修理工具所用，而是像老人所说的那样，那一开始的种种疑惑就都迎刃而解了，毕竟清理贝类不需要其他工具，一把螺丝刀就足够了。

一个男人的身影渐渐浮现在岩楯脑海里，就是那个总和昌树一起去酒吧、被使唤来使唤去还赔着笑的家伙。看来，赤堀从一开始就是对的，一切的一切都起源于大海。

Chapter 4

水底的毛虫

1

赤堀打开固定在头顶的手电筒，照亮了天花板与屋顶之间的狭小阁楼。四处布满了棉花糖状的蜘蛛网，随着缝隙里钻进来的风轻轻摆动着。她拨开这些早就失去主人的废弃蜘蛛网，匍匐前进，在一根粗壮的柱子面前停住了。柱子上有很多小洞，她用镊子轻轻一摁，柱子的表面就突然一层层地脱落下来。木头的缝隙间，挤满了蠕动着的半透明白色虫子。“好！果然是这样！”赤堀低声说道。

把木屑和虫子一块儿放进玻璃瓶，塞上盖子，她匍匐着身子爬到能看见光亮的一角，关上头顶的手电筒，顺着梯子下到房间里。六张榻榻米大小的房间里挤满了六个人，大家纷纷抬头看着浑身粘满蜘蛛网的赤堀像乘滑梯一般从梯子上滑下来。

“赤堀女士，情况怎么样？”一名大腹便便的律师一边拿手帕擦着额头上的汗，一边问道。他身旁站着一对年近 50 的夫妇，正用双眼紧紧盯着赤堀。他们背后是两名身材高大、西装革履的房屋中介，正抱着胳膊一言不发。大吉则十分不满地站在门口，他的表情实在是丰富。

赤堀清了清嗓子，说：“为了一会儿能更好地听取大家的意见，要不就先把事情的前因后果都跟我说一遍？”

“啊？又来啊？”两位房屋中介的语气有些得意又带些厌烦。

律师用力地点点头，十分赞同赤堀的提议，飞快地打开了文件袋，说："那接下来就由我为大家做说明。这边两位是水野夫妇，他们于今年8月买下了这栋二手的独栋小楼房。"

水野夫妇十分疲惫地朝赤堀点了点头。

律师继续说道："这栋楼从建成起至今已有35个年头，水野一家在购置前曾委托不动产管理公司进行房屋安全检查。这次检查主要涉及抗震能力、牢固程度，以及物理结构上的其他瑕疵等。由于准备将一层改造为餐饮店，所以同时也进行了害鼠害虫的排查。"

律师一边翻阅着资料，一边拿毛巾般厚度的手帕擦着汗。

"不动产管理公司委托害虫驱除相关从业者进行检查后，称从房顶到屋檐，每一个角落都确认过了，没有发现任何问题。于是夫妇俩就与之签订了房屋买卖合同，并于9月1日正式入住。"

"这样呀。"赤堀朝着惴惴不安的夫妻俩笑了笑。

律师继续说："然后从10月开始，二楼卧室的床边就经常莫名其妙地出现一些细碎的木屑，即便打扫干净了，第二天还是会出现。水野先生怀疑家里会不会是遭白蚁了，就向不动产管理公司报告了这件事。公司则是建议他们继续通过公司找害虫驱除相关从业者进行二次检查，同时向夫妻俩报出高额的检查费用，于是水野先生才对这家公司心生疑虑。"

律师舔了舔手指头，翻了翻资料，不紧不慢地继续说道："水野先生认为与政府部门有关联的相关单位比较值得信赖，于是就委托了大吉昆虫咨询公司进行检查。"说着便向门口的大吉那儿看了一眼，"根据该公司董事长兼昆虫生态学博士辻冈大吉的调查结果，这栋楼早已饱受白蚁摧残，根本就是瑕疵品。"

"中介不接受水野一家的说法，所以就闹了起来，是这样吗？"赤堀问。

“没错，我在听取水野先生的意见后，接受了他的委托，准备就此事向法院提起诉讼请求。在过冈先生的介绍下，我们请到了法医昆虫学博士赤堀女士，准备将她的判断也作为证据提交给法院。”

“能插句话吗？”其中一名房屋中介态度傲慢地打断了律师，“你说得好像我们是变着法子把遭了虫灾的房子卖给老百姓的恶毒商贩，你什么意思啊你？再说了，今天为什么非要把我们叫来这儿待一整天？更何况，公司早就建议他们再做一次检查了，我们也在努力解决问题啊。”

另一名始终默默不语的中介突然看了看手表，努力假装出一副惊讶的神态，浮夸地大喊道：“哎呀，都这么晚了！”

“就是这样，没什么好说的了，我们先告退了。”

赤堀拦住他们：“欸，等等，先别走。把你们叫来的其实是我。为了尽快解决问题，不再浪费人力、物力，我认为这是最直接的手段了。”

说着，她从衬衣的口袋里掏出刚刚采集白蚁的小瓶。

“我的确在天花板上发现了白蚁。”

“我不是早说了吗？检查结果的相关内容在当时的检查报告书里都写得清清楚楚了。”

“嗯？让我看看。嗯……以地面下方为中心，整栋建筑的基座都谨慎地检查过了……房屋整体也检查过了……”

“就是这么回事，我们的调查肯定是非常严谨的。说到底，检查这栋房屋的时候还是7月末啊，从那以后都过了两个多月了，那些白蚁难道不会是在调查结束后才出现在房子里的吗？这里一楼可是被他们拿来开餐饮店了，难免会遭到很多害虫入侵吧，毕竟食材什么的都是生的。”

“我们才不会那么不讲卫生！”水野先生对中介公司的说法感到十分失望，不自觉地插了一句。

“如果是蟑螂或者苍蝇，那的确有可能是在签了购房合同以后才出现的。白蚁的话，绝对不可能。”赤堀说着，同时朝大吉使了个眼色。

大吉从运动包里掏出一个透明的塑料容器，打开盖子递给赤堀。

“这里的白蚁是大吉昆虫咨询公司采集到的，属于地下白蚁，而我从天花板上采集到的白蚁则属于大和白蚁。”

赤堀把瓶子和塑料容器展示到大家面前。

“这种大和白蚁会像飞蚁一样飞进家中筑巢，十分棘手。蚕食这栋住宅的便是这种喜食干燥木材的白蚁，但在外走廊下方并没有发现。根据报告书来看，害虫驱除相关业者检查的重点是以从地面到地基范围内的白蚁，而且天花板上方应该也调查了，那为什么没有任何发现呢？我不能理解。”

房屋中介长叹一口气，摇了摇头，一脸不屑地说：“你完全跑题了吧，现在谈蚂蚁的种类有什么用？我们目前争论的重点是，这些白蚁到底是不是在检查结束后才入侵这栋楼的。”

“你说得对，我下面正要谈这个问题。”赤堀拍了下手，“首先，由于大和白蚁的翅膀十分容易脱落，所以它们每年具备飞行能力的时间只介于 4 月到 5 月这个阶段。还有……”赤堀把手中的白蚁递给大吉，继续说道，“蚁后一个阶段的产卵数量并不多，但这栋楼里的白蚁多得有些异常了。更何况卵的孵化就需要两个月，孵化后从幼虫成长为成虫又需要经历几个月，即便是成虫，所能侵蚀的木材体积也不到一支铅笔的三分之一。”

“这么少？”水野夫人瞪大眼睛看着赤堀。

“是，如果白蚁造成的侵蚀已经到了肉眼可见的程度，那至少也得有几年时间了。所以，正如大吉昆虫咨询公司提交的检查报告书中所述，根据天花板的侵蚀情况，毫无疑问，在水野一家搬来之前好几年，这栋楼里就有白蚁问题了。”

水野夫妇这才喜笑颜开，而两名中介则霎时满面愁容，他们反击道：“我看你是刻意卖弄这些专业知识，说一堆没人听得懂的话来糊弄我们。”

“嗯？你难道不知道吗，这就是我们这些学者的作风啊。要不我把其他昆虫学家都带过来，你们需要几个人就叫几个人来，五个十个都可以。不过，大家对于这栋楼的白蚁问题的判断肯定是一致的，你们别想蒙混过关。还有，别忘了，你们干的坏事可不止这一点点。”

“你什么意思？”

“这栋屋子的前主人肯定知道自己的房子里白蚁成灾，这种程度的虫灾他们肯定也向你们申报过了。而你们公司委托的害虫驱除人员肯定也发现了天花板上的问题。即便如此，身为房屋中介，你们在没有告知水野先生的情况下就与之签订了买卖合同。律师先生，这种情况应该怎么判啊？”赤堀转头看向水野夫妇的律师。

律师愤愤不平地死死盯着两名房屋中介，狠狠地说道：“违反了商家的告知义务，等同于诈骗行为。”

“就是这么回事，接下来的事你们就自己和律师谈吧，下次再见就是在法庭上了。”

方才还对赤堀不屑一顾的两位中介，脸上不可一世的从容顿时消失了，估摸着是在暗地里默默思索新对策。但大吉是不会容许这种事发生的，他平生最看不惯的就是这种蛮不讲理、欺软怕硬的混账，一定会想尽办法不让中介再有翻身的机会。

在律师和房屋中介出门之后，赤堀和笑逐颜开的水野夫妇愉快地击了掌。而大吉则是忧愁不已，有气无力地应付了击掌。

“怎么啦？你哪儿不舒服吗？”赤堀盯着大吉的大脸盘问道。

“那个所谓的害虫驱除人员和中介是一伙儿的。”大吉边叹气边说。

“我想也是。”赤堀表示赞同。

“他们可能已经用同样的手段欺骗了不少消费者。仗着大多数人不了解这个领域，他们就四处胡说八道，真是害人不浅。”

“所以我们才特别需要害虫英雄大吉呀。”

“什么鬼啦，这个英雄怎么听起来那么别扭啊？”

“我可是很期待的！我迫不及待地想知道你这次要用什么战术打败那些浑蛋，是欲擒故纵呢，还是一举歼灭呀？”

大吉默不作声，一只手撑着下巴安静地看了一会儿窗外，然后开口：“害虫英雄……似乎是一句挺不错的广告宣传语，还挺醒目的，毕竟是害虫和英雄两个极端的融合体呢，感觉要比吉祥物什么的来得更有冲击力。好！决定了！就这么写到公司官网上吧。”

辻冈大吉干劲十足地开始思索起公司今后的发展。赤堀凉子不再理会他，和水野夫妇一起下到一楼，穿上运动鞋。一楼是一家小小的日式餐馆，只有一个吧台和两个座位，店内以白木装潢为主，整体上的设计比较时髦，并未刻意地装点成某个国家的风格。玻璃花瓶里优雅地插着芒草，还有从河岸边采来的鸭跖草和大吴风草，品位独具。

“赤堀女士，实在是太感谢您了。”善良的水野夫妇低下头，深深鞠了一躬，“其实我们差点儿就放弃了，现在又看到了曙光。这家店是我们两口子的心血，自从发现了这事以后，每晚都含泪入眠，已经忍无可忍了。”

“还好你们最后找了大吉咨询。辻冈大吉虽然看上去来历不明、形迹可疑，但论专业素养，那可是一流的。他工作起来比谁都脚踏实地、勤勤恳恳，而且还特别能纠缠。”

“怎么听都不觉得您是在夸我啊。”

大吉慢悠悠地下楼，心情已经明朗了许多。他和水野夫妇亲切地握了手，说道：“剩下的就请放心交给我吧，我一定会给这件事做个了结。”

水野夫人激动得眼泛泪光，不停地感谢着。

在白蚁问题上，赤堀的使命到此就结束了，她必须重回正轨，好好工作了。

明明自己几乎每天都奔波于案件的搜查工作，却没有取得太多进展，从科学警察研究所寄来的微小物质也还未完成解析。那些微小物质明明看起来都挺容易调查的，但不知道是什么原因，到现在都没有得出什么实质性的结论。对赤堀凉子而言，这事不容小觑，从事昆虫学这么长时间，她还是第一次遇到这种情况。

一时间，她不由得心生些许自我否定的情绪，但很快，那股绝不认输的气概再度迸发。事情如此棘手，说明这次的敌人非同小可。赤堀凉子干劲十足地背起双肩包，用眼神示意大吉该出发了。和水野夫妇道别后，两人准备离开，不过在经过水野家的厨房时，水槽里的垃圾袋吸引了她的注意力。垃圾袋袋口处隐隐约约可以看见一只探出来的触角，赤堀停住脚步，转过身，指着厨房问：“水野先生，那个垃圾袋里装的是什么？”

“嗯？”店主朝赤堀所指方向看了一眼，又看向赤堀，惴惴不安地揣测着这个问题的含义，最后目光停留在身旁的妻子身上。

“抱歉，因为打扫到一半的时候你们就来了，所以我只好把垃圾直接先放在那儿了。平日里我们绝不会这么做的，我们真的很注意卫生。”

“嗯，这个我明白。您放心，我不是那个意思，只是有些在意垃圾袋里装的是什么。”

店主听罢仍是一头雾水，但还是去把那个垃圾袋解开，展示给赤堀看，说：“就是普通的生活垃圾，萝卜皮和莲藕皮、香菇的菌柄、熬汤后剩下的鲣鱼片和海带残渣，还有米糠、菜根和一些海鲜类垃圾。”

“海鲜类垃圾？都有什么海鲜？”

“嗯……青花鱼和乌贼，还有金线鱼、须赤虾……差不多就这些。”

赤堀绕过吧台走进厨房，把刚看见的那只触角摘了下来，凑近了仔细端详着，鼻尖都快和触角贴到一块儿了。应该是虾的第一触角和内肢。

科学警察研究所送来的微小物质细碎如颗粒，根本看不出其原先究竟属于哪一种生物，况且那些颗粒还与沙土有过激烈的摩擦，其中混杂了多种不同成分，所以连具体是哪个身体部位都无法判断，那会不会和现在手上拎着的这只触角有什么共同点呢？

赤堀从口袋中掏出放大镜，全方位地观察起虾内肢上的一块突起，关节的根部伸着两根刺状物体，上表皮还覆着一层不具备运动功能的细毛。她用指尖轻轻碰了碰，从触觉上确认了这只触角和科学警察研究所送来的颗粒并不一致。那些颗粒像极了某些软甲纲[1]动物，但似乎又有哪儿对不上。就形状而言，那些颗粒的确像极了螳螂，但其实她从一开始就不觉得那是螳螂的身体碎片……

突然间，赤堀一阵热血沸腾，心跳加速。由于从开始就认定这些颗粒并非甲壳类动物的残骸，所以一直以来她的思维都只停留于昆虫纲[2]的范围，忽视了其他可能性。从颗粒的构造上看，虽说的确可以基本认定那些颗粒是昆虫的残骸，但赤堀犯下的最大错误，就是因为过于担心失败而过度谨慎，从而与真相渐行渐远。事到如今她才意识到，自己不应缩手缩脚，而应按照自己的一贯风格坚持下去才是。

意识到这点，赤堀凉子不禁仰头大笑，把身边的店主吓得打了个

1 软甲纲：动物分类中的一种，为甲壳动物亚门中最高等的、形态结构最复杂的一纲。

2 昆虫纲：动物分类中的一种，昆虫纲中没有甲壳类，而软甲纲则属于甲壳类。

哆嗦。

“水野先生，这些垃圾可以给我吗？不，请务必把这些垃圾给我！”

“啊？这些垃圾吗？不是……你要这些垃圾做什么？”店主疑惑地看着她。

大吉插嘴道：“这人一直以来都是这个德行，你们别放在心上。虽然我也不知道她要拿这些垃圾做什么，但对她而言似乎还挺重要的，能不能就把这袋垃圾送给我们呀？”

“嗯……那……你们就拿去吧。”

赤堀凉子接过垃圾袋，二话不说便往包里塞。大吉连忙阻止了她：“前辈！停！前辈，这是要做什么？你把蛇和鳄龟装包里的行为就已经很不正常了，把垃圾袋也装到包里，这就太离谱了吧。”

“啊，你说得是，要不然就把资料给弄湿了。”

“不是资料的问题……”

辻冈大吉向水野夫人要了个新的塑料袋，把垃圾装进去重新系好。赤堀凉子早已迫不及待地想赶紧回到实验室做颗粒检测，于是拍了拍身上的蜘蛛网，仓促地跟大家挥挥手道别后，便跳上自行车，火急火燎地先走了。

2

岩楯祐也正埋头写着调查报告书。

这时，鳄川突然闯进会议室，低声嚷嚷着：“岩楯警部补，不得了啦！”

岩楯抬起头，只见鳄川松了松脖颈上的嫩黄色领带，找了个斜对面的位子一脸严肃地坐下，慌慌张张地从口袋里拿出一把糖，匆匆塞进嘴里。虽然平日里他就是这样匆匆忙忙的个性，不过岩楯还是敏锐地察觉到了异样。

“是坏消息吗？刚好我现在正消沉着呢。”岩楯说，视线又移回到桌上的报告书，“领导说了，昌树这个人肯定不存在，一定是我为了立功瞎编的。他还让我们别老在横须贺那里偷懒瞎晃悠，去船堀一带做做调查。”

“那他老人家得收回成命了。”鳄川谨慎地环顾四周，低声说道，“大家不都觉得死者就是船堀的那个合同工吗？就在刚刚，那个合同工生龙活虎地回家了。”

“真的吗？！”岩楯猛地一抬头。

“是的！他被一名结束住宅搜查后在附近活动的警探发现了。现在征得其本人的同意，正在赶往这里的路上，据称他是为了躲债主才逃跑的。”

“啧啧啧，活着就好，活着就好。”岩楯如释重负地笑了笑，“我暗地里还对这条线索有一点点期待呢，推测他是不是被高利贷给淹死在水里了。不过这家伙被发现得真不是时候，明明今天 DNA 鉴定结果就能出来了。现在这家伙想必正在被逼着回答‘你为什么没有死’之类的傻问题吧。”

“对于总部来说，这的确不是什么好消息，但对我俩来说则不算坏事。这样一来，我们就可以确信自己过去这段时间的调查都是必要的了。”鳄川说。

“没错，荒川上的尸体就是昌树，不可能是其他人。”

鳄川推了推鼻梁上的眼镜，一双三白眼炯炯有神地闪着冷静的光。

虽说如此一来，搜查总部认为最有希望的线索就彻底断了，但这并不代表着他们就一定会把焦点转移到昌树身上。根据总部的说法，他们之所以不认可岩楯的调查，主要是因为他没有足够的证据支持自己的说法。不过，如果加上赤堀凉子的实验报告，搜查范围至少应该会被拓宽，毕竟他们已经没有理由只把区域限定在荒川上游，而忽视东京湾了。

岩楯祐也把笔扔在桌上，抱着胳膊思索起今后的调查方案。现在的情况仍不容乐观，他们还没有掌握半点与凶手相关的线索，死者昌树的具体身份也没调查清楚，而且他们还发现被害人可能不是他杀。同时，由美勇敢地向九条阐述了二次尸检的必要性，但诚如岩楯所料，九条医生并未对外声张，还暗地里想方设法要把这个碍事的助手从身边赶走。就算他亲自就死因向九条提出疑问，根据现有的资料还是无法推翻他的尸检结论。

岩楯祐也想听听坐在一旁不停地敲击着键盘的搭档的意见，于是问道：“根据我们现在手头掌握的所有资料，以你的分析，昌树是个什么样的人？”

鳄川越过镜框看了一眼岩楯，随后打开电子版笔记，来来回回翻阅起来。他思索了一会儿方才开口道：“文身师大鹰先生说了，一般这种文身是自我表现欲较强的人会选择的，而且比较崇拜粗暴的力量。所以我想昌树大概是个会被孩子气的感性牵着鼻子走的人。”

“嗯，毕竟他文的是一匹獠牙晃眼的狼呢。”

“是啊。从把横须贺一带美军喜好的文身文在自己手腕上这点就可以看出，他对刻板印象的‘男子气概’有很深的执着，比如表露于外的强大、粗暴，有器量、财力、权力，行事豪爽。随身携带大量现金而不使用信用卡也是其中一种表现。仔细想来，这种对强大的执念很可能是极度的自卑造成的，也许他遭受过什么奇耻大辱。他越反感被人说成是软弱的男子，就越会表现出他的软弱。”

“你为什么会这么想？”

鳄川将视线从屏幕移向岩楯，说：“估计是因为自己肥胖的体形吧，和他理想中‘硬汉’的形象相距太远。按昌树的想法，他追求的应该是那种能给人威慑力的健美冠军身材。他手腕上文着的狼就是很好的证明。但好像昌树最后还是放弃了改变自己体形的想法。”

“是锻炼中遇到了什么挫折或者意志力薄弱之类的原因吗？”

“看起来好像是这么回事，所以他只好从其他方面来补足体形的缺陷。例如，买下15万日元的绕线盘，说自己精通红酒，还说准备买船等，这些都是他为了证明自己具有男子汉气概的举动。对昌树而言，只要大体上能具备男子汉气概就满足了吧……嗯……不，也许不是这样，他应该是那种容易妥协和退缩的性格。再者，他大概是未婚吧，在他周围看不到任何女性的身影，这大概也是自卑感作祟的结果。”

岩楯仔细聆听着鳄川对被害人的侧写，和自己的想法基本一致。正因如此，他反而更感到困惑了。

“这个想法非常好，但是你觉得这样一个人会选择自杀吗？”

“不会。”鳄川不假思索地答道，“根本就不像是会自杀的类型。”

“对吧，那他又是怎么死的呢？”

鳄川没有回话，只是从搜查文件中抽出昌树的照片，用讯问一般的眼神死死盯了半天方才开口：“既然他是钓鱼爱好者，那可能是垂钓过程中摔进了河里。”

“终于，解剖助手带来的死者并非死于勒杀的说法和你的人物侧写对上号了。不过，如果是掉到河里摔死的，那也一定不是意外事故，而是谋杀。”岩楯断言道。

鳄川问其缘由，岩楯说：“根据你所描绘的人物性格，虚荣心作祟的昌树沉溺于向大家炫耀自己扭曲的男子汉气概，估计只要是有人的地方，他就不会对自己的一举一动掉以轻心。你看这张照片——”

岩楯用手指敲了敲拍立得相纸上的昌树，继续说道：“他似乎总是随身佩戴着所有可能用得上的饰品，口袋里估计还塞有用钱夹夹着的成沓钞票吧。之所以选择在那家个体经营的小钓鱼用品店里买那么贵的钓具，是因为他明白罗迪在横须贺一带拥有很好的人脉，想通过罗迪向大家炫耀自己的‘厉害’之处。这样虚荣的一个人，浑身上下竟然只带着一把螺丝刀浮尸于水中？”

“身上的裤子也还是批量零售店的不到1000日元的便宜货，手表和首饰一样都没戴。”鳄川补充道。

“虽说只是去钓鱼，但浑身上下如果不打扮得光鲜点，谁能看出那个绕线盘是售价15万日元的高级货呢？”

鳄川翻阅起资料中的死者随身物品照片，飞快地整理起思路，其间莫名其妙地自言自语了几句。渐渐地，他的推测似乎开始深入，想到的结论一个接着一个从嘴里说了出来：“……如果死者从事的是比较容易弄脏衣服的工作，那么他的确有可能选择穿一些比较廉价的衣物，这样就算脏了也不可惜。如此一来，摘下昂贵的手表和其他配饰也显得理所当然了。”

“就是这样！”岩楯点了点头，“我觉得他应该在暗地里从事着一些脏累活，不知道是不是那个所谓的海上咨询公司。这家伙说自己能买艘船，但他身边的人居然连他具体是做什么的都不清楚。他说自己是做批发的，这行真的能赚那么多钱吗？更何况，这样一个自我表现欲极强的人，对于自己的日常生活居然绝口不提，真的太可疑了。”

“在网上搜索‘海上咨询公司’，什么都搜不到。网站、博客、社交账号等都没有与之相关的内容。按刚刚判断的昌树的个性来看，他就算大张旗鼓地四处宣传他的公司也不足为奇。”

“在注册过的公司里，也查不到什么‘海上咨询公司’。可能这不是公司的正式名称，也可能这家公司根本就不存在。”

鳄川将岩楯所说逐字逐句记到本子上，反复看了几遍之后说：“把这些细节一个一个串起来看，的确有些不对劲儿。但即便如此，也没有根据可以断定死者一定就是死于他杀，而不是死于事故啊。”

“根据就是你刚刚对他的侧写呀。像昌树这样没有毅力，连减肥都坚持不下去的家伙，怎么能忍受独自拿着螺丝刀默默干脏活挣钱的日子？”

“原来如此！的确是这样！”鳄川激动地拍了拍手，突然警戒地环顾了四周，压低声音，“如果有和他一起工作的同伴，那就更符合其人物形象了。不对，与其说是同伴，不如说是手下，就是那个对昌树唯唯诺诺的家伙。”

岩楯会心一笑。没错，就是那个和他一起出入文身吧的跟班。也许，昌树靠在暗地里做一些见不得人的工作捞了不少钱。当然，这些工作非常有可能是违法的。而他身边的这名伙计，到底是因为什么对他如此言听计从？是金钱上的问题，还是单纯地敬仰昌树，抑或是被昌树掌握着某些把柄呢？

“根据目前掌握的线索，大致能猜到的也就这些了。不过我也做好了心理准备，要是哪天一不小心在大马路上看到活生生的昌树，我们刚刚说的那些就都是废话。”

岩楯站起身，活络活络肩膀，僵硬的关节发出阵阵咔咔声。会议室面朝大海，而不知何时，窗外已是一片漆黑，货船、渡轮以及海岸线上的路灯星星点点地摇曳在黑暗里。他静静地看着大海，心中没有波澜，更没有半点浪漫的感觉，只是自嘲般地笑了笑。

岩楯低头看表，已是晚上 7 点。他一鼓作气把剩余的报告书写完，眼看着鳄川的所有笔记也都归档完毕，便打趣道：“今天不是周六吗，还是法定节日，你明天也不值班，一会儿是不是要去找女朋友约会呀？”

“我没有对象……我到底要说几遍您才记得住啊。”鳄川正颜厉色地回答道，视线始终没有离开电脑屏幕。

“哎呀，我记得，但邂逅总是突如其来的嘛。说不定刚刚在外头的时候，你就火速和哪个女孩儿对上眼了呢。”

“您说的那种冲动型恋爱，来得快，去得也快。我理想中的爱情是在相互加深理解的过程中，两个人一起缓缓向前。”

“理想和幻想没什么区别，反正你就好好加油吧。”岩楯把桌上一大沓资料抖整齐，用订书机订上，“对了，赤堀刚发了好几条满是错别字的骚扰短信过来，非说要一起去喝酒。”

“去啊去啊，地点在哪儿？”

鳄川完全掩饰不住心中的喜悦，匆匆忙忙合上笔记本电脑，俨然一副平日里总爱黏着姐姐的小孩儿模样。无论发生什么事，他对赤堀的善意和好感都不会改变。

岩楯把一大摞资料胡乱塞到包里，套上立领西装外套，提交了报告书后，和鳄川一起离开了南湾岸署。寒风里瑟瑟发抖的两人抄近路朝就近的地铁站奔去。他们先搭乘百合海鸥号临海线，然后换成京叶线，不到30分钟，便抵达了潮见车站。根据赤堀极为笼统的说法，出了车站以后右拐三次穿过一条小巷就到了。幸好鳄川用智能手机上的地图找到了“和食处 水野”这家店，不然指不定要绕到什么时候呢。

“这么隐蔽的店，赤堀是怎么知道的啊？”

岩楯观望着昏暗的四周，这里根本就是个住宅区。店则是在这个住宅区最中心处一栋老旧民宅的一楼。推开无垢材[1]制成的木门，面善的店主便向他们打了声招呼，与此同时，出汁[2]浓郁的香味扑鼻而来，勾起两人的食欲。

门面虽小，但似乎颇具人气，店内可谓座无虚席。坐在最远端的赤堀高声叫唤着朝两人招招手，只见她十分随意地用几根发卡把刘海儿别到头顶，露出宽大的额头。岩楯和鳄川应声向赤堀走去。

“工作辛苦啦！这么快就到了啊。”赤堀对着两人敬了个礼，随后跟店员要了三杯生啤。不一会儿，三大杯啤酒就端了上来，大家愉快地碰杯后一口气灌下大半。赤堀一边嚷嚷着“爽快！”“好喝！”一边纠缠着鳄川要他分析分析为什么人一喝酒就想吃毛豆。

“你是从哪儿知道这家店的？你家和学校离这儿都挺远的呀。”岩楯问。

赤堀仍大口大口地不停往嘴里灌酒：“经营这家店的水野先生现在可是在白蚁问题上和我隶属同一战线的伙伴，毕竟我可是这次事件里关键的证人。”

赤堀手舞足蹈地向两人快速说明了昨天发生的房屋中介白蚁欺诈事

1 无垢材：通常指松木、枫木、胡桃木等质感轻盈、具有高度透明感的木材。

2 出汁：日本料理中用来充分牵引出原材料的原味的调味料，是日本特有的一种调味品。

件。这个女人的工作范围真是广。突然，岩楯注意到她夹菜的手上贴满了创可贴，仔细一瞧，发现她挽起的袖口下也有许多清晰可见的红肿伤痕。身旁的鳄川似乎也发现了，时不时地推推眼镜，朝赤堀的手瞄了几下，说："手怎么受伤了啊，看起来还挺严重的，难不成是和白蚁们打了一架吗？"

"啊，不是不是。我用我自己的方法做了个实证试验，就成这样了。"

"你自己的方法……指的是……"

"比如不戴护具直接用手去握紧一些生物或者物质，就是这类古典式的试验啦。"

"这简直就是跟用舌头去舔尸体类似的自杀行为啊。"岩楯说。

"如果只依赖科学方法进行分析，很多真相就难以被挖掘了。这次就是这样的情况，无论如何我都想找到一个新的突破口，所以才下了手。"

"也就是说，你从螳螂开始，一个一个徒手握了那些可疑的生物？"

"对呀。"赤堀扬起下巴，露出自信的笑容。看来她这次急匆匆地把他俩招来，是有什么不得了的大事要交代。

她把剩余的啤酒一饮而尽，舒了口气，双手十指交叉放在桌上，说："关于从科学警察研究所拿来的微小物质，我从不同角度来来回回分析了老半天，始终没有什么有力的进展，特别是那个半透明状的约两厘米长的细刺。从外观上来说，它像极了毛虫的毒针。啊，忘了问，我可以现在向你们做结果报告吗？虽说喝了点酒……"

"当然可以了，请务必告诉我们。"

镜片下鳄川期待的眼神根本藏不住，握着笔的手也早已蓄势待发。赤堀从背包中翻出一个文件袋，抽出一份写满数字和化学符号的资料，复杂的结构式上画了好几个红圈。

"根据科学警察研究所的分析结果，从颗粒中检测出以碳链为结构的大分子神经递质，也就是有机化合物生物碱。我们常说的天然毒素指的就是它。”

“完全听不懂你在说什么，所以那是毛虫的毒吗？”

“是，和茶毒蛾的毒针毛极为相似，所以我就把所有毒蛾科的生物都查了一遍。毒蛾每年繁殖两次，10月份也在繁殖期内，所以附在尸体上并不奇怪。虽说如此，但还是没有查到对得上的品种。”

“然后为了找到突破口，你就不戴护具直接上手拿自己去做人体试验了？”

“嗯，差不多吧。”赤堀风轻云淡地说道，明明手上的水疱和伤痕是那么触目惊心。的确是个超越了常识认知范围的女子。

“唉，老师，你对工作的热情我比谁都清楚，但你不能这么糟蹋自己啊，要是真出了事怎么办？万一那个什么生物碱达到致死剂量，到时候说什么都晚了。”岩楯说。

“放心啦，我事先确认过毒素的剂量，不至于死人的。”

“这不是我要说的重点。”岩楯祐也板着脸说道，同时把杯里剩下的啤酒一饮而尽。

赤堀凉子的种种鲁莽行径早就远远超出了冒失的范畴。岩楯清楚，她这些行为的出发点无非是希望能为案件的侦破尽可能多出一份力，抑或是希望可以加快法医昆虫学成立的进程。而且，私下里上级也以“终止合约”相威胁，逼迫她赶紧出成果。当然，赤堀凉子肯定会凭借自己那深不可测的庞大知识体系想办法应对过去，但每每看到她豁出命一般拼搏的姿态，岩楯祐也的心中就很不是滋味。

三人的杯子都见底了，岩楯祐也挥挥手又要了三杯啤酒，而后回到正题：“然后呢，你做好思想准备以身试毒，有何感想啊？”

“真是疼得我上蹿下跳！”

这个回答蠢得让岩楯都呆住了。

“伴有瘙痒的疼痛感持续不断。如果中的是毒蛾的毒，表征应该更类似于荨麻疹，但这个毒的表征不太一样，你看我手上的这些伤痕，相比之下比较像灼伤。然后我给自己做了个血液分析，发现了 γ - 氨酪酸分子。一直到了今天早上，我终于查明了微小颗粒物的真身。”

赤堀说着从文件袋里抽出一张图片放在桌上，图片上的生物像是毛虫、马陆、水蛭和海参的合体，外表有点触目惊心，浅桃色的躯体两侧覆盖着长毛，其中混杂着几根黑色的刚毛，弯曲的身体表面分布着浅茶色的条纹，其中夹杂着如眼睛一般的斑点。两人强忍着对这张图片的剧烈反感，仔细观察了一番，根本无法从外观上判断这是什么生物，虽然也根本不想知道这是什么生物。

“这是什么啊？恶心得我酒都喝不下去了，浑身上下根本没有一个地方是不让人觉得恶心的。”

“瞎说，你看它那柔软的躯体、斑斓的色彩，还有充满生命力的外形，多么鲜活，极富个性！”

“……怎么看，这种个性都不是什么好个性。”鳄川的嘴角轻轻颤抖着。突然，他把脸凑近图片，似乎是发现了些什么。“嗯？不对吧，这个图片下面的比例尺是不是弄错了？”

“没错哦。”赤堀笑着点了点头。

“亏你还笑得出来！按这个比例尺计算，这个生物的长度至少有 15 厘米啊，躯干至少也有 5 厘米。这么一个大家伙到底是生存在哪儿啊？你该不会告诉我这样的怪物是长在荒川里的吧！”岩楯惊愕地说。

“没有没有，不是长在荒川里啦。它是多毛纲生物，和沙蚕有亲缘关系，叫作海毛虫，是一种肉食性海洋生物。”

“所以我才特别害怕大海……”鳄川浑身一颤，推了推眼镜，“虽然说不会游泳也是原因之一，但主要还是因为海里有太多未知的生物。它们主要分布在哪儿？”

“从冲绳到本州一带的海域都有，还挺常见的，在水深 5 米到 100 米的区间都能生存。人们钓鱼或者撒网捕鱼的时候，经常会不小心地把海毛虫也打捞上来。受到生命威胁后，它们身上的刺就会竖起，如果直接用手去碰就很可能会中毒。但平日里它们都藏在海底的沙土中，只有在夜间才出来觅食。总体来说，它们还是比较悠哉温和的。”

“哪儿温和了？明明很凶残好吗？”鳄川一边吐槽一边把海毛虫的相关习性记录到笔记上。

这次的发现可谓是证明昌树是从海上漂流而来的最佳证据了，岩楯心想。虽然还无法从海毛虫的分布情况来判断具体的落水地点，但根据盐水实验和死者身上附着的海毛虫毒刺，谁都没有理由再无视赤堀的观点了。

这时，围着黑围裙、身材纤细的水野夫人端来了啤酒和小菜。她不经意间瞥到那张海毛虫的图片，吓得浑身一颤，但还是娴熟稳重地将盘子摆上桌。是一条肥美的鲷鱼！

“这是我们的一点点心意，真的太感谢赤堀女士和辻冈先生了！律师来过电话，说事情基本上办妥了。”

“那太好啦！其他琐事交给大吉就行。谢谢你们赠送的鲷鱼！”赤堀说。

两位刑警也笑着向老板娘道谢。

“请慢用。”水野夫人说完便继续去忙了。

赤堀突然用食指拨开鱼嘴，聚精会神地朝里头看了看，然后猛地抬起头，盯着岩楯一阵狂笑。按以往的经验来看，这一定不是什么好的预兆。

“海洋世界和陆地真的是天差地别。哎呀，实在是太不可思议、太有趣了！”

说着，她便从鲷鱼的口中扯出一只乳白色不明生物。岩楯和鳄川见状，吓得连连后退。

“这条鲷鱼不简单，真是中了大奖，你们俩也是走运。这是缩头鱼虱。”

“那是……”鳄川话未出口便呛了一嗓子，咳个不停。

至少三厘米大小的白色甲虫在鱼嘴里冒着白烟，挤挤挨挨的肥大肢体缩在一块儿。赤堀满脸怜爱地将之放在掌心，伸向两位警官。

“就当作护身符把它送给你们。”

“这种东西谁要啊！”岩楯不由自主地叫出了声，引得周围的客人纷纷投来好奇的目光。

岩楯见状，慌忙压低音量问道：“这到底是怎么回事？那么大的一只虫什么时候爬进鱼嘴的啊？”

“这种叫作缩头鱼虱的寄生虫是等足目生物的一种，通常寄生在鲷和鲹的舌部，通过吸食体液让鱼舌萎缩，此后就能肆无忌惮地在鱼嘴夺食，把食物都占为己有。等宿主死了，它再转移到下一个宿主身上。所以说，能在鱼嘴里发现缩头鱼虱，那说明鱼肯定是相当新鲜的。真是太好了。”

“得了吧！再说，为什么鲷鱼会放任这玩意儿寄生在嘴里啊，明明一点好处都没有？”岩楯说。

鳄川不安地咽了口口水，喉结微微颤动着，眉头紧紧皱在了一起。

“在自然界，就是要不择手段才能生存下去。”赤堀把缩头鱼虱放到鳄川的碟子上，“好！鳄鱼君，作为调查的一个环节，请你把它剖开吃下去吧。”

“等一下啊！这怎么就成了调查的一环啊！！”

“这和本起案件可是息息相关。”赤堀的神情突然严肃了起来。

“我的目标可不仅仅是找出海毛虫这么简单。重头戏现在才开始！无论如何，我一定会想办法找到死者的落水地点，然后带你们过去。我发誓！”

赤堀收了收下巴，直勾勾地盯着鳄川。根据岩楯往常的经验，她在掌握了强有力的证据之后才会显现这种不服输的表情。于是他对鳄川说道：“鳄川，你的男子汉气概呢？！”

“为……为什么是我啊？！说起来以前也发生过类似的事，倒霉的也是我啊！再说了，寄生虫怎么能吃啊，对人体有害吧？！”

“你瞎说什么呢你，缩头鱼虱可是不可多得的美食，是属于干鱼子[1]、海参肠、酒盗[2]、鮟鱇鱼肝这类的海味，特别好吃！行了，赶紧给我张开嘴。”

赤堀直接上手捏起乳白色的寄生虫，蘸了蘸酱油和芥末，伸向鳄川嘴边。圆圆的一双大眼闪着金光，脸上露出恶魔般的笑容。从今天起，两位刑警以迅雷不及掩耳之势养成了吃鱼前一定要先检查鱼嘴的好习惯。

岩楯一副事不关己的模样，在一旁优哉游哉地喝着啤酒。而鳄川在赤堀不屈不挠的逼迫下，终于举手投降，把寄生虫吃进嘴里，一脸要吐了的表情，咬了几口。清脆的声响传到岩楯的耳中，他不由自主地咬紧了牙关。赤堀连连追问味道如何，鳄川大口大口地往嘴里灌着啤酒，脸色极为苍白，仿佛一瞬间老了 10 岁。鮟

“真的相当相当恶心！我希望现在马上有人可以把我脑海中关于吃寄生虫的记忆抹掉。不过，单就味道而言，像大虾……不，应该更像是虾蛄。”

话音刚落，赤堀便一拍掌，朝厨房里的店主高声喊道：“老板，来一

1　干鱼子：鱼的卵巢。

2　酒盗：由海参肠或鱼内脏加盐腌制而成。

份那个！”于是，一盘白灼虾蛄便被端了上来。

“缩头鱼虱的口感和虾蛄非常相近。科学警察研究所送来的那些疑似螳螂残骸的颗粒，其实就是虾蛄的表壳，大概是第二颚肢和大颚部分，还有尾部的刺也混杂在其中。因为那些颗粒已经彻底不成形了，所以被误认为是螳螂也不是不能理解。”

“再怎么说也不会把虾蛄和螳螂搞错吧。”岩楯盯着碟子里的虾蛄说道。

“虾蛄的英语是‘Mantis Shrimp’，直译过来就是‘螳螂虾’。两者在构造上挺相似的，所以，如果只是通过身体碎片进行判断，的确很容易让人混淆。但是我们一直缺少有力的证据来证明。”

赤堀说着又从文件袋里掏出另一张照片，照片上是一种类似虾的生物，一身茶黄色相间的条纹图案，镰刀状锋利的前脚，看上去十分凶暴。

“锋利的颚肢、锯齿状的刺，加上极强的爆发力，要是贸然向它出手，手指头很可能会被撞骨折。它捕捉猎物时，通常是将之殴打致死，属于攻击粉碎型选手，生性好斗，早在寒武纪时期就已经存在于自然界。”

“真是一种讨人厌的生物。”

“死者身上附着的微小颗粒中，的确混杂有日本常见的皮皮虾的外壳，基本上都是口足目的虎纹虾蛄，”赤堀用手指弹了弹图片，“体形如龙虾大小。”

“虎纹虾蛄……我还是第一次听说。附着在受害人身上的就是这种吗？”鳄川问道，一只手拿着笔记本。

赤堀点了点头：“虎纹虾蛄主要分布在印度洋、夏威夷海域和澳大利亚这类亚热带海域，而在日本，主要分布在纪伊半岛以南海域。不过，考虑到最近的气候变化，它们的活动范围也在逐渐北移。”

赤堀突然站起身，向厨房方向张望。于是，一个看似稳重、头戴黑色方巾的男子便凑了上来，边用毛巾擦手边问道："有什么可以帮您的吗？"

"刚刚端上来的白灼虾蛄，产地是日本吗？"

"不是，最近日本的虾蛄数量锐减，那是从菲律宾进口的虾蛄。"

"虾蛄数量少了？虎纹虾蛄也是这个情况吗？"

"啊，那种虾蛄原本就不常见，在南方才买得到，咱们这儿的市场上是没有的。"

鳄川打开平板电脑，开始检索纪伊半岛附近的渔港。但再怎么说，尸体也不可能从那么远的地方漂来，还经东京湾流进荒川。

岩楯的视线来回于地图和虾蛄图片之间，并反复琢磨着钓鱼店男子的证词。昌树自称任职于海上咨询公司，通过某种商品的批发挣了大钱。要是他的职业和虎纹虾蛄能扯上关系，那一切也就说得通了。

"是不是只有在那些高级料理店、高级寿司店才能吃到这种大型虾蛄？"岩楯抱着胳膊盯着图，向水野先生问道，"我活到这把岁数从没有见过，是供给上流阶层的顶级食材吗？"

"哈哈哈，你这个说法也挺有意思的。"水野先生笑道，"用这种虎纹虾蛄制作料理和寿司的只有江户菜系，我从没见过，毕竟体形实在太大了，我们店也从未烹饪过这种虾蛄，菜市场也没有卖。"

"也就是说，这种虾蛄已经不作为食材使用了是吗？"

"嗯……我也不好断言。只是从未听说哪里有卖虎纹虾蛄的，市场上也没见过，一般来说，市场上找不到的食材几乎没有入手的可能。"

"嗯，谢谢您。不好意思打扰您工作了。"岩楯向水野先生致谢。

"没事没事！"水野先生笑着走回柜台。

酒杯里的冰啤已经渐渐恢复常温，三人意味深长地相互对视一眼，便品尝起桌上的好菜，同时在脑海里不断地整理着线索。赤堀的发现显然相当重要，但昌树身上为什么会出现并不能作为食材的虎纹虾蛄的残骸呢？

“老师，你怎么想？”岩楯把问题抛给正一心一意吃着鱼的赤堀。

赤堀瞥了岩楯一眼，继续把筷子伸向碗里的菜，说：“死者伤口上附着的虾蛄数量偏多。”

“数量是指什么？”

“从颚脚的碎片来看，那些颗粒应该分别属于八只不同的虎纹虾蛄，并不只是一两只。而且，普通品种的虾蛄也混杂其中。从今天一早到现在，我一直都在思考这个问题，但是根本想不出当时的情况到底是怎样的。”

“而且他的伤口上还附着有大量的海毛虫毒针。”鳄川看着笔记本补充道。

“没错。被害人的死因是溺水，之后又一路漂到荒川。各方面线索其实已经比较明晰且具体了，但总觉得还缺少些什么，让我们不能把所有线索串联到一起。总之，我们还是应该先把虎纹虾蛄的活动范围给圈出来。”

“我明白了。赤堀老师，我能再问个问题吗？”鳄川说，但不等赤堀回答，他就继续道，“到底为什么让我把缩头鱼虱吃进肚子？这有什么意义吗？”

鳄川拼死也要弄明白自己究竟为什么要吃那只恶心的寄生虫，至少到现在，在他看来，吃下那只虫子似乎与案情没有任何关联。赤堀把被肢解得七零八落的鲷鱼推到桌子中央，朝着鳄川笑道：“自己所认为的极限往往不是真正的极限，人总是出于自我保护，把一些明明能够轻易战胜的问题看作是无解的难题。但鳄鱼君，你刚刚已经成功地突破了自己的极限，成功地解决了无解的难题。从今以后，你前进的道路上不会再有障碍物了，你已经自由了哟。”

鳄川突然一愣，满脸茫然，然后醒悟过来，一鼓作气把赤堀的话一字不落地写到本子上。而岩楯心中如明镜似的，知道赤堀只是在胡说八道。

“鳄川，你怎么那么好骗？她只是单纯地想让你把虫子吃下去而已。”

“是吗？但我的确能感受到赤堀老师这句话的分量，现在心灵仿佛得到了解放，十分清爽。”鳄川说。

什么心灵解放？都是那女人瞎诌的。随后，大家换了个话题，赤堀凉子开始激动地谈起和农学部争夺地盘的战术和小故事。岩楯祐也喝着酒，看着这位法医昆虫学家喋喋不休地聒噪着，脑海里不知不觉地浮现出整起案件的轮廓。

3

海水的味道让人心旷神怡。阳光倾泻在码头上，温暖地洒在赤堀凉子的后背上。她坐在生锈的系船柱上，眺望着安详的大海，全然不顾海面上刺眼的反光。远处传来老鹰的鸣叫声和轮船的汽笛声，俨然一副悠然恬静的光景。她已经很长时间没有如此细腻地去感受时间的流逝了。

赤堀凉子关上大脑中有关工作的那扇门，试图放空自己。就在此时，肚子却不争气地咕噜噜响了起来。

"饿了……"赤堀自言自语道。

旁边的大吉盘腿坐在地上，打了个大大的哈欠，说："虽然时间还早，但我们要不要先去吃午饭？话说回来，这里的景观设计真的很一般，应该更好地利用这里的地形才是。"

他环顾四周，简单地看了一下。

这个小小的避风码头叫作峰渔港，地处横滨，呈"凹"字形。不知道是不是大家都出海了，沿岸只稀稀拉拉地停靠着几艘小渔船。陆地上建有一排小屋，似乎是渔民用来存放鱼漂和塑料盒这类谋生工具的小仓库。小仓库前，一位渔夫正在修补着渔网，另一位则正拿着电钻给聚氯乙烯管钻洞，估计是制作捕捉康吉鳗用的筒钓道具。这一带主要活动人群是老年人，看起来毫无生机，令人惆怅。

"这附近被钢筋水泥包围得严严实实，太不像样了，还不如老老实实地保持寂寥渔村的原样好。”大吉不停地对港口的设计挑三拣四道。

“虽说如此，但这里可是大都市横滨哟，四面八方都是大企业的工厂。从某种意义上来说，这样的小渔港能安居于其中也是挺了不得的。”

“都是些落伍于时代的老渔民了……怎么说呢，总给人一种浦岛太郎[1]的感觉。”

大吉说着说着便把手伸进身旁的塑料袋，摸出两个汉堡，将其中一个递给赤堀，自己也打开包装纸，大口大口吃了起来。突然，一片黑影笼罩在大吉头顶，以迅雷不及掩耳之势夺走了他手中的汉堡。

“啊！”大吉一声大叫，条件反射地用手捂住头顶，惊愕地抬头望着天。

“老鹰果然厉害。”赤堀也抬起头，眯着眼望着天上那只带着汉堡乘风而去的猛禽，“你难道没发现吗？从刚坐下来的时候开始，我们就已经被它盯上了。”

“不是，你……你既然知道就早点告诉我啊！要是被它那钩爪剜走眼球可怎么办啊！”

“人家看上的是汉堡，你的眼球对它一点吸引力都没有。”

方才夺食的老鹰还盘旋在天空中，继续寻找着下一个猎物。大吉无比警惕地留意着天空，拉开夹克拉链，把装有汉堡的塑料袋塞进怀里，同时不停地咒骂着。为了不让食物再被夺走，他只得弓着背，一口气把整个汉堡塞进嘴里。

赤堀刚准备撕开汉堡的包装纸，就看见远处海面上的一艘渔船驶入

1　浦岛太郎：日本古代传说中的人物。浦岛太郎是一位渔夫，在机缘巧合下救了龙宫中的神龟，被带到龙宫，并得到龙王女儿的款待。临别之时，龙女赠送他一个玉盒，告诫不可以打开它。浦岛太郎回家后，发现认识的人都不在了。他忍不住打开了盒子，盒中喷出白烟，浦岛太郎瞬间变成了老翁。

港口，白色的船体上潦草地写着“荣升丸”三个字，船头站着一个人，赤铜色的脸庞上布满了皱纹。

“大吉，要走了。”

赤堀站起身，把手中的汉堡递给大吉。大吉为了赶紧咽下嘴里的汉堡，慌忙往嘴里灌起了果汁。那艘渔船摇曳着靠近左侧的码头，一点一点将船身挪向 D-3 号系船柱。两人朝着渔船方向一路小跑，向正在系船绳的老渔夫打了声招呼：“您好，您今天是最早回来的呢！”

用毛巾缠着头顶的老人抬头看了一眼赤堀他们，随后四下张望了一阵儿，见四周无人，方才确认两人是在跟他说话。

“请问是荣升丸的船长先生吗？哎呀，这艘船很酷啊。”

“你们是谁啊？”老渔夫那宛若被烈酒灼伤的嗓音相当嘶哑。

船上重油的气味十分难闻，大海浓郁的气味和不太友善的鱼腥味也混杂其中。老人用一双骨节分明的手干净利索地系好了船绳，拍了拍腰背直起身。

“我们刚刚从办公室那儿打听了一下，听说今天是虾蛄的试捕日，也才知道原来这几天是禁止捕鱼的。也是我们运气好，正好赶上今天来找您。”

“你们是水场试验厂的人吗？”

老人诧异地盯着赤堀，然后把视线移向大吉，仔细观察了一番他那带有中亚血统的五官分明的脸。渔夫看起来年过 70，下巴稍稍有些右偏，椭圆形的脸庞显得挺和蔼。虽说他始终紧紧抿着嘴，似乎有些乖僻，但那对见证无数大风大浪的茶色瞳孔里溢满了坚毅和果敢。

赤堀从口袋里找出名片，递给老人。

“我们和水场试验厂没有任何关系，只是有些事要向您咨询。”

渔夫眨巴着眼，试图看清名片上的字。

“看不清！”他说着抬起头，听到船上有人在喊他时，便漫不经心地把名片塞进上衣口袋，“就算你们是试验厂的人，今天我也没空。干我们这行的，每天都在和时间赛跑。”

老人走过赤堀身边，然后推来一辆即将报废的拖车，靠在船旁边。

“那我们就等到您有空为止。”

“不是和你们说了没时间吗，今天很忙的。”

“那船长先生，至少把您的名字告诉我吧。”

赤堀笑嘻嘻地纠缠着船长不放，老渔夫十分烦躁地转过头说：“我有什么义务把名字告诉一个初次见面的家伙。你们是干吗的？记者吗？禁捕令出台的时候就有很多记者来死缠烂打地问七问八，回去以后净写一些胡说八道的东西。”

“我们不是记者，不过做的事和采访也有些类似。对了，我听说峰渔港的老大今天也出海了，名字好像是叫……”赤堀从包中掏出备忘录翻了翻，“啊，叫西牧邦夫。他是不是很快也要回来了？您说他会答应接受我们的采访吗？”

“不是老大，是公会长！”老人十分嫌弃地说道，同时又有些得意地叹了口气，“我就是你们要找的公会长。”

“真的吗？我们的运气真是太好了！”赤堀激动地拍了下膝盖，“西牧老大，我一直在等的人就是您！现在再次郑重向您申请，请您同意我对您进行采访，请您告诉我捕鱼相关的知识！”

“不要。”

老渔夫真是一点面子都不给。这时，渔船上的一名青年男子跳上了岸，把像梯子一般的货运滚轮安在船身和陆地之间。船上的另外两名船员则把装有今日战利品的塑料盒一个接一个地放上滚轮，再由陆地上的西牧和青年人负责将这些塑料盒搬上拖车。

照理说，渔夫这一职业应该和农夫一样进入了高度老龄化的阶段，但让赤堀和大吉感到意外的是，除了西牧，所有船员几乎都是年轻人。留在船上的两人 30 岁出头，和西牧一起搬货，还不停遭其训斥的那个青年人也就 20 岁上下。老人每吼一句，他就耸耸肩，噘起嘴表示着不满。

通过拖车，大家把捕获的虾蛄和其他海鲜都搬运到了停在小仓库门口的那辆轻型卡车上。赤堀跟在四处忙活的西牧身后，再次问道："西牧船长，这些虾蛄要运去哪里呀？运到市场吗？还是直接运给收购站？难道是运到直销点？是直接拿去卖吗？"

"要先加工才能卖。"

"在哪儿处理啊？水产工厂？还是哪里有作坊？"

"你很吵啊！"老人挥了挥手赶走赤堀，"那种事你直接去办公室问，别妨碍我们工作！"

"我想一边看你们工作一边问，能让我参观参观加工的过程吗？一定不给你们添麻烦的，拜托啦！"

"你已经给我添很多麻烦了，像苍蝇一样纠缠不休，真是的。你到底想怎么样啊？你再这样我就要向你们报社投诉了。"

"虽说是采访，但我不是报社的人啦。我是苍蝇的传道士——昆虫学学者！"

"听不懂！你个研究苍蝇的，找我们渔夫有何贵干？"

"我想深入了解虾蛄。比如它们的生活方式、环境，还有从捕捉到上市的过程之类。所以请让我跟着你们吧，我可是专程从东京跑来学习的，毕竟关东最有名的就是峰渔港了，好像俗称'小峰'是吧？"

"从东京来的？"老人怀疑道，目不转睛地死死盯着赤堀，"真是个瘟神，我要是拒绝了你，你是不是打算去纠缠其他人？"

"我无论如何都不打算空手而归，所以我明知自己的请求会给大家带来困扰，但还是会尽全力求得您的许可。”

两人就这么对峙起来，剑拔弩张，互不相让，火药味十足。老渔夫给人的压迫感和威严感真的很不一般。不过想来，正是如此他才能将这座小渔村平安无事地守护至今。这是一个绝不接纳任何外人的十分坚固的共同体。赤堀察觉到身后的大吉早已惊慌失措，但仍毫不退缩地盯着西牧写满凶狠且布满血丝的双眼。此时，他们身后传来了船员们的喊声：“已经装好啦！”

老人看了一眼拖车，口中不知在自言自语些什么，咂了咂嘴，然后说：“如果你们能跟上卡车，我就考虑考虑采访的事。如果跟丢了，那你们就直接滚回家吧。”

“明白！”

赤堀猛一转身，一把拽过大吉的袖腕，不由分说地便向远处的停车场一阵冲刺。大吉不擅长跑步，没过多久就不停喘着大气，没跑一百米便举手投降。赤堀边跑边把手伸向他屁股口袋，抽出钥匙，一个滑步坐进驾驶室，点火启动。只见西牧乘坐的卡车正要开过公会事务所。

“大吉！干什么磨磨蹭蹭的！我不管你了啊！”

“等……等一下……”

大吉仓促打开车门，满头大汗地钻进副驾驶座。赤堀行云流水地放开手刹，切换挡位，踩下油门。轻型卡车从渔港驶出后向左拐了个弯，便消失在他们的视野里。上气不接下气的大吉不停地深呼吸来调整自己，同时系紧了安全带，将车窗摇下一条小缝。

“实在是……每次都这样，前辈我真是服了你了，太固执了。”大吉喝了口水，“面对暴躁的渔夫还能那么无所顾忌地纠缠到底。我很怕这种纷争，都快担心死了，更何况那个人看起来那么可怕。”

“是吗？但他和那些年轻船员交谈时，眼神可温柔了。”

“哪里温柔了！明明是对着他们大喊大叫好吗？哎呀，行了，我们还是另外找个温和些的渔夫吧，别再和他针锋相对了。”

“你瞎说什么呢，我就是冲着老大来的，不找别人。”

大吉长叹一口气，取出袋中已经凉了的汉堡，送到赤堀嘴边。赤堀双手紧握方向盘，啃着汉堡，目视前方。隔着四辆车，她发现了渔夫的白色轻型卡车，于是开始追赶。大吉仿佛动物园的饲养员，一口汉堡一口果汁交替着往赤堀嘴边送，待赤堀全部吃完后便将垃圾收拾了放到后座上。

“下一个红绿灯路口要左转。”

“嗯，好！”赤堀点点头，拨动转向灯，变更了车道，从一辆客货两用车前掠过，拐进一条坑坑洼洼的小道。

小道十分狭窄，边上是一堵砖墙，大吉慌忙尖叫一声：“别把车给剐伤了！”并不停地观望着左右后视镜。

四周密密麻麻布满了古旧的民房，用砖墙围起来的庭院里晾晒着渔网和粗糙麻布一类的东西。这一带就是渔夫的社区吧，家家户户庭院里都堆满了捕鱼用具。

赤堀一面左右观望，一面将车速压得很低，白色卡车应该是驶入了其中的某户人家。转了一圈他们又回到了原路，然后再度拐进一条像田间小道般狭窄的沙石路，差点儿擦伤了车身。

“换我来开吧！请一定让我来开！”大吉见状尖叫道，但被赤堀彻底无视了。

突然，渔民的卡车出现在视野里，赤堀赶忙踩下刹车，一鼓作气换挡向后倒车。长满青苔的石墙深处是一栋壮观的红瓦大宅，宅子前停放着他俩苦苦追赶的那辆白色轻型卡车。整栋房子有着巨大的歇山式屋顶，崭新的，不知道是不是为了改造成双家庭住宅而做了翻新，纵深很长，无论是厚重的鬼瓦[1]还是玄关处以无垢木材建成的房柱，都可以窥探出这栋“虾蛄城堡”在渔业鼎盛时期是多么繁盛。

宅邸深处滚滚升起一股股蒸汽，赤堀小心翼翼地避开石柱，将车驶入庭院。下车后，两人绕道到厨房后门。前方就是作坊，从敞开的窗口可以瞧见头裹三角巾的劳动女子的身影。那个被西牧斥责的年轻人出现在入口处，并发现了赤堀他们，天真地笑着招了招手。

“啊，真是太好了，总算见着了。你是这里的住宿佣工吗？”

“嗯……也不算是住宿佣工吧，毕竟船长是我外公呀，我一直都住在这儿。对了，你真的是苍蝇学家吗？听说是什么‘东京来的瘟神’。”

青年人充满好奇地看着赤堀和大吉。虽然他的年纪应该已过20，但走近一瞧，仍给人一种外向、不怕生的年幼感。不，与其说不认生，不如说从头到脚都散发出一股亲切的气质。和西牧完全相反，眼前的这个小伙子对于他人毫无警戒心。虽然他长了一张小巧精致的娃娃脸，但体格十分健硕，显然有着一副渔夫的好身板。

“真的是苍蝇学家，瘟神……大概说对了五分之一吧，不，应该有十分之三。你喜欢昆虫吗？”赤堀盯着年轻人那张被烈日灼伤的脸，问道。

“如果非要说喜不喜欢，应该算不喜欢吧。要是遇上海岸水虱之类的，那可不是开玩笑的，它们总是突然就和外公缠斗在一块，感觉可厉害了。”他说得十分起劲儿，两眼闪着光，“而且它们完全不输给外公，有时候我还想万一它们被打飞了怎么办，外公动作可快了。”

“啊，那你不用担心，到了关键时刻，就算对手是老头子，它们也绝对不会放水的。”赤堀说。

1　鬼瓦：固定在屋脊尾部的屋瓦，造型多为面目狰狞的鬼怪，有美观、挡雨、避邪的功能。

“你一本正经地瞎说些什么……”大吉插嘴道。

青年突然爆发出一阵大笑，一边鼓掌道：“果然是瘟神！”

现在这个年代，如此亲切、单纯又毫不设防的年轻人已经不多见了。他说自己的名字叫勇斗。在勇斗的带领下，赤堀和大吉方得以进到宅子里。

这里像是一座水产加工厂。窗边的灶台上放着一口大锅，锅里的开水沸腾着，边上一名上了年纪的女性正向锅里撒着可能是食盐的粉末，而刚刚从海里捕捞上来的虾蛄已经被煮得发红。

这大概就是所谓的家族企业吧，正在作业的人一共有六个，锅旁站着两名富态的女子应该是西牧的妻子和儿媳，方才在船上的那两个看起来略显疲惫的男人正往不锈钢台座上冲水，长相十分相似，很有可能是兄弟俩，但从表情上似乎看不出他们对这份工作的热情。勇斗意识到了赤堀的视线，指着两个男人说道：“住宿佣工。”

西牧如门神般叉开腿沉稳地站在作坊的中央，用嘶哑的嗓音指挥着大家：“还有三分钟！”

老人察觉到赤堀慢慢向自己走来，虽然仍目不转睛地盯着大锅，但开口说道：“只要我把工作流程告诉你，你就愿意从我眼前彻底消失是吗？”

“嗯，是啊。”

老人的戒备心格外重，丝毫没有放松警惕，他把视线移向赤堀，用仿佛要洞穿一切的犀利眼神瞪着赤堀凉子，随后朝大锅方向抬了抬下巴，说：“虾蛄如果不在活着的时候煮熟，壳就会变得很难剥，口感也会变差。”

“原来如此，所以你们才这么着急啊。”

“没错，这种能让虾蛄艳丽的红与油脂的白完美浮现出来的蒸煮技巧，就是我们小峰的招牌。”

西牧朝被水汽蒙上一层雾的壁钟看了一眼，回过头继续说：“也就是说，刚打捞上来的虾蛄不过磅，直接由渔夫带回家里的作坊，等加工完成以后再运到收购站去。”

赤堀连连点头，勤奋地记着笔记。突然，老渔夫用那沙哑的嗓音高声喊道：“抬起来！”吓得她差点儿把手中的笔掉到地上。两个住宿佣工戴上厚棉手套，握紧锅柄，把锅内的竹篓捞了出来。热腾腾的虾蛄就这样被撒到不锈钢台座上。一阵令人垂涎三尺的香味瞬间弥漫开来，赤堀的肚子不由得一阵叫唤。

“好壮观……”

正在她惊叹不已之际，被四处飞溅的高温水花烫着的大吉吓得往后跳了几步。渔民一家纷纷集中到作业台周围，戴上橡胶手套，开始熟练地摘下虾蛄的头部，速度之快让人难以看清其动作。他们对剪刀的使用也已经到了炉火纯青的地步，从侧腹一刀下去，虾肉便完好无损地与壳分离了，再娴熟地一拧，像螳螂腿一般的第二颚肢便一起被剥了下来。没错，就是黏附在尸体头部伤口上的微小颗粒中的一种。赤堀目不转睛地盯着剥下来的虾壳堆成的小山。

如果死者是掉在这样的垃圾堆里才撞伤了脑袋，那伤口处的虾壳也就说得过去了。但眼前的这堆壳儿都是在开水里煮过的，而死者头部附着的则是生虾的壳。

“请问有没有在煮之前先剥壳的情况？”赤堀问道。

西牧摇了摇头：“虾蛄很容易腐烂，还有寄生虫，所以基本上不生吃。如果非要生的虾蛄，那也是先把活体冷冻起来，半解冻后再剥壳。但我们这里从不这么做。”

“那其他地方呢？”

“也不做。没有人会特地去做这种让虾蛄的口感和鲜度变差的事。”

果然和事先调查得出的结果是一样的吗？昌树到底是在哪儿接触到

那些虾蛄的呢？

西牧继续说：“其实，取虾蛄的钳肉是十分需要技巧的，没有这项技术的其他地方根本就无法形成虾蛄产业。取虾蛄钳肉的手法不仅特殊，还很费工夫，就算知道操作方法也没法速成，因此这道工序也不会交给新人做。”

说着说着，西牧朝着勇斗又训斥了两句。勇斗正努力地剥钳子，但似乎还不太娴熟，手中的剪刀滑掉了好几次。虽说这小伙子看上去笨拙，却十分专注，每教他一个步骤，他便认真地一句句重复确认，这股劲儿让赤堀不免有些感动。男孩应该是打心眼儿里喜欢这份工作，他的祖父应该也看得出来，所以才会对他如此严厉。

赤堀继续问道：“说到江户菜系的虾蛄，大家都会想起小峰，简直成了代名词。请问还有别的虾蛄产地吗？”

“福冈县的行桥、宫城县的石卷，还有北海道的小樽。当然其他地方也不是没有，但是具备拿得出手的加工技术的也就这几个地方了。别人怎么想的我不清楚，至少我个人是这样觉得的。关东地区就只有我们这儿了。毕竟这行又费工夫还挣不了多少钱，虾蛄数量还在逐年减少，很多渔夫都不干了。”

“虾蛄行业必须将捕捞和加工合二为一，的确很费工夫……”

赤堀用手指顶着下巴，陷入了思考。受害人伤口上附着的颗粒中大多数属于虎纹虾蛄，但作坊里的虾蛄中混杂着的虎纹虾蛄也不过几只而已。如果真像老人所说，国内的虾蛄捕捞特别少，那要确定死者的落水点也就相对比较容易了。尸体如果是经东京湾漂入荒川的，那唯一可能的地点就是峰渔港一带。根据被害人身上因漂流而形成的外伤数量看，落水点不可能是关东地区以外的海域。

西牧注意到赤堀十分专注地盯着他们剥虾壳，于是问道：“你不是说你是研究苍蝇的吗，为什么这么苦心钻研虾蛄的加工过程？”他的语气和方才一样，充满了怀疑和警惕。

“算不上钻研，只是想学习与虾蛄有关的知识而已。”

“你们该不会……是在搞什么突击检查吧。难不成是像保健所那些净挑刺儿的家伙一样来查什么害虫寄生虫吗？话说你们开来的车的车身上不就写着什么驱虫？还有，那个一直跟着你的外国人也很可疑啊。”

“我可不是什么外国人，我是在群马县出生、长大的地地道道的日本人。”大吉已经习惯了这种误会，也习惯了解释误会。

赤堀朝着排外又多疑的老人笑了笑，说：“他虽是害虫驱除公司的社长，但和您刚刚说的那些什么突击检查一点也不沾边，我只是借他的车一用而已。一会儿我还打算去海里潜水呢。”

“什么？潜水？现在可是 11 月啊。”

“唉，迫不得已呀。就算是下大雪也得去，无论如何我都必须去会会海毛虫。”

听了赤堀一番话，西牧便放松了警惕，变得亲切起来：“什么啊，原来是这样呀，干吗不早说？那个坏家伙也属于你们昆虫学家的研究范畴吗？”

“坏家伙？”

“是啊。每逢出海捕鱼，总有不少海毛虫缠在渔网和鱼钩上，我们都不知道被它们扎了多少回手了。能委托你们帮忙驱除吗？最近数量好像越来越多了，实在烦人。”

“捕虾蛄的时候也会把海毛虫一起捞上来吗？”

“是啊，多得要命。”

赤堀脑中浮现出海毛虫蜂拥在海中的画面，欣喜若狂。她立刻摊开了地图，向西牧打听虾蛄的具体捕捞点。

渔夫沉默了一会儿，手头的工作哪怕一秒钟也没有停下，随后小声说道："我可以带你们去渔场。"

"押金要多少？"赤堀不假思索地问道。

老人有些害臊地笑了笑，露出缺损的门牙。这是从在码头见到西牧到现在，他在两人面前的第一个笑容，和勇斗一样，十分亲切。"我还没堕落到要向你这样的小姑娘索要押金的地步。只是想瞧瞧热闹，大冬天在冰冷的海里潜水这种事可不多见，估计会引起轰动吧。"

"那就放心交给我吧，肯定会大闹一场，包您满意。"

西牧扬起一侧的嘴角，笑着跟大家说："剩下的就交给你们了，不许浑水摸鱼啊！"俨然一副果断蛮横的大男子主义姿态，但家人们也都一副忍俊不禁的表情，没把他的话放在心上。这应该就是一路风风雨雨并肩走过之后，家人间形成的绝对信赖吧。大吉和赤堀朝大家鞠了一躬："打扰各位了！"被训斥了一整天的勇斗仍旧带着亲切的笑容挥手与两人道别。

4

船紧紧停靠在渔港岸边，与刚才相比，这一带多了很多人。天空中也聚集了一些正在觅食的海鸥和老鹰。整个港口充满了生机。继西牧之后，出海捕捞虾蛄的渔船也都靠岸了，大家正忙着将鱼获装车运回自家的加工厂。时不时地能从这些渔夫中看到一些年轻的面孔，比如抱着木箱跑来跑去的那些人中有一名把头发染成金黄色的青年，估摸着还不到20岁。

“我原先还在想，要是渔夫都净是些上了年纪的老人，岂不是迟早要灭绝？”赤堀全然没有意识到自己的发言有多么不得体。

“怎么说话的你？”老人有些不悦。

“哎呀，您看这里的年轻人不是还挺多的嘛。”

西牧瞥了一眼来来往往的渔夫，说道：“我们和一个什么法人团体合作，帮他们接纳一些难以适应社会的年轻人，比如那些缩在房间里不敢外出的孩子，或者一些不良少年。”

说着说着，他那张沟壑纵横的脸上爬满了忧愁。老人皱紧眉头，抱着胳膊看着这些正在干活儿的年轻人，继续说：“真是的，这儿又不是什么收容所、救助站。我从一开始就反对这个方案，如果接纳了这些年轻人，就等于要对他们今后的人生负责，怎么能儿戏？当时我想着既然能解决捕鱼业的传承问题，就松了口。但现实哪里是那么简单的？”

“老大，您现在还依然持反对意见吗？”

西牧轻轻摇了摇头，边走边说：“不反对。我也很清楚，对他们而言，来这里就意味着一个全新的开始，这是相当必要的。给人重新来过的机会似乎感觉不赖。我们这儿接纳的年轻人里有一对兄弟，不仅不谙世事，还讨厌和他人打交道，呆头呆脑的，根本派不上任何用场。他们就只能依靠我，只能依赖我。”

“所以，您才无法对他们见死不救是吗？”

“这是我的责任，也是在这个渔港生存的各位共同的想法。”西牧说着便叹了口气，“一不小心和你这个来历不明的昆虫学家透露太多家务事了，听完就忘掉吧。”

赤堀隐约能够看出老人心中的不安与纠结，但他仍努力地贯彻着自己的道义。虽然西牧算不上是一个大大方方的人，但不知为什么，他还是给赤堀一种十分安心的感觉。无论是不加修饰的鲁莽话语，还是率直的个性，这些都让赤堀感到十分舒坦，她开始渐渐喜欢上这个倔强的臭老头了。

“老大很酷啊！”赤堀想到什么就说什么，直来直往。

“是公会长！”西牧纠正道，为了掩饰害羞的心情努力地皱了皱眉。

随后，大吉和赤堀穿上潜水服，乘上荣升丸。

这艘老旧的船全长有十二三米，船上的空间比看起来似乎要宽敞许多。船底装有底拖网，正中央有一架用于卷渔网的滚轮，并配备有起重机。绳子在海水的作用下已经发灰，一圈又一圈卷叠在一起。甲板上一片狼藉，旧木箱、钩状的工具、软管、鱼标等被随手放置在四周，看得出船员们的确是在和时间赛跑，满脑子都只想着赶紧把捕获的虾蛄送去加工，此外的一切琐事都可以暂时搁置。

“那些东西都不可以碰。”西牧漫不经心地提醒道，随后走进驾驶室，一边抽着烟，一边打开早就生满铁锈的节流阀，启动了小船。船一路开出狭长的港口，向东京湾驶去。海面上的海鸥飞得很低，不停追逐着船，引擎发出震耳欲聋的声响，和海鸥的鸣叫混杂在一块儿，格外扰人。驾驶室里的西牧眯着眼专注地控制着船的方向，先是绕开八景岛，然后一路敏捷地躲闪着其他钓船和观光船，向海上前进。

“在填海造陆前，这一带可是极好的虾蛄渔场。附近的岩礁正好打乱了海流，鲹鱼和鲭鱼大量聚集于此。”西牧抖了抖烟灰，神情十分忧郁地说，“但自从港口的填海工程开始以来，周边的渔场就被搅得一团糟。海流减缓导致海水淤浊，虾蛄和鲽鱼就越来越少了，小峰的产量也因此缩减为原先的一半。”

“嗯，毕竟沿岸的捕鱼业产量和地形是息息相关的。”赤堀说。

老渔夫一个劲儿地点头：“那些所谓的学者、专家，还有政府工作人员，口口声声称填海造陆不会影响渔业，结果出事了就慌慌张张往海里放鱼苗，比目鱼啊，虾啊，什么都放。哼，大海可没那么简单，这个问题哪是投放鱼苗就能解决的。现在东京湾沿岸都是用水泥加固的，所以就没有了浅滩，没有浅滩，鱼苗自然就没法儿生长。那些学者真是一群书呆子，对现实情况一无所知，只会纸上谈兵。”

“的确有一部分这样的学者。”赤堀接受了西牧的批评，微微颔首。

穿着紧身潜水服的大吉艰难地扭了扭僵硬的脖子，默默在一旁听着。城市开发、生态系统崩溃、物种灭绝，这些关键词触动了，不，简直是拧断了他内心深处的弦，令他痛心不已。

“后来虾蛄数量锐减，禁渔令出台的时候已经来不及了。就算连续几年都不打鱼，受损的自然资源也不可能那么容易就恢复原样的。我们今天的出海也只是试验性质的捕捞。不过看现在这情况，所有船只的捕获量加起来也不过1000只上下。唉，都想转行了。”

“但老大您不是还有继承人吗？勇斗君努力的模样可是把我感动坏了，实在是太可爱了！”赤堀说。

西牧摆了下手，摇摇头：“那家伙成天傻乐呵，总是学不得要领。后来的那两个住宿佣工都已经学得比他好了。那家伙，连渔业无线电使用执照考试都没通过！那种考试只要是个人都能及格，真是让我大跌眼镜。都21岁的人了，大脑还是缺根筋。”

虽然西牧嘴上不停地批评勇斗的不上进，但他脸上的表情出卖了他对外孙无比疼爱的内心。赤堀凉子轻而易举就能看出在老渔夫心中，没有什么比这个宝贝外孙更重要的。

海面上，海鸥们聚集在天空的一隅，不停地俯身冲向海面又转身飞回。西牧把手中的烟蒂扔进生锈的空罐子，打开了无线电开关，对着麦克风说：“鸟山。”并报出了精确的坐标。

“鸟山？”

“对。”老人朝海鸥聚集的方向抬了抬下巴，“那一带应该是沙丁鱼。大概从前天开始，大量的沙丁鱼突然集中在那里，海水的颜色都变了。那下面估计藏着什么不得了的猎物，值得用鱼群探测器调查一番。”

“哇，你们捕捞的种类还挺多啊。”

船继续向前开了一段，西牧便操控着手柄使船减速，随后停在了风平浪静的海中央。

“这里就是底拖网渔场的边界了。你们接下来要怎么做？”老人抛了锚，看向赤堀和大吉，“我们一般是从这里下渔网，然后向东拖拽两公里左右再收网。不过你们只需要潜水，不需要捕鱼。对了，这一带的水深可达30米。”

“这您就不必担心啦。”赤堀边说边往自己身上缠上厚重的腰带，“大吉昆虫咨询公司的社长先生可是持有潜水长资格证（Dive Master）的，想不到吧。”

“那是什么玩意儿？”西牧兴味索然地问道，顺手从口袋里掏出一根弯折的香烟点上。

“潜水长资格证是职业潜水师的基本证书。水深不超过40米，都不在话下。”

“职业的？”西牧看了一眼正在整顿装备的大吉，吐了口烟，“就凭这圆滚滚的身材也能考到职业潜水证？”

“潜到水里以后是胖是瘦没什么区别，而且胖一些兴许还能帮忙抵消部分浮力呢。”

“的确，不都说大胖子更容易浮起来嘛。”西牧说时，丝毫没有顾及大吉的面子。大吉充满怨念地瞪了老人一眼。

“我有开放水域进阶潜水证（Advance Open Water Dive），这种深度的潜水问题也不大。”

赤堀将氧气罐固定在夹克式浮力装置上，把高压气体减压阀接在像章鱼腿般的中压管上，再逐一快速地和装置上的管子连到一起。她将仪表朝下，轻轻旋开部分阀门，咻的一声通了气，确认没有异常后，便把阀门全部旋开，同时调节着游隙，把呼吸阀靠近嘴，再度确认氧气是否能够正常供给。

“残压量是多少？”大吉已经完成了所有准备，便关照起赤堀。

“210。”

“很好。请确认备用气瓶是否正常，之前有一次备用气瓶不通，差点没把我吓死。再检查下连接口，看看有没有漏气。”

赤堀又一次从头到脚检查了一遍：“没问题！”

大吉回想起过去的一次潜水经历。本来一切正常，突然他就喘不上气了，拼命伸手在背后找备用气瓶，手忙脚乱，差点葬身海底。这种要命的经历谁都不想再有第二次，想到这里，大吉的气息便下意识地急促了起来。他比谁都明白，所有人类的第六感在大海里都派不上用场。正因如此，他才要反复地确认潜水前准备工作的每一个细节。

西牧站在一旁看着他们俩，随后掐灭了手中的香烟，把裹在头顶的毛巾解开挂在脖子上，说："有什么需要我做的吗？"

大吉答道："船长您在这儿等着就好。我们可能要四五十分钟才能结束，这期间请您固定住船。还有，我们上船时还需要您帮忙放下绳梯。"

只要涉及工作和潜水，大吉就像变了个人似的，显得十分干练。身为一名重度潜水爱好者，他每个月至少得潜一次，不然就憋得慌。

西牧摆弄着手里的香烟，朝大吉抬了抬右手以示同意。

两人戴上手套，背上潜水包，并在右脚脖子处塞了把刀，随后相互给对方戴上面罩。一口气背上了三十几千克的潜水装备，两人顿时感觉身体变得沉甸甸的，像背上了一大袋米。

"老大，我们去去就回！"赤堀笨重地挥了挥手。

老渔夫靠在椅子上，笑着回道："要是超过 50 分钟还没回来，"他敲了敲节流阀边上的鱼群探测器，"我就用这家伙找你们，然后用渔网捕回来。"

赤堀正穿着脚蹼，听此言不禁哈哈大笑起来，然后向大吉示意，两人站到船尾。海面平静得出奇，点点浪花在波光里温柔地荡漾着。赤堀迈出一条腿，扑通一声跳进水中，露出脑袋，随着海水渗入潜水服，她接连打了好几个寒战，实际水温大概比预计的要低不少。稍微跟船拉开了一点距离后，赤堀默默地等着身体慢慢温暖起来。这时，海面上溅起一朵巨大的水花，原来是大吉下水了。原本蓬松的蘑菇头被浸湿后便紧紧地贴着脑门儿，两只眼睛又炯炯有神地瞪得老圆。

"……河童。"赤堀强忍着笑意，小声嘀咕着。

大吉边调试着罗盘边说：“凉子前辈，您可千万别一会儿笑死在海里。真是的，明明连开放水域进阶潜水证都考过了，怎么行为举止还是和在陆地上的时候一个样啊？”

“哎呀，没事啦！过去的事情就忘了吧，今天我可是来跟你一决胜负的。”

“您可千万别对自己的身体素质过分自信。听好啦，在水中，即便是很小的一个细节都可能致命，所以请您不要用以往的思路来对待这次潜水。”

“收到。”

身体渐渐适应了水温，于是赤堀重设了潜水表上的时间，从零开始计时。她戴上呼吸嘴，朝船上的西牧招了招手，随后向大吉竖起了大拇指，示意自己已经准备完毕。于是，两人直立着身子，开始一点点向下潜。

海水灌顶，刺骨的寒冷袭遍全身。赤堀松开了排气按钮，大呼一口气，将肺中的气体全部排空，几秒后，下沉速度便加快了不少。她稍稍张开双腿，增加一些阻力，让身体缓缓潜向海底。

由于耳朵里能够异常清楚地听见自己的呼吸声，赤堀便捏住鼻子向外送气，以调节耳压。过了 5 米后，水温便急剧下降，大海混浊不堪，能见度极低，两人只得打开手电筒，继续下潜。眼前时不时地会有几只海底居民横穿而过，很可能是鳕鱼。他们一边欣赏着海里的风景，一边频繁地调整着耳压。

这时，大吉晃了晃手电筒，向赤堀比了个“V”形手势。这是在告诉她已经潜了 20 米。这是一个十分关键的深度节点，一旦超过 20 米，身上的水压就不再那么友善了。全身像是被一双看不见的大手紧紧捏着，难受到能把耳边的气泡声误听成是自己痛苦的呼吸声。

在手电筒强光的照射下，隐隐约约可以看到海底。海底什么都没有，没有海藻，也没有珊瑚，只有海流停滞造成的一片混沌、一片昏暗。赤堀向大吉示意后，便拍动脚蹼，将身体颠倒过来。在确认了潜水表之后，她摁了几下充气按钮，让自己能够匍匐行动。

海底四处都是些小石子，还有稀稀落落的几条小鱼小虾。藏在沙土里的鲽鱼被手电筒的光吓了一跳，慌慌张张地往回跑。赤堀记下了落水的位置并确认大吉的位置，为了深入了解这附近的状况，她开始到处游荡。30 米的海底世界只是一片平坦又广阔的沙地，这里海水十分混浊，能见度极低。不知道是不是因为刚刚结束捕鱼工作，都没发现什么海底生物。

正当她打算继续向前游时，耳边传来了一阵阵厚重的金属撞击声。赤堀一转身，发现这声音的源头是大吉，他正拿着刀不停地拍打着氧气瓶，提醒她不要游得太远。赤堀用手臂在头顶比了个圆圈，表示“OK”，然后从口袋里取出一柄木铲，铲进沙里。这里的沙很软，木铲轻而易举地就能深入其中。赤堀用手电筒对着铲子的位置照了一会儿，一个小脑袋便从沙土中探了出来。

赤堀含着呼吸嘴，模糊不清地说了声“对不起”，随后用木铲把正在熟睡的海毛虫挖了出来。迷迷糊糊的海毛虫似乎还在犹豫要不要张开毒针，就被赤堀抓进了网里。

就在这时，大吉冷不丁地出现在赤堀眼前，把她吓得不轻。他不停地敲打着赤堀的手腕，一个劲儿朝她眨着眼，同时手指指向远方。沿着手电筒灯光的方向望去，可以看到远处绵延的沙土上密密麻麻的一大片，全是海毛虫蠕动着的小脑袋，它们正紧紧地盯着这里。海毛虫的数量多得骇人，即便是对虫群早已司空见惯的赤堀，全身也不免一阵战栗。

大吉竖起大拇指，上下移动着。

这个手势的含义是：此地不宜久留。

赤堀明白了他的意思，并把手举到大吉面前，示意他“等等”。海毛虫是夜行性动物，个性也比较温和，不太可能会从沙土中群起而攻之。于是她用手势告诉大吉“再给我一些时间”，并不断控制着中性浮力[1]。

混浊的海底宛若一片荒芜阴森的墓地，让人感觉像是被幽禁在一个密闭的空间里，四周什么都看不清，稍有动静都会胆战心惊。赤堀一直告诉自己要镇定，但收效甚微。即便只是不小心碰到一根漂浮着的海藻，这种看不清眼前物的不踏实感也会让她倍感恐惧。

赤堀警惕地观察着四周，继续向前游，大吉紧随其后。游到栖息着海毛虫的那片沙土上方，又前进了大约 400 米后，他们发现，平坦的沙地上突然出现了一道裂口，裂口处一片漆黑，望不到底，看样子还挺深的。从断层深处冒出了许多像是海底天然气的小气泡。赤堀顺着气泡出现的方向观察，将灯光照射在倾斜的海底，发现沙土里有动静。她仔细一瞧，发现竟是一对白色的触角和褐色的复眼，正是他们要找的虎纹虾蛄！这家伙正像一艘军用潜艇一般静静地潜伏在沙土中，那姿态仿佛是在等待敌人露出破绽的武林高手。

赤堀欣喜若狂，兴奋的心跳声清清楚楚地从软管传到了耳朵里。这里果然有虎纹虾蛄！她之前所做的推测是正确的！虎纹虾蛄的栖息地的确北移了！

她朝大吉使了眼色，开始游向虾蛄的老巢。布满了小石子的沙土中，探出好几只巨大的复眼。也许是为了躲避渔夫的渔网，成群的虾蛄都藏

1　中性浮力：将物体放于水中，如果物体排开水量的重量大于物体本身的重量，物体将浮在水面上，即具有正浮力；反之则下沉，称为负浮力。如果两者恰好相等，物体会悬浮于水中，达到中性浮力。

在这个海底凹槽中。对于以海毛虫为食的虾蛄来说，这里真是一个绝妙的栖息地，既不会被人类发现，又有吃不完的美食。直觉告诉赤堀，昌树一定知道这个地点。

她掏出木铲，准备取样。就在铲子触碰到沙土的那一瞬间，虎纹虾蛄立刻展开了无情的反攻。只见它从下巴处伸出一个尖锐的触角，以迅雷不及掩耳之势弹向木铲。不，“弹”这个字并不足以表现它的凶猛，那个触角像竹刀似的一遍又一遍重重地打在木铲上，这股强大的冲力通过木铲传到了赤堀的手心里。看来，这家伙是下定决心要赶走这把木铲了。大吉试图用手电筒摁住这个刺头儿，但虾蛄像是看穿了他的想法一般，轻轻一滑躲进了沙子。

这次的敌人真是太难对付了！赤堀莫名其妙地兴奋了起来，和大吉对视一眼后，索性直接把手伸进沙堆，直接用蛮力硬生生地把虎纹虾蛄抓了出来。那可是体长达 20 厘米的大家伙！一瞬间，海水被腾起的泥沙搅得一片混浊，在一旁守株待兔的大吉熟练地操纵着捕虫网，成功地把敌人牢牢束缚住。30 米深的海底、巨大的水压，在这样的特殊环境里，两人顺利完成了任务，还悠悠击了个掌。之后，他们又捕捉了一只虎纹虾蛄，便开始做上岸的准备。今天说什么都必须把这些家伙活生生地带回去。

赤堀向上抬着右手，同时将左手放在气筒处准备放气。她抬头看着水面，用力蹬了两下脚蹼，身边传来大吉沉闷的喊声：“别着急！”

上浮的速度不能太快，不然会有危险。两人一点一点接近水面，当抵达阳光可以照射到的深度时，捆遍全身的枷锁似乎瞬间被卸了下来，顿觉神清气爽。

在快要浮出水面时，大吉先杂耍般地转了个 360 度的圈，然后竖着耳朵聆听周围的动静。在确保附近没有行驶的船只后，大吉向赤堀比了个“OK”的手势，两人才同时把头探出水面。他们朝四周看了半天，才找到漂浮在远处的捕鱼船。赤堀在控制浮力的同时，取下调节器，换成了呼吸管。

“好家伙，真是一场激烈的虾蛄大战。”

“它们也太凶了吧，手指差点儿就保不住了。而且，海底怎么会有那么多海毛虫，太吓人了。”

两人喘着大气，说话也断断续续的。荣升丸距离他们有好几百米远，无奈之下，他们只好拖着沉重的身躯慢慢游过去。

“西牧船长！”赤堀大声喊道。

渔夫闻声从驾驶室里探出一张黝黑的椭圆形脸庞，仿佛烤焦了的长面包。他走到船尾，放下绳梯。赤堀脱下脚蹼，爬上梯子，离开水面的瞬间，身上的潜水装置仿佛有千斤重，死死压在肩上。她使出吃奶的劲儿一点一点向上爬，最后还是西牧拽住捆氧气瓶的带子把她扯上了船。

“谢谢……谢谢……啊，真是沉死我了。”

赤堀放下脚蹼，脱下身上的夹克式浮力装置，像小狗似的甩了甩湿漉漉的头发。看得出她早就迫不及待地想赶紧脱掉身上那件透心凉的潜水服，但根本没那个闲工夫。在西牧帮助大吉上船的时候，赤堀一刻也没歇着，连忙从背包里找出塑料盒，把刚刚从海底捞上来的沙土倒了进去，并用带绳的水桶打了点海水。被抓上岸的虎纹虾蛄正在激烈地反抗着，不断地向赤堀发起攻击。她大费周折才把这些暴脾气挪到容器里。海毛虫也被塞进灌了氧的塑料袋。

“哟，看来你们除了那个坏家伙以外，还逮着了其他好东西呀。”西牧朝赤堀手中的塑料盒探着脑袋。

“您捕到过这种虾蛄吗？”

“啊，什么嘛，原来是虎纹虾蛄啊，这种根本卖不掉，没用。”

“您用底拖网捕鱼时，这种虾蛄会大量附着在网上吗？”

“不会啊。”西牧摇摇头，“只是偶尔会有几只，从来没有过大量捕获这种虾蛄的经历。我们那儿没有加工它们的能力，就算想拿去卖，但数量太少，拿不出手。”

正如他们在白蚁问题上的战略伙伴——水野先生所说，市场上似乎真的没有人卖虎纹虾蛄。而且，海底明明有那么多虎纹虾蛄，西牧却从未发现。

赤堀现在的所有思考都是基于“昌树来过峰渔港”这个前提。他到底在这里做了些什么？他到底是在哪儿受到了致命伤？根据由美的推测，昌树的落水点应该是在水深 1 米以内的地方，这种地方又怎么可能栖息着虾蛄和海毛虫？

“更北的地方也能捕到这种虾蛄吗？”赤堀问道。

西牧摇了摇头：“这里已经是它们生存区域的最北端了。所有捕捞到的海鲜都会登记，其他地方并没有打捞到虎纹虾蛄的记录。大概整个东京湾也就只有这里有过这种虾蛄的捕捞登记。毕竟它们和我们所需要的普通虾蛄住在一块儿嘛，难免一起被抓上来。”

“原来是这样。对了，西牧先生，假如有一天，突然有一大堆虎纹虾蛄被捕上岸了，您会怎么处理？当然，前提是不放生。”

“为什么要这么问？”老人又警觉了起来。

“我不是和您说了我想研究海毛虫嘛，其实对这种虾蛄我也挺感兴趣的，想一并调查调查。明明这么大一只，扔回海里也太可惜了吧。”

“无论体形多大，如果没人要，就只能放……”西牧说着说着，突然停了下来，抱着胳膊，目光散漫地投向远处的八景岛，岛旁的游船如蚂蚁般大小，简直快要消失在视野里，“等等，我想想。的确有过把缠在渔网上的虎纹虾蛄卖给别人的经历。我记得是有人打来电话，说如果抓到了虎纹虾蛄就联系他。”

赤堀猛地抬起头，问：“电话里指明了就要虎纹虾蛄吗？为什么？”

“那儿，”西牧朝港口方向抬了抬下巴，“水族馆的负责人说想买它们用于展览，还出了高价。”

赤堀用力点了点头，反省自己过去总是执着于从食材的视角看待虎纹虾蛄，没想到竟然是这样。

“最后一个问题，西牧先生，如果给您一把一字形螺丝刀，您会用来做什么？”

这个奇怪的问题让他感到十分诧异。他把手伸向绑在起重机边上的小罐子，掏出一把黑色割柄螺丝刀，正是在被害人尸体上发现的那种。

“你说螺丝刀能用来做什么？当然是拧螺丝啊。要不我教教你啊，螺丝刀口对准螺丝钉，然后嵌进去转几圈，螺丝就拧紧了，明白了吗？”老人故意调侃道，“哈哈哈，你们想知道的应该不是这个。”

“还真不是。”

西牧从箱子里取出一根坏掉的管，应该是用于捕鳗的，随后用螺丝刀将黏附在管上的贝壳铲了下来。

“太棒了，老大！”赤堀脸上绽放出笑容，同时握紧了西牧那双粗糙的大手，以示感谢。

看来她选择的调查方向是正确的。按现在的情况看，昌树可能做过渔夫，也可能是总跟渔夫打交道，不知不觉养成了同样的习惯……

“准备回去咯！”西牧说。

“好！”赤堀赶忙给养着虾蛄的塑料盒盖上盖。引擎发动的一瞬间，老渔夫潇洒地拽起了锚。

5

坐在台上的领导们显然脸色不太好，一个个都低着头不作声，只是认真翻阅着手上的资料。台下，鉴定课的侦查员用教鞭敲了敲贴在白板上的照片，然后靠近桌上麦克风说："这张拍立得照片是从横须贺的酒吧里找着的，照片上的人叫'昌树'，其左手腕处的文身图案和尸体上的文身一致。"

然后他又敲了敲放大后的照片复印件，说："根据对尸体上文身的观察，只能看出有英文字母D和E，还有像眼睛的两个大圈。根据这些进行修正和比对，发现图案的大小形状，以及像毛发般的线条都和昌树身上的文身吻合。"

岩楯祐也看着手中的资料，发现第三张照片上还覆盖着用于比对位置和大小的网格，可以更加直观地看出两者图案虽有一些细微的误差，但基本上是一致的。为了弄出这张解析图，堀之内一定没少费工夫。他对这起案件可谓是十分投入，就算让他以图片为模板重新制作一份等倍大文身图案也会欣然应允。

"由于相片放置时间较长，无法解析图案的详细颜色。但大致可以看出，的确和我们一开始所推测的黑、蓝、白三色文身是吻合的。根据以上内容可以断定横须贺的'昌树'就是此次案件的被害人。"鉴定课侦查员果断地说道。

主持会议的部长一言不发地点了点头，那些从一开始就不把横须贺放在眼里的侦查员则交头接耳，不停地窃窃私语，手中资料的翻阅声像涟漪般回荡在整间会议室。

从这具身份不明的尸体被发现到现在，已经过去了 14 天。在这 14 天中，警方还错误地将一名工厂的合同工当作是死者，直到前几天才发现这家伙还活得好好的。如此一来，搜查总部就不得不赶紧从根本上重新调整调查方向。事到如今，是该多派一部分人去协助调查昌树这个神秘人物了。但如何着手还是一个大问题，会场的气氛因此比较凝重，岩楯祐也则正凶神恶煞地注视着昌树的照片。

不是不能理解。虽说这张照片是在横须贺找到的，但这并不能说明那一带就一定是被害人的生活圈，何况在座的大多数人还是更倾向于认为尸体是从荒川上游漂来的。之所以这样认为，也许是因为他们更愿意相信死者身上的那把螺丝刀是“修理工”的象征，毕竟和“铲贝壳”这种听都没听过的奇怪用途比起来，“修理工”的说法似乎和沿河星罗棋布的小工厂更加匹配。加上赤堀的海水实验还没出结果，所以尸体来自海上这一说法就被搁置在一旁，不再被深究了。

身旁的鳄川从包里掏出一本新本子，一如既往地动手写个不停。封面上赫然写着“NO.1800”，看来这正好是第一千八百本。岩楯祐也早已不记得案件刚开始时看到的本子上的数字是多少，应该有百来本了吧，对此他也早已见怪不怪。这时，会议室的门外传来一阵礼貌的敲门声。

一名身着制服的女警官探出头来，在课长耳边低声说了些什么。随后，背着大包的赤堀凉子就笑嘻嘻地走了进来，和会议室的氛围甚是不搭调。

“对不起啊，各位，今天我本来是不用过来的，但有些事情我觉得还是应该早点告诉大家。”

赤堀身后还跟着一位身材高大的男子，只见他诚惶诚恐地弓着腰，身着一件朝气蓬勃的白T恤，手臂上健硕的肌肉清晰可见，由于脖子过于粗壮，脸显得很小，就像漫画里的人物一般。岩楯觉得眼前这位肌肉男甚是眼熟，仔细一想，觉得应该是赤堀的学生，法医昆虫学专业的。这名学生将手上抱着的尼龙包轻轻地放在长桌上，从进门到现在，始终谦逊地低着头。

“谢谢啦，小护你先到楼下等我吧。”

这个被叫作小护的男生点了点头，便匆匆忙忙“逃”出了会议室，看得出这满屋子凶神恶煞的警察给他造成了不小的心理压力。相比之下，赤堀凉子却对房间里剑拔弩张的氛围没一点儿感觉，镇定自若地放下背包，取出资料，朝岩楯祐也和鳄川宗吾意味深长地眨了眨眼，拉开了尼龙包的拉链。

署长双手撑着办公桌，探出身子问：“有什么新发现吗？”

“有！”赤堀响亮地应道。

这次赤堀“突袭”会议室居然没提前通知自己，岩楯认为她一定是掌握了什么特别重要的线索才迫不及待地冲了过来，虽然有些不放心……

赤堀踮起脚尖用磁铁把手中展开的地图固定到白板的顶端。这是一张东京湾的地图，横滨港前端用红色的圆圈标记了出来。她深吸一口气，两手撑在桌上，说：“在上次的报告书中我稍微提过，虽然大家应该都没怎么注意，在被害人头部伤口上发现的残骸是虾蛄的表壳和一种叫作海毛虫的多毛纲虫类的毒针毛。请看这个。”

赤堀把格子衬衫的袖口挽起，把手臂上像烧伤疤痕般的伤口展示在大家面前。和前些日子相比，这些伤口已有好转，但还是能清楚地看到好几条红杠。

“如果被海毛虫刺伤，照理说会变成我这个样子。但死者身上并没有任何类似的伤痕。所以，被害人在接触到海毛虫之前，应该就已经死了。”

“你说的海毛虫究竟是什么生物？报告书里也没有解释。”课长打断了赤堀，但语气十分平静。

“我就猜到会有人问，所以今天把它带来了。向你们正式介绍一下，这就是海毛虫！”

在所有人诧异的目光中，赤堀从尼龙包里取出一个透明塑料瓶。瓶里装的就是那天在居酒屋里，岩楯和鳄川看的图片上的那种色彩斑杂的海底生物，它正在福尔马林溶液里晃动着。实物比图片看上去还要恶心、可怕，体形有苦瓜大小。会议室里响起一阵阵带有埋怨情绪的叹气声，毕竟谁都不想看到这种外形“独特”的生物。

“你们看，它的身体侧面是不是长了一排像脚一样的粗毛？这些粗毛上还附着有更细小的毒针毛，这种生物就是通过这些毒针毛把毒素注入其他物种体内的，请大家一会儿传阅的时候千万要小心。”

赤堀把塑料瓶举高，对着前排的侦查员提了一个甚是“苛刻”的要求：“一会儿把这个给你，看完往后传。”

说着赤堀便从另一个瓶子中取出一只虾蛄：“还有，这个叫虎纹虾蛄，昨天我亲手抓的。”

“你亲手抓的？”搜查一课课长眉间堆起了皱纹。

赤堀指了指地图上画红圈的位置：“我昨天去了横滨金泽区的峰渔港。那儿的八景岛附近海域可是盛产高级虾蛄的宝地。”

“这种虾蛄也和死者有过接触吗？”

“是的，在死者头部伤口处发现的小颗粒中就夹杂着这种虾蛄的外壳。总的来说，就是海毛虫、虎纹虾蛄和普通虾蛄同时存在的地方，很可能存在跟死者有关的线索。而且，尸体支气管中发现的罂粟甲虫、名叫侧枝鹧鸪菜的海藻，还有胃中的天鹅绒螨也都在那片海域找到了。”

“也就是说，尸体上检出的所有生物和颗粒都能在那里被找到，是吗？”署长面露难色，“不仅仅是那片海域，其他聚集着这些生物的地方也有不少吧？”

“的确是这样，但有一点希望大家能够明白，尸体一定是从大海上漂来的，也只可能是从大海上漂来的，不可能是荒川。一会儿我就向大家汇报盐水实验的结果。”赤堀重复强调了尸体的来源。

“还有，如果是从东京湾以外的海域漂来，尸体上的损伤不可能这么轻。和以往打捞上来的尸体一比，这点就显而易见了。对此，九条先生的看法也与我相同，他在尸检报告书中说了，尸体在水中漂流的时间并不长。”

“但尸体上的损伤看着还挺严重的啊。”署长抱着胳膊，看了看尸体照片说道。

赤堀早就料到会有此一问，于是胸有成竹地把手伸进包里，又掏出了两个大瓶子，将其并排摆在桌上。这两个瓶子里也都装满了福尔马林溶液，里面浸泡着红黑色的肉片。鳄川顿时有些反胃，传到面前的海毛虫看也不看就直接递给了后面的人。

“这是从猪的侧腹上切下来的肉块，其中一份是被虎纹虾蛄蚕食过的，另一份是被蛆虫腐蚀过的。大家能辨别出哪个瓶子是虎纹虾蛄的作品，哪个瓶子是蛆虫的剩菜吗？对了，其中一瓶的实验是昨晚才开始的。”

岩楯祐也走上前，仔细观察着这两块肉。一个个圆形的伤痕显著地排列在一起，伤口很深而且面积很大。他拿起现场拍摄的死者照片，对比之下发现被害人肩膀到后背的伤口和瓶子里这两块肉的伤口十分相像。

“老师，仅仅一个晚上就能把好端端的一块肉变成这样吗？”岩楯问道。

赤堀愉悦地点了点头："右边的样本是虎纹虾蛄的杰作，只用了一晚上。左边这个伤口比较浅的是黑丽蝇和大头金蝇的幼虫腐蚀了 7 天的结果。而且，虾蛄的啃食痕迹和蛆虫的腐蚀痕迹居然这么相似！如此一来，尸体身上的损伤程度和蛆虫的成长周期不相吻合的谜团也就解开了。"

"也就是说，尸体上的伤痕大多数都是在死者漂上沙洲前形成的，是吗？"

"没错，就是这么回事。"

赤堀用蓝色马克笔在地图上八景岛近海处画了个星号。

"这里就是我刚才说的那个虾蛄渔场。现在正在禁渔期，所以只有试验性的捕捞，没有固定的长期捕捞。就在距离这个点 400 米左右的位置，我们发现了一个虎纹虾蛄的群落，它们大量地集中生活在那里。当然，那附近的沙土中也藏着数不清的海毛虫。"说着说着她就在星号和峰渔港间画了一条直线，"我问了包括一类渔港和避风港在内的东京湾地区的公会，他们说能捕捞到虎纹虾蛄的只有峰渔港。我也请教过海洋生物学方面的专家，可以认为虎纹虾蛄所能生存的最北端就是那儿了。所以，关于死者到底是从哪儿漂来的这个问题，我所掌握的所有证据都把矛头指向了峰渔港。"

岩楯看着白板上的地图陷入了思考。他始终认为昌树的活动范围是在横须贺附近，这个渔港和横须贺一带相距不远，的确有可能。而且昌树自称经营着一家名叫海上咨询的公司，所以他从事的应该也是与大海有关的工作。但尸体头部的伤口上为什么会沾有虾蛄的外壳碎片呢？

会场的氛围有些凝重，大家都有些茫然。

这时，一课课长提了个根本性问题："你刚刚说这些生物是你亲自潜到海底抓上来的，那里水深多少？"

"30 米左右。"

“这样啊，我明白了。”一课课长把视线投向浸没在福尔马林溶液里的肉块，“赤堀老师是认为死者先是被沉到了 30 米深的水底，这期间遭到了虾蛄们的啃食，然后又在很短的时间内漂流到荒川的沙洲上……这种说法太牵强了吧？而且你刚刚说了，瓶子里的肉块仅仅一晚上就被虎纹虾蛄啃成了那样。”

“嗯，是呀。”

“要是死者真的沉到虾蛄们的聚居地，那估计没两下就被啃得只剩白骨了吧？”

“一点儿没错，所以根据这点我们还可以推断出一些其他线索。”赤堀脸上浮现出一种无所畏惧的笑容，“首先，死者被虾蛄啃食的时间只有短短几个小时。而且，被虾蛄啃食时，死者并不是在海里。”

“不是在海里？”

“没错，海洋也有它自己的一套生态系统，捕食者也不是只有虾蛄而已，还有其他很多种生物。而死者身上的伤痕基本上都是虾蛄、乌鸦和蛆虫造成的，没有其他生物的痕迹。这表明了两件事：一、死者漂流的时间较短；二……”

赤堀突然停了下来，一双澄澈的大眼看向岩楯，示意自己接下来要揭露被害人的死因了，那眼神像是在征求岩楯的同意。看来，她终于搜齐可以证明死者并不是死于勒杀的证据了。这是一个绝佳的时机，可以趁此机会一鼓作气地把在座所有人的搜查方向集中到一处。于是，岩楯笑着点了下头。获得批准的赤堀便继续说道：“死者从事的应该是非法的虾蛄捕捞，某天不慎摔进了用于存放虾蛄的大水槽或者大水池，结果头部重重撞到池底之后溺死在水中，而后遭到水里的虾蛄啃食。以上就是我根据所有物证推理出的结论。”

“等会儿，等会儿……”搜查一课课长急得整个人都快探出桌子，“我还以为你有什么高见，没想到居然说死者是溺死在大水槽里的。尸检报告你认真读了没？”

“当然读了。不过，被害人并不是死于勒杀。因为在他的支气管里发现了大量的罂粟甲虫，只有当肺部主动吸入大量海水时，才会有这样的现象。”

“尸体在水里漂流过一段时间，一些小生物游进肺和气管的事也很常见。就算死者不是主动吸入的，也会出现这种现象。”课长说。

“您说的情况确实有，但是这种罂粟甲虫并不是浮游在海中的生物，而是栖息在海边的一种陆生昆虫。它们以被冲上岸的海藻为食，然后一部分在满潮的时候会随着海藻一起被冲回海里。30 厘米左右长的海藻上最多能附着 120 只罂粟甲虫。但死者体内则发现了 216 只！这种数量的甲虫只能通过海藻进入被害人身体，而海藻这样体积较大的物体是不可能在不主动吸水的情况下就自然而然漂进人体的。另外，被害人右支气管中的甲虫数量比左侧多很多，这是由于死者在挣扎中大量吸入了海水，所以这些甲虫才会一下子被大量吸进右支气管。”

在座的侦查员做梦也没想到死因也能成为讨论的焦点，一个个呆若木鸡、不知所措。赤堀凉子用无所畏惧的眼神正视着坐在台上的领导，胸有成竹地说道：“我曾经怀疑过死者也许是自杀或者死于意外。但现在看来，这件案子毫无疑问是一起杀人案。凶手先是把被害人推进水槽或者水池，之后再遗弃到大海中。嫌疑人很可能就是与死者一同参与非法捕鱼的同伙。”

随后，赤堀凉子又向大家汇报了石黑由美发现的尸检报告中的疑点和矛盾，引起会场一阵骚动。引起骚动也在情理之中，毕竟赤堀所言句句在理，而且如此一来，死者随身物品中螺丝刀的用途也得到了很好的解释。

然而此前，警察和解剖医生仅仅是根据以往的经验便草率地将死因归结为勒杀，还以“没有尸体从海中逆流回荒川的先例”为由，彻底无视了尸体来自大海的可能性。还有随身物品中的螺丝刀，在他们狭隘的视野中就只是修理工才会使用的工具，以至于他们始终都只能在一个被钉死的范围内绕圈圈，没有任何成果。

不过……岩楯心想，所谓昌树伙同他人非法捕捞虾蛄的可行性又有多高？要知道，现在可是在禁渔期，要想逃过海上保安厅和渔夫的眼睛可不是一件易事，难以想象他们是用了什么诡计才能这么顺利地进行偷捕。还有，看样子昌树应该靠此赚了一大笔钱，所以应该是有组织的大规模偷捕。

会议室中一片嘈杂，鳄川做完记录，停下手中的笔，用一脸悟道般的神情说道：“赤堀老师早就发现尸体上的虫卵孵化速度异常缓慢，从那时起她就已经意识到此案一定和海水有关。也许是偏见，还有对证据吹毛求疵的心态，导致警方在调查过程中只会做一些和自己的推测相符、对自己有利的思考，却忽视了最基本的、摆在眼前的事实。一想到这里，我就觉得用昆虫体液给人体输血迟早会实现。”

“要是所有人都用赤堀那种独特的行动模式和与众不同的思考方式去做调查，那案子就更解决不了了，这也正是把她任命为特别调查员的原因。警方一贯的破案方法不需要任何改革，但是必须认真倾听特别调查员的意见和建议。这点还请务必做到。”岩楯说。

“……说得也是。”鳄川思考了一会儿岩楯的话，随后认同了这种说法。接下来就是他们几个大展身手的时候了。赤堀为案情开辟了一条全新的思路，但对死者和凶手的掌握和判断还少之又少。不知道上级领导会如何看待现在的调查进展，重新进行尸检似乎也不是完全不可能。

赤堀把装有海毛虫的塑料瓶收回包里。

“啊啊！还有一件事忘了说。”她突然想起些什么，“据峰渔港的渔夫称，曾经有水族馆的工作人员去找他们买虎纹虾蛄，但好像已经有些日子了。”

“就是说，这种虾蛄还能用于观赏和展览？”署长边说边摘下老花镜，看上去十分疲惫。

“是的，所以不单单是水族馆，像那种出售热带鱼之类的宠物店也很有可能对这种虾蛄有需求。”

鳄川飞快地做完笔记，拿出平板电脑立刻着手相关检索。台上的领导们压着嗓音低头相互讨论着些什么，看起来甚是不悦。会场所有侦查员对案件的构想在这短短几十分钟内就被颠覆得彻彻底底，纷纷失去了冷静。

赤堀收拾好那些标本后坐到岩楯身旁，向他问道：“能构思出昌树的背影了吗？”

“能看到一些残影。”

“好嘞，那接下来就得靠岩楯刑警带领我们去找到凶手啦。”

见到岩楯露出的一丝苦笑，赤堀不合时宜地在气氛紧张的会场中哈哈大笑了起来，吓得岩楯慌忙捂住她的嘴。

Chapter 5

幸运的O型血

1

店里的荧光灯管闪着白光，鱼缸里的氧气泵咕咚咕咚地吐着泡泡，几只色彩斑斓的小鱼游来游去，甚是惬意。空气有些湿热，岩楯祐也松了松领带，解开了上衣的纽扣，眼珠子跟着游上游下的小鱼们转来转去。他一直以来都对热带鱼不感兴趣，也许是因为近些日子太过疲劳，在连续走访了几家金鱼店后，渐渐体会到这些贩售观赏鱼的商家门口贴着的“高效治愈身心”的含义了。

这家店是横须贺最大的热带鱼专卖店，数不清的透明水槽像图书馆的书架般林立其间，令人叹为观止。店前摆着一个大玻璃缸，缸中装点有流木、水草和岩石，将大自然的美丽浓缩其中。店主是一名年逾 40 的女性，对于警官的到访感到十分新奇，热心地带领他们到店里转了一圈。

在一排水族箱前，女店主笑着把手指向最上层，说：“警察先生说的虎纹虾蛄就是它了，这是不久前才刚进的货。在它之前，我们店已经很长时间没有购入虎纹虾蛄了。”

顺着女店主指着的方向看去，条状花纹的体形庞大的两只虾蛄正卧在水族箱里的沙土上。

“这只是从印度尼西亚寄过来的，花纹清晰且颜色鲜艳。要是放到网上，立马就能找到买主。”

“这个品种的虾蛄是不是特别受欢迎？”

“嗯……还可以吧。人气最高的其实是这边这种。”

店主指了指远处的玻璃缸，缸中的彩虹色生物长着一双外凸的水灵灵的大眼，躲在陶土制成的洞穴中悄悄盯着这里，伸出洞口的触须像庆典时用的纸捻绳一般美丽精致。

“这是从中国台湾运来的雀尾螳螂虾，不仅颜色美，外形也比较华丽，有很多人喜欢。”

“原来如此。听您的介绍，感觉这儿的动物似乎都是从国外进口的呀，没有日本本土的吗？”

“嗯……毕竟日本不盛产热带鱼嘛。”

“也是。”看着店主滑稽的模样，岩楯有些忍俊不禁，“比方说，假如这附近有人打捞到了这种虎纹虾蛄，然后到你们店来推销，你们愿意购买吗？”

店主的手指顶着尖尖的下巴，思索了一阵儿后说：“嗯……不会买的。因为货源不明确，我们不敢卖给消费者，万一有寄生虫或者传染病什么的就糟糕了。通常来说，一个鱼缸里只要有一只生了病，那就迟早要全军覆没。”

说得也是。哪家店能有那么大胆儿敢进来历不明的可疑货？做生意的人十分看重商品的质量，对进货渠道自然也会比较苛刻。批发商要想向不熟悉的商家推销自己的东西，要么找熟人做中介，要么他们的产品就得是相当出众，亮点十足。

岩楯找出昌树的那张拍立得照片，递给店主，问道：“请问您见过这个男人吗？”

热心的女店主接过照片，绞尽脑汁想了半天后，满怀歉意地摇了摇头。

虽然店老板对警方的搜查给予了大力支持，但还是没有得到任何有价值的线索。他们以观赏鱼为主要线索展开了调查，却没有发现与死者有关的任何信息，岩楯直觉上有种没有押对宝的感觉。昌树和虾蛄到底有什么关联？还有，他到底是用什么方法挣了那么大一笔钱……

想着想着，岩楯突然咂了咂嘴，自己其实连昌树到底是不是挣了很多钱都还不清楚。不过，应该很快就会有答案了。现阶段所有的相关材料都已经搜集齐了，但有些四分五裂、零零散散，只要找到一些零部件，把这些材料拼凑到一块儿，就能大功告成。

在临走前，岩楯向店主提了一个新问题："鱼缸的大小规格都是早就定好的吗？"

"是啊，虽然规格有很多种，但一般用的都是深度在45厘米以内的，如果公司有需要，可定制60厘米左右深度的鱼缸。"

"有没有深度在1米左右的？"

"1米吗？！"店主瞪圆了眼、提高了声调，"普通水族馆肯定是用不着，因为鱼缸如果那么大，清扫和整理过程都会比较复杂，简单地说就是既花钱又费事。"

看来沿着这条线索调查下去也不会有什么结果，在观赏鱼行业找深度1米以上的鱼缸似乎是不太现实的。现阶段有点过于纠结实际数据，可能会错失许多看穿真相的良机。岩楯暗暗提醒自己，"1米深度"不过是计算后得出的数字，不能太把它当一回事。

岩楯和鳄川向女老板道谢后，告别了这家风格奇幻又昏暗的观赏鱼店。钻进车里，鳄川立马查阅笔记，把下一家待调查的店名输入地图检索。但他现在和岩楯一样感到十分焦虑，脑海里始终没有一个比较清晰的思路，于是便烦躁地用力合上了笔记本。

"不知为什么，我总觉着咱们离昌树是越来越远了。"鳄川用中指推了推鼻梁上的眼镜，理了理纷乱的刘海儿，往嘴里塞了颗糖，"八景岛的水族馆之所以打电话找峰渔港的公会帮忙，是由于他们原先为'甲壳类动物展览会’准备的虾蛄突然死了，事出无奈才出此下策。而且，他们也没说非要虎纹虾蛄，什么虾蛄都行，只要够数量。”

“是啊。”

岩楯打开装有干燥黑草蚁的小瓶子，深深吸了一口，渐渐放空了大脑，进入了无意识的状态。不得不承认，在这瓶小东西的帮助下，过去无比迷恋的烟草已经慢慢地被他抛在脑后了。岩楯把这宝贵的小瓶子小心翼翼地放回口袋后，接着说道：“名单里剩下的热带鱼店就不用再调查了。”

“但是包括横滨地区在内还剩下四家呢。”

“去了也只是做无用功。你看刚刚那家店里的虎纹虾蛄，每只零售价才 2000 日元[1] 左右，进货价估计也就只有这个数的五分之一吧。”

“也是，店主也说了，如果是国产的就更不值钱了。”

“是啊。还有，虾蛄和小鱼性质不同，小鱼的销售量特别大，所以可以批量进货。但虾蛄这种比较猎奇的动物也就偶尔会有需求，一家店里能摆个一两只就不错了。只有等这一两只卖出去了或者死掉了才会再补货。所以，仅仅通过把虾蛄卖给观赏鱼店这一条路，根本不可能挣大钱。昌树他们干的可是违法捕捞，要是挣不了钱谁还愿意去冒这种风险啊。”

岩楯抱着胳膊，疲累地倚靠在副驾驶座上。如果是水族馆的大型水箱，那么深度应该能和由美推算出的数据相匹配。但是昌树又怎么会跑到水族馆去呢？怎么想都想不明白。

“鳄川，去市场。”

“是横滨市中央批发市场吗？”

1　2000 日元：约 117 元人民币，根据汇率不同会有波动。

“就先去那儿吧，然后再去筑地市场。”

鳄川一头雾水，只能照着岩楯所说把地名输进地图。

“根据渔协的说法，虎纹虾蛄并没有作为食材的价值。是这样吧？而且正如居酒屋的老板所说，市场上也买不到。除了南方一些地区的乡土料理中会出现，基本上没有人会把虎纹虾蛄当作食物。”鳄川认真确认着笔记上的内容，“您觉得去市场调查能得到新线索吗？”

“不清楚，但如果从事非法捕捞的人是我，我要做的第一件事就是去了解捕上来的海产品能不能卖得动。怎么说也是费了那么多工夫、冒了那么大风险的，要是赚不了钱，那怎么行！”

“说得也是。如果卖不掉的话，就没有偷捕的必要了。”

“从一般人的想法出发，要说能卖出好价钱的海产品，头一个想到的应该是西牧他们捕捞的那种普通虾蛄吧。那种虾蛄算是食材中的高级货，而且自禁捕以来就越来越稀少了。照理说，这种虾蛄的销路肯定会更好。”

鳄川一本正经地点点头。

“我认为，一定是有人愿意向昌树购买虎纹虾蛄，即便察觉到渠道非法也愿意购买。要不昌树干吗非要捕这种名字都没听过的虾蛄？”

“不过，从附着在昌树伤口上的颗粒中，也发现了普通虾蛄的外壳。您说昌树主要偷捕对象会不会还是普通虾蛄，只是其中碰巧混入了几只虎纹虾蛄而已？”鳄川问道。

岩楯摇了摇头：“你听好啦，捕捞普通虾蛄的渔场可是被封锁得严严实实的。想想看，政府可是不惜进行了相当长时间的禁捕，也要恢复该渔场的自然生态，重视程度可见一斑。渔夫和公会肯定也会密不透风地坐镇守护着那儿。溜进被守护得如铜墙铁壁般的普通虾蛄渔场偷捕？不可能，不可能。”

“考虑到现实状况，的确是这样没错。但如此一来，连昌树到底有没有参与非法捕捞都弄不明白了，不是吗？”

“你说的这个问题我也考虑过。但最后还是觉得赤堀所言不假。的确存在非法捕捞，但捕捞的对象仅限于虎纹虾蛄。要不然他的伤口上怎么会沾有那么多只虎纹虾蛄的外壳？我认为啊，渔夫可能和昌树是串通一伙的。”

“啊？”鳄川显然不太能接受这个说法。

“首先，赤堀潜水的那个地方在大海上，没有船是到不了的。再者，要去那里必须经过渔场，能穿过渔场又不被怀疑的只有渔夫的渔船了。”

“停，停！渔夫是他们的同伙？怎么可能？他们可是有受法律保护的捕鱼权，况且虎纹虾蛄也不在禁捕名单里，他们想捕随时可以捕，何必去给非法捕鱼者打下手……”

说着说着鳄川突然停了下来，愣了一会儿继续说道：“难不成……昌树自己就是名渔夫？”

“你看，咱们还是怎么都看不穿昌树的真面目。”岩楯叹了口气。

鳄川说的确实有道理，渔夫根本没有协助他人非法捕鱼的必要，而且渔夫有权不经公会直接销货，所以他们如果想做这种生意，那简直就是上了无人的高速公路——畅通无阻，完全无须依靠他人。但是，他不觉得一个渔夫会对垂钓痴迷到竟愿花 15 万日元去买一个绕线器。不过，如果假定这次案件有渔业相关人员参与，那很多疑点就能得到合理的解释。

岩楯漫不经心地拍打着手中的文件袋，继续着脑中的思考。有证词说昌树对红酒和食材相当精通，为什么他会对这些一般人不怎么接触的领域如此了解？其中是不是有什么破案契机？

“不管怎么说，有人开船去捕捞虎纹虾蛄肯定是事实。但是，这个人是先遇到愿意出高价收购虎纹虾蛄的买主之后才找到的虎纹虾蛄，还是先找到了虎纹虾蛄后才去四处兜售的，就不得而知了。但可以推测，应该有买家出于某些特殊原因，愿意出比普通虾蛄高几倍的价格大量收购这种虾蛄。”岩楯说。

“水族馆和观赏鱼店基本上可以排除了。作为食材收购的可能性也不高，基本上搜集不到相关线索。这个昌树到底是何方神圣？”

鳄川说着说着眉头便皱到了一块儿，不停地摁着手头的圆珠笔。现在这个阶段，只是在距离案件核心很远的地方围了一个圈，还远远未能触及核心。

“去市场只是为了搜集线索。我们不能单听渔协的一面之词就仓促下定论，还是应该亲自到现场着手调查才好。”

小车驶入横滨横须贺道路，穿过空旷的东海道和第一京滨公路，随后进入中央市场的入口，右转后跟着路标一路驶向水产楼。随后一座白色的五层建筑赫然出现在眼前，其周围是好几辆引擎轰轰作响的大型卡车，车载货架上的干冰冒着白烟，好几个纸箱堆叠在一起。鱼的腥臭和从码头吹来的海风混杂在一起，导致这一带的空气都变得比较污浊。

两人下了车，径直走向市场，本以为刚刚拍卖的这里会有些闲散冷清，没想到还挺热闹的。包括中间采购人员在内的商人把刚解剖好的海鲜卖给前来购买的顾客，市场里的餐饮店也盛况空前，一家以大碗海鲜盖饭为招牌的餐馆前还排起了望不见尾的长队。

一阵冷风钻进岩楯的衣领，冻得他直哆嗦。各种各样的海产品琳琅满目，脚边的一长排塑料泡沫水箱里，大大小小不同品种的鱼应有尽有。有的摊位还用大冰块盛着刚切下来的新鲜鱼肉，种类丰富。顾客中的大多数应该是零售商或者餐饮业者，大家你来我往地讨价还价，看上去挥洒自如又稳妥老练。

两位刑警避开拥挤的人群，走过一条积水的小道，来到以贩售虾蟹为主的区域。水盆中的大虾精神抖擞地上蹿下跳着，冰块上也摆着煮熟的冷冻虾蛄。

其中一家店门前，有一名身着围裙的矮胖男子正在拼命地拉客，只见他有节奏地拍着手，口中接二连三地高声喊着各种鱼的名称，年纪看上去应该还不到40岁。男人发现了他们俩，一对修剪得细细的眉毛灵巧地挑了挑："您二位来这种地方还穿西装，想必是卫生检查所的人吧？"

"不是，我们并非水产业相关人员。"

看到岩楯从上衣内袋中掏出警察证，男人一惊，一对小眼睛瞪得老圆，紧张地环顾着四周。

"哎呀……你们怎么都追到这里来了？我保证这周内一定把钱汇过去！啊，不对，不是汇款，是要去罚单上写着的地点交钱对吧？"

看来这家伙是有罚金拖着没交，所以才这么心虚。男人挠了挠头，谄媚地笑道："哎呀，你们看，这里工作太忙了，我一直腾不出时间去交罚款。而且现在违章停车抓得也太严了吧，警察先生。啊！当然，从根本上来说是我不好，我不该乱停车的。总之，我真的没想逃罚金，只是没时间去交而已，今天还请两位高抬贵手，放我一马。"

"想放你一马也放不了，还请你务必在规定的期限内把钱交了。我俩今日前来是为了别的事。"岩楯说着便拿出昌树的照片。

男人见状，神情一变，收起谄媚的笑容，变得警戒起来。

"你见过这个人吗？他叫'昌树'，体形肥胖，左手腕处有文身，喜欢佩戴各种挂饰，兴趣是钓鱼。"

"叫昌树吗……"男人眉间紧蹙，把脸凑近仔细端详着照片。

"我没有印象，名字也没听说过。他是做什么工作的？"

"这点我们也还没查清楚。"岩楯收起照片，看了一眼冰块上摆着的海产品，又说，"对了，你们这儿有卖虎纹虾蛄吗？"

“虎纹？是那种条状花纹的大块头吗？”

“对，身长 30 厘米左右的那种。”

“市场上是不会有的。附近水域好像也没听说捕到过这种虾蛄。就算捕到了也不会拿来市场卖吧，我估计。虽然没吃过，但听说食之无味。”

男人踮起脚尖，一边拿着鸡毛掸子拂去货架上的灰尘，一边大声朝着隔壁商区的老人大喊：“善先生，咱们这里卖过虎纹虾蛄吗？”

“没有。”老人把一堆水管收进水桶，并将脏水哗啦一股脑儿地倒进排水沟，无奈细窄的排水沟承载有限，脏水溢出，四处流淌，吓得岩楯和鳄川四下逃窜。

“那你知道一个叫昌树的大胖子吗？男的，手腕上有文身。”男人继续问道。

“不知道。”

“虎纹虾蛄好像只有东京相模湾才有吧？”

男人问罢，老人终于直起身，看向他们。他头上戴着一顶脏兮兮的绿色棒球帽，身披一件袖口钩破了的皱巴巴的夹克衫，肤色浅黑，脸部浮肿，眼里布满了血丝，俨然一副宿醉过后的憔悴模样。

老人吸了吸鼻涕，用挂在腰带上的毛巾擦干湿漉漉的手，说：“何止是相模湾，现在虎纹虾蛄的栖息地正不断向东京湾一带扩张，峰渔港就有。明明普通虾蛄都要灭绝了，现在却突然来了一批虎纹虾蛄，真是没辙……”

眼前这位老者似乎对东京湾甚为熟悉，岩楯朝他鞠了一躬并出示了警察证。老人看了眼证件上的照片，又把视线移回两人身上，正了正头上的帽子，问道：“发生了什么事？”

“我们在找一个人，现阶段需要打听一些有关虎纹虾蛄的线索。”

老人看着手中昌树的照片，摇了摇头：“关于虎纹虾蛄，你们有什么想问的？”

“有什么靠虎纹虾蛄赚大钱的方法吗？”

岩楯话音刚落，老人便哈哈大笑起来，露出一嘴银牙。他看着岩楯说：“要是有这种方法，我早成富翁了！虎纹虾蛄煮了没味道，而且水分太多、体形过大。这种食材不合日本人的胃口，因为日本人历来追求纤细、细腻的口感，咱们国民的味蕾是很难伺候的。”

“说得好！”身后响起一个尖锐的嗓音，岩楯赶忙回头看。一个头戴黑色针织帽的年轻女子向老人露出笑容，身上围着和违章停车男一样的围裙，用指尖拨弄着三股辫。

“没想到善先生您也懂行啊。什么是纤细、细腻的口感？”

“那当然懂了。比如龙虾，除了个头大，什么优点都没有，吃起来像块海绵。”

女人仰天大笑道：“哈哈哈，您还是不懂。”

这个女人大约30岁，除了假睫毛和粗粗的眼线以外，没有化妆，像是放大版的丘比娃娃，看样子应该是违章男的妻子。听丈夫在耳边告知两位来客的身份后，她顿时惊讶不已。

“欸？警察？真的假的？那……那就让他们帮帮忙呗，上次那事……”

“罚单的事我们可帮不了你们，真遗憾呢。”岩楯先发制人道。

女人再次笑得前俯后仰：“哈哈，我开玩笑的，毕竟警察的工作就是向普通市民收钱嘛！”

“不，这并不是警察的工作。”岩楯严肃地说。

“哎呀，我不是说了嘛，开玩笑的！”女人撒娇般地捶了捶岩楯的胸口，不失时机地笑着埋怨道。

性格开朗是好事，但可以明显看出她的这份开朗背后似乎埋藏着平日里积累的疲倦。

“警察先生你们是在调查虎纹虾蛄呀，还是调查怎么用虎纹虾蛄挣大钱？”女人来回瞄着两位警察，长长的三股辫用食指绕了一圈又一圈。

“你说得没错。”

“噢，既然这样，那干脆把我的‘绝学’传授给你们好了！其实啊，如今世界上喜食虾蛄的国家大概也就只有日本和意大利了，算是一种比较猎奇的食材。”

“这我还是第一次听说。”

“你看你看，我就知道你以前没听说过。意大利人是不吃生食的，他们烹饪虾蛄的方式多种多样，例如炖煮、凉拌、熬汤、嫩煎……相比之下，日本只有盐渍这一种处理法，单调许多。正是由于食材本身比较清淡，所以十分适合搭配比较浓郁的调料。这种食材是可以通过烹调将口感升华到极点的。”

女人的丈夫一脸骄傲地补充道：“嘿嘿，我家这位可是考取了厨师和营养师的资格证的。”

“还有河豚烹饪师资格证，有时候举办一些活动会请我去现场料理河豚。”

“那可真是了不起。关于虎纹虾蛄……”岩楯敷衍地夸赞两句，连忙扯回话题。他很在意围裙女刚刚说的话，似乎是一条不容错过的重要线索。鳄川对此似乎也抱有同样的期待，早已准备好本子和笔，蓄势待发。

“虎纹虾蛄在意大利菜系会作为食材使用吗？”

“当然，不仅如此，虎纹虾蛄还是能和螯虾相匹配的高级食材呢。嗯……这样说好像有些夸大了，不过差不多吧。”

“高级食材？”

“嗯，对呀，意式全餐中的前菜和主菜有时就会选择这种虾蛄，意大利北部应该会常见一些。至于日本的情况，我就不太了解了，估计一些上流社会人群经常光顾的那种天价餐馆里能见着吧。食材应该也是从其他地方空运来的。”

此时岩楯感觉自己的心都快要跳出嗓子眼儿了，他想起钓鱼用品店老板提供的线索，说昌树总是吹嘘自己准备聘请几个在欧洲进修过的大厨开家餐厅。当时他觉得那家伙一定是在吹牛皮，所以没怎么放在心上。难不成昌树早就已经意识到了虎纹虾蛄的潜在价值，所以才想方设法要自己经营一家意大利餐厅？

“明明是这么名贵的食材，为什么偌大一个市场都找不到出售这种虾蛄的商家啊？”岩楯开口问道。

“因为不是所有人都喜欢这种虾蛄，而且它们数量也不多。”老人插了一句，“餐馆如果想购置虎纹虾蛄，直接找渔民协商订货就行，没有必要再通过市场，一点儿好处都没有。”

看来，昌树和一些餐馆之间是有合作的。只要合作餐馆的规模大、数量多，那的确能大赚一笔。当地的渔民对这种虾蛄毫无兴趣，所以也不会通过公会贩售给市场，更何况，除了他，还有谁料到东京湾里有这么一块虎纹虾蛄大量繁殖的宝地？简直是天上掉下来的大馅饼。

鳄川已经激动得说不出话了。

女人若有所思地用手指摆弄着头上的三股辫，用金属质感很强的尖锐嗓音说：“说起来，之前也有人提过虎纹虾蛄的事。”

“之前？什么时候？”鳄川探着身子追问。

“好像是一年前，不，可能更早。正好是禁渔令出台、虾蛄捕捞被禁止的那段时间。他们自称是‘钓客’。”

“钓客……”鳄川重复道。

“是这个男人吗？”岩楯连忙把手中的照片递了过去。

女人仔细端详了好一阵儿，随后抬起那张长满小雀斑的脸说：“感觉有些相似，但我不敢确定。印象中那人应该没有这么胖，至于有没有文身我倒是没注意，毕竟他们有三四个人呢。虽然他们嘴上说只是来这里的食堂吃顿饭就回去，却问了很多奇奇怪怪的问题。和警察先生刚刚问的差不多，比如我们市场有没有贩售虎纹虾蛄的摊位之类。但是他们好像早就知道虎纹虾蛄在国外是高级食材。”

“然后呢？”

“嗯……我想想……”围裙女接着说，“啊，还提到了红酒的事情，像海鲜配哪种红酒更美味这类的话题。简直就是在学校里听老师上课，一大堆专有名词，太难懂了。别的不说，红酒的名字一个个都那么长，根本记不住。”

熟悉食材和红酒，对虎纹虾蛄感兴趣。看样子这个男人很有可能就是他们要找的昌树。

“他有没有告诉你一些比较具体的个人信息，比如他从哪儿来，一般去哪儿钓鱼之类？”

“有！说是常去峰渔港。他提过自己经常坐那里的船[1]，还说有一片海域总能钓到鱼。”

岩栖心跳得奇快，“峰渔港”三个字令他激动不已。“但是，这个男人会不会和赤堀一样，只是碰巧发现了那片海域？”他本能地思索着，随即又否定了自己的想法，“不会不会，虎纹虾蛄成群地藏在沙堆里，连鱼群探测器都发现不了，不可能这么轻易被发现，除非潜到30米深的海底慢慢找。首先，他应该不是碰巧发现的；再者，由于管理严格，这片海域一般的船也开不过去。但如果他掌握着一些连当地人都不知道的特

1　即后文所提到的渔夫有时靠开船带客人出海钓鱼这类娱乐性活动挣取一些收入。

殊渠道，那就另当别论了。”

岩楯看向鳄川，示意他要出发了。

老人拧开水龙头，打算继续手头的工作，同时嘟囔道：“唉，现在这年头，谁都没有余力去顾及自己的脸面和尊严。这些渔夫要不是租船带游客钓鱼，单靠捕鱼是难以维持生计的。无论哪个行业，无论哪个地区，生存竞争的压力都不可小觑。”

“等等！船是由渔夫驾驶的吗？”

“是啊，这附近的底拖网捕鱼时间基本都是固定的，所以渔夫在闲暇之余就开船带客人出海垂钓。”

“开的是渔船吗？”

“嗯，是啊。”

两位刑警向几位郑重道谢后，马上转身离开了。

2

下午 2 点左右的峰渔港一片悠闲。大清早便起航出海的渔船在中午便全部靠岸了，港口紧密地停靠着一大排小型船，几个晒得黝黑的老渔夫一边拾掇着钓具，一边谈笑风生。

岩楯和鳄川大步走向峰渔港入口处的公会事务所。在狭窄的收发室中，两位小个子老婆婆正愉快地喝着茶、聊着天，办公桌上散乱堆放着零食和盛有佃煮[1]的保鲜盒。显然，她们已经在这里窝了大半天了。岩楯和鳄川隔着窗子向两人打了声招呼，于是其中一个戴着紫色头巾的老婆婆捶了捶后腰，艰难地站起身，蹒跚地朝鳄川他们走来。这个老婆婆看着应该不止 80 岁了。

“不好意思，请问公会长在吗？”岩楯向其出示了警察证。

老婆婆把手伸进豹纹围裙的口袋，找出老花镜戴上，对着警察证盯了半晌。

“哎呀，又是警察先生啊，今天早上也来了两个警察，拿了张刺有文身的大胖墩的照片让我们认人。”

应该是同组的其他侦查员，岩楯早已收到报告称在这个渔场的监管

1　佃煮：一种以鱼虾、贝类、海藻等为原材料的日式海鲜食品。

下没有实施违法捕捞的可能。

“实在对不起啊，一次又一次地来打扰您。这次想问的是别的事。”

“感觉这两天不太平啊，发生了什么案件吗？”

“没有，我们只是找人而已。”

“警察应该是在发生了什么案件的时候才会这么努力地四处找人吧？是追捕逃犯吗？”

这时，另一个体形消瘦的老婆婆也起身说道：“哎呀，你就不要问那种用脚指头想都知道答案的问题了。这个冷清的港口就从没来过警察。”

“嗯，你说得也是。警察先生，看来这回是什么不得了的大案子吧？”

“听说是东京的案子，难不成已经在电视新闻上播过了？”

老婆婆们连珠炮般说个不停，布满了皱纹的脸庞因好奇心而充满活力。不管什么样的小事，只要能找回那些被平凡的日常生活冲淡的刺激感，她们就会努力把握，绝不放手。

突然，戴着紫色头巾的老婆婆清了清嗓子，一本正经地说：“丑话说在前头，我们这里的年轻人是绝对不会犯罪的。要是你们警方是因为他们过去犯的错才盯着小峰港不放，那可以打道回府了。这些孩子都非常努力地在进步，是绝不会做坏事的。”

“放心，我们也绝不会戴着有色眼镜对待他们的。”

面对老婆婆们凶神恶煞的眼神，岩楯只好笑着避开。他们调查了赤堀从公会长那儿得到的线索，得知这个渔港的工作人员中有 23 名外人。他们当中大多数是不谙世事的年轻人，目前还没有发现什么疑点。看老婆婆们这么激烈的反应，看来渔港的人们果然是像培养继承人般全心全意地养育着这些孩子。

“请问您二位是峰渔港的公会成员吗？”

“对呀，不过所谓公会，也不过是由当地的渔夫轮班而已。我们俩就是相互轮班当接线员。”

趁着话题还没被她俩带跑，岩楯赶忙指着墙上的名单继续提问：“也就是说，公会长西牧邦夫先生现在不在事务所是吗？”

“是的，不在。公会长现在应该在家里吧……”

戴着紫色头巾的婆婆从抽屉里拿出一张渔港地图，码头和仓库上都标着号码，号码旁记录着船主姓名和船的名称。老婆婆树枝般的手指沿着号码移到地图西侧的一角：“D-3 号，这就是公会长的船，荣升丸。他如果不在船上，就是在家里。要去公会长家，先要在一个大十字路口左拐，到小松酒屋的小路口再左拐……”老婆婆的说明十分繁杂，但这难不倒鳄川，他在纸上绘制了一张简易地图，清晰地标明了路线。无论对象的言语逻辑多么混乱，鳄川总能在脑海里把一条条交织的藤蔓理清楚。

在婆婆们的盛情邀请下，岩楯和鳄川往嘴里塞了个杂色鲍制佃煮，没等下肚他们就急急忙忙地离开事务所，去找西牧邦夫。仓库和荣升丸附近都没有公会长的身影，于是两人二话不说钻进车里，按老婆婆提供的路线去找人。

鳄川把车驶入一条狭窄的小路，凭着高超的驾驶技术穿梭在一栋栋壮观的房屋之间。

“看来他们家族曾经还是很有威望的。”鳄川看着眼前这栋建筑房顶上锈红色的瓦，不禁发此感慨。

的确，即便是外行人，也看得出建造这栋楼所选用的建材都是上等货。玄关的柱子选材也十分讨巧，所选树干上的树瘤被雕刻得十分优雅，颜色黑亮而润泽。感觉这栋楼再奢华一些就有点暴发户的铜臭味了，不过它的装潢就恰到好处地止步于这个微妙的临界点上。

岩楯打开车门，朝门口停着白色小型卡车的屋子走去。偌大的庭院中有一角堆满了各式各样的渔具，一股发馊般浓重的海腥味令人难以忍受，让他们避之不及。院子里的晾衣竿上晒着渔网，突然，渔网后走出一名微微发福的女子，瞧见了两名刑警。三人面面相觑，不知如何是好。

“对不起，对不起，没打声招呼就擅自闯进来了。我们是从公会事务所那儿打听到西牧先生住址的。”

女子还是一脸茫然，瞠目结舌地看着岩楯拿起警察证走向自己。她年龄在 45 岁到 50 岁，围裙上绘有小兔子图案，脚穿一双宽大的男款拖鞋，脸上布满了皱纹。当她意识到两人的身份后，瞳孔突然紧缩。

“天哪，我父亲出事了吗？”

“父亲？您是西牧公会长的女儿吗？”

“没错，请问我父亲到底怎么了？”

女子有些激动地走向岩楯。她个子虽小，但体形挺宽，不愧是渔夫的女人，各方面的感觉都十分敏锐。

“冷静，您先冷静下来。”岩楯安抚道，把警察证塞回上衣口袋，“我们只是想找公会长问问话，没别的。您为什么如此担心？”

“什么都没发生是吗？没有人受伤吧？”

“嗯，什么都没发生。”

看岩楯不像是在说谎，她悬着的心也落了地。

“唉，对不住啊，刚吓我一大跳。因为按以往经验来看，警察上门的时候准没好事，父亲以前经常与人打架，总与人起争执，还受过伤。如今上了年纪，还是和过去一个德行。大清早他就出门了，到现在还没回来。我还以为又遇到什么麻烦了……”

“请问您父亲去哪儿了？”

“他说要去金泽文库车站，我猜是去那儿的家庭用品商店。每次父亲去那儿都会待很长时间才回来，估计暂时可能还回不来。请问，警察先生找他是有什么事情吗？”

既然她对两人的到访如此惊讶，看样子是没见着早上来的那两个侦查员。岩楯把照片递过去，问："我们在找这个男人，您有印象吗？"

"啊，这不是昌树君嘛。"

岩楯简直不敢相信自己的耳朵，不敢相信这个名字居然从眼前这位上了年纪、看似固执的女人口中说出来。鳄川也愣住了，手中的笔滑落在地，发出一声清脆的声响。

"这应该是很早以前的照片了，现在他瘦了不少，身材没那么糟糕了。"

"您……认识他？"

"当然，是我们这儿的常客呀。"

"什么的常客？"岩楯猛地往前进了一步。

西牧的女儿稍稍往后退，答道："他常来钓鱼，我们也有带客人去钓鱼的业务。昌树君在我们这儿钓鱼已经有三年了。真的算是老主顾了。请问，他怎么了？"

果然昌树时常来往于峰渔港。岩楯继续发问："带他出海钓鱼时开船的是公会长吗？"

"不是，父亲除了打鱼以外几乎从不开船出海。这块主要是交给住宿佣工负责。我们这儿收了两个年轻人为徒，带他们学习渔业。带客人出海钓鱼一般都是交给他们去做。"

说着说着，她突然停了下来，盯着岩楯和鳄川的脸问："是不是有什么坏事发生？"

"反正不是什么好事。"

听岩楯这么一说，她有些不安地耸起了肩。

"带客人钓鱼的时间段呢？只有白天吗？还是晚上也有？"

"嗯，我们晚上也带客人出海，因为夜里更容易钓到墨鱼和鲽鱼。"

原来如此，岩楯终于明白了。小型底拖网渔船的航路和位置都不受管辖。也就是说，这艘渔船可以自由自在地穿梭在大海上。难不成是这些见习渔夫和友人串通一伙参与非法捕捞？

“那两个佣工现在在哪儿？”

“应该是在房间里……”

岩楯让她把两个小伙子找来，女人略显慌张地打开了玄关的门，朝着通向二楼的楼梯大喊：“健太！将太！你们下来一趟吧。”

房子内部十分宽敞，玄关的水泥地上铺着黑色的石子，看上去有些年头了。正对着门口是一排用无垢木打造的中空楼梯。可以隐约听见从二楼传来的电视声，其中混杂着低沉的争吵声。主人长长叹了口气，眉间紧蹙。

“真是的，又吵架。最近这两人总是瞎折腾……”

看样子她平日里对这两个闹腾的年轻人也是束手无策，但因顾及面子还是提高音量朝着二楼又喊了一遍。过了一会儿，电视机的声音消失了，两个体形相像的年轻人出现在楼梯口，带着些起床气，看着有些不情愿，无精打采的。他们连黝黑的肤色和脸上疲劳的表情都一个样，乍一看大概 30 岁，却无法从他们身上感受到年轻人应有的生机，给人的印象不是特别好。

“这两个孩子是我们家的住宿佣工，哥哥叫水森健太，弟弟叫水森将太。”

女主人一番介绍过后，兄弟俩面面相觑，不知眼前的两个男人是什么来头。弟弟将太长着一张娃娃脸，转过头和岩楯对视了一眼，讨好地笑了笑。

“这两位是警察，说是想问问有关昌树君的事。”

听到“警察”二字，水森兄弟不由得一惊。也许为了掩饰脸上的神情，他俩不紧不慢地深深鞠了一躬，把头低了下来。但还是能感觉到他们内心的焦灼。

难道杀害昌树的真凶是这两人……岩楯刻意地选择了沉默，毫不掩饰地从头到脚打量着他们。也许是平日里养成的坏习惯，弟弟将太的脸上始终挂着一副阿谀奉承般谄媚的笑容。哥哥则时不时不安地摸摸脸上的痘印，一举一动中都显露出其怕生的个性。看得出两人平日里在人际交往方面并不是特别游刃有余，但除此之外，岩楯捕捉不到其他任何信息了。

“有点突然，不好意思啊，”岩楯用力挤出一丝笑容，“最近有别的警察找你们聊过吗？”

“没有。”

“这样啊。其实我们正在寻找这个叫作昌树的男人，你们经常带他去海上钓鱼对吧？”

兄弟俩目不转睛地盯着警察先生手中的相片，用力地点了点头。

好！这下子总算是找到了和昌树直接相关的线索了。

岩楯用一种不由分说的口气告诉他俩：“你们现在立刻把知道的所有跟这个男人有关的消息告诉我，住址、工作等，只要是和他相关的就行。”

“好的，应该有他的名片，我找找。”

哥哥健太正要转身上楼，女主人突然问道：“警察先生，你们不能直接去问昌树吗？他现在正在海上钓鱼呢。”

“你说什么？！”岩楯和鳄川猛地抬起头，异口同声地问道。

微胖的女主人对健太说：“预约的是今天没错吧？”

满脸痘印的健太有气无力地点了点头。

“昌树君总是提前三个月就预约了，看样子他真的很喜欢钓鱼。”

“所以他现在正在海上？”岩楯语速飞快，吐字便有些含混不清。

女主人轻轻点了点头，拿起放在鞋柜边上的线装本，本子封面的贴纸上写着“钓鱼台账”，旁边还有个像是册数的号码。她打开本子，翻到一页手绘日历，看到 11 月 28 日边上写着四个人名。两名刑警死死盯着其中之一的“藤村昌树”。

“昌树君每个月会来三次左右。今天他是自己一个人来，和其他不认识的客人一起拼船出海了，平日里有时候也会带朋友来。通常出海时间都是晚上，但最近的预约好像都是上午。”她说着说着突然看向水森兄弟俩，“昌树君不是说自己早上起不来吗，怎么改成早上了？”

“我不知道。”健太淡淡地答道。

“嗯，那你们听他说起些什么吗，比如他最近正在被警察追捕啊，或者是最近干了坏事之类的？”

“不知道，他还是和往常一样，看着挺随意的。”

“将太，你听他说起过吗？”

“没有。”弟弟也摇了摇头。

“你们说他那个朋友会不会知道些什么？就是上次一起带来船上的……”

“等等！停！先别说了！”

岩楯在脑海中把事情重新梳理了一遍，随后打断了他们仨的对话，把照片举到他们眼前再次确认说：“这个男人真的就是藤村昌树吗？”

大家不假思索地同时点了头。岩楯转过身，和不安的鳄川四目相对。

到底是怎么一回事？荒川发现的那具尸体不是昌树？可是身上的文身不是基本一致吗？！明明是通过死者伤口处的虾蛄外壳颗粒才找到了这里，怎么会这样？！

岩楯开始逆向思考从案发到现在的每一个步骤，试图找到出错的环节，但越思考，他越觉得迷惑。首先，文身虽然作为证明昌树就是死者的最重要证据，却不够充分，毕竟只是大致图案一致，并非一定就是同一个文身。还有一字形螺丝刀，他们只是提出这种螺丝刀也可以用于清理贝壳，而不能断定它一定是用于清理贝壳的。直到现在他才意识到，之前的这些线索都不是决定性的。

难道因为想当然而错失真相的并不是搜查总部，而是自己吗？真是丢人现眼。他一只手揉着太阳穴，一只手摁着隐隐作痛的肚子。

“总而言之，你们知道那个昌树的联系方式或住址吗？”

“知道知道。”女主人转身掏出另一本本子，翻到写有昌树个人信息的那页递给岩楯。岩楯接过本子，从怀里拿出手机，拨打了本子上的电话号码。听筒里响起了“您拨打的电话不在服务区”的人工语音，随后跳转到了留言语音信箱。一旁的鳄川则飞快地把住址抄写到了笔记本上。

“客人们现在都在哪儿呢？”

“八景岛附近的岩场，都在那里钓鱼呢。海上信号不太好，电话可能打不通。”

“这样啊。”岩楯低声嘀咕着，一只手不停地揉着脸。

昌树还活着，虽然所有线索都在告诉他昌树就是死者，但昌树的确还活着。在沙洲被发现的那具尸体并不是昌树。为了抑制住突如其来的无力感，岩楯努力地气沉丹田，让自己保持镇静。

这时，哥哥健太诚惶诚恐地小声问道：“不然我开船带你们过去吧？”说着他看了一眼柱子上挂着的老时钟，“本来应该 4 点的时候再去接他们，但你们看上去似乎很着急……”

“嗯，是吗？那就麻烦你们带我们过去吧，问两三个问题就回来，很快的。”

健太点了点头，朝弟弟将太看了一眼，整个人似乎比方才显得更加筋疲力尽。这些人真是没有一点年轻人该有的活力，不知道是不是被辛苦的日常劳动给榨干了。还得给突然登门的警察提供义务帮助，这两个家伙也是够无辜的了。

水森兄弟俩动作有些浮夸地套上外衣，穿上运动鞋。四个人一起乘车向港口驶去。到了下午，港口附近渺无人烟，岩楯和鳄川跟着他们登上荣升丸。两兄弟一路上不怎么开口说话，看上去似乎有些紧张。

岩楯扶着船沿，陶醉地望向天空，万里无云，一片蔚蓝，在老鹰和海鸥的点缀下显得更加爽朗。景致如此旖旎，两位刑警的心却沉到了不见天日的海底。既然昌树没有死，那只能重新展开新一轮调查，此举势必要引起警局内部不小的轰动，真是彻彻底底退到了原地。鳄川不时地叹着气，而岩楯又何尝不想对着天地大骂一通发泄内心苦闷呢？

渔船的引擎声震耳欲聋，他们搭乘的荣升丸离开码头，驶出港湾。虽是阳光耀眼的大晴天，但港口的海风却比想象中的要凛冽许多，将太阳的温存驱赶一空。岩楯这才意识到没把放在车后座的上衣外套带上船是多么愚蠢的决定，内心暗暗咒骂着。实在是太冷了，仿佛被流放到了遥远的月宫，感受不到丝毫地球母亲的温暖。

哥哥健太正在船头操控着节流阀，弟弟将太紧挨着他，好像正在低声相互交谈着些什么。不，与其说是交谈，倒不如说是在压着嗓音吵架。这两人从一开始就不太对劲儿，虽说可能是因为不谙与生人相处，但他们的一举一动着实令人生疑。

为了给前方的观光船让行，兄弟俩降低了航速。岩楯趁机走上前，跟他们搭话："听说你们经常吵架啊？"

弟弟突然肩膀猛地一缩，脸上再次露出那种不自然的笑容，看向岩楯："没有的事……"

"是为工作上的事情才吵的吗？"

将太尴尬的笑容里流露出一丝恐惧，心虚地挪开了视线。哥哥健太用那双略显呆滞的眼睛直勾勾地看着岩楯，喉结因紧张不停颤抖着。

"其实，有件事希望刑警先生能为我们保密。"

“保密？”

健太把节流阀往前推，加快了船速。

“其实，只有一部分特定海域是允许钓鱼的。但是……怎么说呢，那个，如果是关系比较好的朋友，我们会领他们去一些比较特殊的地方钓鱼。”

“你们不会是把他们带去了渔场吧？”

“不是，不是。其实，去八景岛岩场的钓客比较多，不仅是我们这儿，其他地方也会带客人过去，所以很难钓到好的鱼。但如果再驶远一些，到近海那些小礁石附近就好多了。虽说那里是不让去的，但可以轻易捕到石鲷这类大家伙。”

“也就是说，你们把朋友带到禁区里钓鱼了。”

两人犹豫地对视了一会儿，轻轻点了点头。

“像今天这种风浪不大的日子倒也安全，不过天气不好的时候那里就会比较危险。”

“肯定啊，你们就这样把客人们撂在那儿，万一刮个风起个浪，一不小心出了事你们谁担得起啊。”

“对不起。但只要发现天气有异常，我们立马就会出海去接他们，所以还是比较安全的。不过这件事要是让公会知道那就遭殃了。而且，我们还是寄住在公会长西牧先生家的佣工，如果曝光了，那可不得了啊……还请警察先生务必不要声张出去。”

“你是不是没有弄清事情的重点？”被海风撩开刘海儿露出大额头的鳄川瞪着健太，“你们太没有责任心了！客人可是把命交给你了！什么能钓到大家伙，什么不刮风就很安全，你这些想法太儿戏了吧！别忘了海上可是连手机信号都收不到的啊。”

岩楯听说鳄川小的时候在游泳池里溺过水，从那以后，他对江河湖海的恐惧心理就不曾消失，再加上他和健太年龄相仿，对他这种缺乏责任心的行为也就感觉更加愤慨。连本性温润的鳄川都忍无可忍，兄弟俩干的这档子事确实是挺过分的。弟弟被吓得不轻，眼眶都红了，哥哥则是煞白了脸一个劲儿地道歉。

“总之，先去接人！真是的，还有脸让我帮你们保密？不知道自己做的事情有多危险吗？”

健太擦着额头的汗滴，向两人不停地道歉。船绕过八景岛，可以看见前方海面上的几个红色浮标，像是设下捕鱼陷阱的渔场。四周一艘船都没有，只有一路追逐荣升丸聒噪地鸣个不停的海鸥。

今天的风真是刺骨，两人不停地跺着脚取暖。前方可以看见遍体通黑的岩场。不过与其说是岩场，不如说是一座小小的岩山，山尖还栖息着几只海鸟。

“他们就在那块礁石的背面钓鱼。”

健太放慢了船速，依靠熟练的驾驶技术从岩礁间穿梭而过。海浪每次拍打在岩石上，都会溅起一阵水花，船体也极不稳定地上下摇摆着。这里毕竟有这么多岩礁，海流自然是要被打乱的。

岩楯攥着船沿以保持平衡。突然又是一波剧烈的摇晃，从船底传来几声响。他仔细一看，发现卷渔网的小型起重机的后方甲板上镶着几个嵌入式的手把，看样子是个可以往上拨的暗门。每当海浪袭来时，门就会开开合合碰撞在船板上发出声响。

应该是船上的隐形收纳柜吧，岩楯想。他一只手抓紧船沿，一只手伸向长满铜锈的手把，稍稍推开一半暗门。暗门里一片漆黑，什么都看不见，空间似乎还挺大。岩楯一边避开扰人的长绳，一边用力把门全部推开，让阳光照进船底。

眼前的光景让他倒吸一口冷气。

这是……养鱼池吗？暗门背后是一个大水槽，似乎是用来存放刚捕上岸的海鲜用的。槽底还有水，水面上漂浮着一些海藻和垃圾，水中则好像漫游着一些鳞状物体。这个水槽的大小和深浅，基本上和解剖助手石黑由美计算得出的数值吻合。

一阵不祥的预感袭来，岩楯可以清楚地听到自己不断加速的心跳声。他定睛一看，水面上漂浮的并不是什么垃圾，而是聚集成一团的类似动物眼睛的东西，再往前仔细一瞧，居然是成群腐烂了一半的海毛虫尸体！

水深、空间、海毛虫尸体、捕虾蛄用的渔船，这里难道不正是他们煞费苦心四处寻找的地点吗？岩楯摸了摸怀中的手枪，正准备拿出手机拨号，一阵强海流袭来，他踉跄了两步，双手只得紧紧抓住船沿。

“啊！”

突然，岩楯发出一声惨叫，他被人死死搂住了腿，然后一股脑儿地被掀进了海里。只见蓝天和上下颠倒的船依次出现在他眼前，最后脑袋向下一头栽进了汪洋大海。

一切发生得太快，岩楯甚至都没来得及反应。落水的一瞬间，一阵剧痛向脸部袭来，那感觉仿佛是被人狠狠揍了一拳。冰冷的海水仿佛千万根针扎向身体上的每一寸肌肤，落水时耳边的巨大声响震得鼓膜快要裂开。整个人彻底失去了平衡，大量的海水从鼻子和嘴巴灌了进来，岩楯挣扎着睁开双眼，朝着有光亮的地方游去。

他探出水面的一瞬间，先是吐了一大口海水。他现在处于极度缺氧状态，海水灌满了气管，导致呼吸不能正常进行。他喘不上气，胸口剧痛，眼前顿时一阵发黑。岩楯接连狠狠咳了几声，终于勉强吸上几口空气，拼命地努力睁眼想看清四周的状况，隐隐看到眼前几米远的地方有两条腿。糟糕！鳄川也掉到海里了！只见他由于过度恐慌，已经分不清上下了，正手舞足蹈地瞎扑腾，眼看就要沉到海里。岩楯当机立断脱掉皮鞋，游到鳄川身边，一把拽住他的胸口，把他拖出水面。

“鳄川，冷静点！别害怕，我来救你了！不要瞎扑腾！快，快吸气！总之把头探出来先吸气！”

彻底沦陷在恐惧中的鳄川本能地试图搂住岩楯，岩楯则一次次地甩开他伸来的双手。在这种情况下，如果和已经失去理智的鳄川抱在一块儿，一定会溺死在海里。刺骨的海水刺得全身生疼，四肢已经渐渐开始不听使唤了。

“鳄川，听好了。先冷静下来，要不然身体就……浮不起来了。别担心，我在呢，别怕。”岩楯把头探出水面，不停鼓励着鳄川。鳄川被水呛得不轻，只得照岩楯的指示用力吸气。

他们抬起头看向渔船，只见两兄弟也正从甲板上探着头看着他们俩。弟弟流着眼泪大声嚷嚷些什么，哥哥那张黝黑的脸则正对着岩楯，脸上的神情与其说是满怀恶意，不如说是充满畏惧。

“喂！”岩楯朝着他们大喊。

兄弟俩立马转过身，避开了他的视线，同时拽住对方的手腕吵了起来：“健哥！这样根本藏不住啊！港口那儿还有别的警察也在四处调查啊。今天上午就来了几个！现在突然少了两个刑警肯定会被发现的！我们放弃吧，现在还来得及啊！”

“已经来不及了……只能争取时间逃跑。”

“跑不掉的啊！肯定跑不掉的啊！啊……我已经受不了了。我们开船出海的时候被公会的老奶奶看到了，而且这两个警察的车还停在港口啊！而且老奶奶们今天也见过这俩警察，到处都是证据，根本无计可施啊！健哥你到底想干吗啊？！”

“我……我要逃跑，我想要自由！我不想再被关起来了！不想再继续浪费人生了！”

由于落水时头部受到撞击，岩栖内耳受了点伤，因此他听兄弟俩的对话就有些费劲儿。岩栖又朝船头一声怒吼，但船上的两人头也不回一下。

在不停地告诉自己要冷静、一定要冷静的同时，岩栖也渐渐开始认识到事态的发展。我们应该是被这两个家伙抱住腿扔下海的吧？我们从一开始就被他俩骗得团团转了吧？没错，如此一来，昌树肯定已经不在这个世界上了，凶手就是水森兄弟。没想到自己居然这么轻易地就上了钩，还主动走进他们的圈套。

争执不停的兄弟俩突然消失在岩栖的视野里，随后便听到了船的引擎声。岩栖和鳄川以为他们要开溜，没想到两人把船掉了个头，加速朝自己冲来。

“该死！”面色苍白的鳄川刚吐完海水，岩栖便拽着他的胸口吼道，“钻水里！快深吸一口气！”

还没等鳄川反应，岩栖便用尽吃奶的劲儿拽着他一头钻到了水中。渔船离他俩越来越近，飞转的螺旋桨扬起一阵阵泡沫，涌起的海浪撞击在礁石上分散成好几股海流向两人袭来。仿佛被水拽着腿往水里拖，岩栖已经无法控制自己的身体。水流实在是太快，光是拽住鳄川，他就已经费尽力气了。

3

西牧邦夫弓着背、盘着腿，端坐在 D-3 号仓库前，他的四周挂满了暗绿色的渔网。他灵巧地将天蚕丝缠成圈，再从另一个圈中穿过去，熟练地修补着手中的网，看上去自如得像是在玩翻绳游戏。老人低着头蜷缩着身子，似乎在忍受着这年末的严寒，这幅光景难免让人感到有种难以形容的寂寥与冷清。

“嗨！老大！”赤堀凉子挥着手朝他喊道。

西牧邦夫抬起那张细长黝黑的脸，眯着眼往声音方向看去，随后摆出了一副既亲切又疑惑的复杂表情。显然，他现在心情不大好，看起来既疲倦又有些心不在焉。

赤堀抱着行李跨过地上散乱堆放着的渔网：“嘿嘿，我又来了。”

“什么事？还有，我是公会长，不是什么老大。”

“还是老大叫着比较顺口。”

赤堀看向码头上停靠着的一整排渔船，问道：“荣升丸不在呢。这个点还出海打鱼吗？”

“不是打鱼，是去海上接钓客。通常回程会在那附近多绕一小时左右。对了，你今天来有何贵干啊？”

西牧的气色很差，很明显是睡眠不足导致的。赤堀放下背包，一屁股坐到老人边上，闻到他身上有一股混杂着烟草和太阳味道的鱼腥味。

“有件事想请您帮帮忙。虽说您看我这也没提前跟您预约，也没事先给您打过电话，的确是有点不礼貌啊，但出于工作上的需要，今天无论如何也必须来找您。”

“什么事啊？少扭扭捏捏、啰里吧嗦的，前些日子那厚脸皮的模样哪儿去了？”

看着面无表情的老人，赤堀笑着直了直背说道：“那我就厚着脸皮告诉您好了。我想知道虎纹虾蛄那儿的具体水深，能不能请您再带我去一次那儿，然后用鱼群探测器测量一下？”

“那对我有什么好处？”西牧冷冰冰地反问道，手中的活一刻也没停。

赤堀双手抱起一只相当沉的纸袋，费了好大劲儿才把它挪到老人身边，说：“我就料到您会来这一手，瞧，贡品已经准备好啦。这是我托人从白何带来的浊酒，好喝得不行！对了，老大，依我看，您应该是个无底洞[1]吧。”

西牧取出纸袋中的木盒，盯着上面的标签看了老半天。

“竟然足足有两升，这可是上等的好酒啊。”

“我能认识老大全靠缘分，而且多亏了老大上回带我们潜水，才得以发现新的线索。冲那件事，就必须好好谢谢您。当然，借船费也少不了。所以……您现在状态如何？”

“什么状态？”

“我看您也上了年纪了，不知道体力还能不能跟上。看到这贡品之后是不是精神抖擞许多？”

看到老人脸上轻轻扬起的一丝笑容，赤堀也笑了笑。不过，和前些

1　无底洞：暗指很能喝。

日子比起来，老人今天看上去要虚弱不少。

“那就拜托您啦！”赤堀朝西牧鞠了一躬。西牧大手一挥，正了正头上戴着的深蓝色帽子。

斜阳将大海染成金黄色，似乎是在告诉翱翔的老鹰们该归巢了。日落前的海滨弥漫着各种不同的气味，有被狂风吹得冰凉的混凝土的气味、尾气和重油的气味，还有不知从哪户人家的餐桌上飘来的鱼香味，以及渗透到空气中每一个角落里的冬天的气息。赤堀抱着双膝坐着，抽动着鼻子，满怀感慨地望着眼前这幅深褐色的景致。

如今，一大半侦查员都集中在横须贺一带，使尽浑身解数搜寻着昌树的住址。这回警方是动真格的了。还有，搜查总部就被害人的死因向九条医生提出了疑问。从由美发来的短信得知，由于这次的事，她在医院的工作也越来越艰难。赤堀发自内心地希望可以再向前迈一步，再度帮上大家的忙。

一阵海风拂过，赤堀冻得浑身打战。

“今天风怎么这么急，咱们去潜水那天还没这么冷呢。”

“马上就 12 月了。一到冬天，海上的天气就一天比一天严酷，特别是在日落前后。如果想活命，就别小觑大海。”

“明白！”赤堀点点头。

一转眼，密布的乌云便取代了万里晴空。阳光在无数的云朵间时隐时现。体感气温仿佛骤降了 5 摄氏度。赤堀挽起袖口，看了眼腕表，马上就下午 4 点了。

“他们太慢了。”

“勇斗君也去了吗？”

“没有。”西牧转了转脖子，揉揉自己的肩膀，把修理好的渔网扔在一边。从老人上衣的下摆可以看到因变形而拉得老长的旧毛衣，赤堀不禁一阵伤感。“那小子应该还在工厂里加班做渔具呢。唉，实在太笨了，做什么都比别人慢。要走的路还长得很。”

赤堀脑海中浮现出勇斗满头大汗努力工作的模样，笑道：“他看着不像是那种会轻易认输的人呢。”

“现在的确是这样，以后就不知道了。那小子不仅脑子慢，手也笨，可做事比谁都认真，也不怕麻烦。时不时也会抱怨两句，但工作上却一直有始有终。唉，这样的人在社会上注定混不开啊，最后所有功劳都会被那些精于算计的家伙抢走，根本得不到别人的认同。”

“老大您现在不就挺认同他的嘛。”

“哼，你哪只耳朵听到我认同他了。”西牧说。

“我觉得啊，正是因为意识到外公的用心良苦，勇斗君才会那么努力。”

西牧忧郁地望向堆积成山的渔网，把嘴边的话又憋了回去。初次见面时，赤堀便感受到老人身上散发着的苦涩感。而此时此刻，这种苦涩感越来越重、越来越浓，从他的每一个动作、每一寸肌肤中渗透而出。冷峭的海风呼啸不止，老人缓缓叹了一口气，继续说：“我女儿和她丈夫离婚后就带着娃回了娘家。这娃从小就被惯坏了，不谙世事。唉，在死之前，我得赶紧教他学会独立才行。毕竟时间也不多了。”

“不会的，您别瞎说。”

“不，时间真的不多了。不知我走了以后，这小子还能不能像现在这般努力，还能不能好好走完人生剩下的路……”

愁容满面的老人和背景里耀眼的夕阳融为一体，他似乎早已看破了生死，平静得出奇。赤堀静静坐在一旁，一言不发，他也没再往下说，只是揉了揉脸，仿佛是在责备自己没必要跟一个外人说那么多。西牧心中最放不下的果然还是勇斗，刻意而暴躁粗鲁的举动根本藏不住他对外孙的爱。见他这副恋恋不舍的模样，赤堀甚是担心，却也不敢贸然张嘴安慰老人。

这时，西牧好像听到些什么，侧着脑袋，踉踉跄跄地站起身，望向海面。只见一艘白色的渔船乘风破浪而来，后头还跟着一排海鸥。

“总算是回来了。”

他把成堆的渔网搬进仓库后，转身朝码头走去。伴随着低沉的引擎声，荣升丸减速靠了岸。操控节流阀的是他们家的住宿佣工，还是一如既往地沉默寡语。西牧接过佣工递来的绳索，绑在桩上，搭了个阶梯供客人们下船。船上下来三名衣着得体、年龄在60岁上下的钓客。看来今天收成欠佳，一个个都面无喜色。

“谢谢惠顾，谢谢惠顾。今天不太顺利吗？”西牧热情地迎上前，和客人们探讨起今天的鱼获。其中一名年轻的见习渔夫跳下船，疾走着从他身边擦过。看到小渔夫又红又肿的鼻子、眼睛，赤堀吓了一跳。肯定是刚刚大哭了一场，是吵架了？可是这都多大的人了，难不成还幼稚到控制不住自己就在客人面前哭闹起来？青年的身影越走越远，直到老渔夫沙哑的喊声响起：“健太，将太！等会儿。抱歉啊，麻烦你俩再出海一趟。”

“……为什么又出海啊？”

“要去渔场再过去一点儿的地方看看，马上就回来，拜托啦。你们知道的，我除了打鱼以外，出海都不掌舵的。”

兄弟俩面面相觑地站在原地不动，不知在磨蹭什么，西牧只得一个劲儿地催。前些日子赤堀就思考过，为什么这兄弟俩要选择打鱼这条路，明明是一个生存状况如此残酷的行业。

个头稍微高点儿的应该是哥哥健太吧？赤堀歪着脑袋盯着两兄弟暗自猜道。

这时，西牧从身后拍了拍她的肩膀，说：“走啦走啦，再不出发天就黑了。”

“啊，好！”

赤堀一个箭步直接跳上船，身形矫健的两兄弟立刻投来了诧异的目光。这俩男人真是让人看不懂。健太发动了引擎，弟弟将太用沉闷嘶哑的嗓音问道：“去……去哪儿呢？”

“这个苍蝇专家说想去看看渔场后边的大陆架，看一眼就回来了。”

“为什么要看大陆架？”

“啊，是工作上的需要，必须写到报告书里。而且，无论如何都得在今天之内提交才行，所以我才这么着急地来拜托公会长。明明你俩都已经辛苦一天了还让你们加班，真是太不好意思了。”

兄弟俩总是时不时地相互对视，进行着无声的交流，也许是有些怕生吧。本想继续和他们瞎聊，但考虑到两人累了一天，不想再给他们增加额外的负担，赤堀便没有开口。

太阳已经快要落山了，阳光斜着铺洒在海面上，似乎快要融进远处的海平面。不知哪儿来的海鸥又跟着船尾排成一排，再次出海。船身随着海浪颠簸摇晃着，就在他们与没载几个人的游船擦身而过的瞬间，八景岛上游乐园的灯光一齐亮了起来。

不过话说回来，海上真比岸边要冷得多。料峭的寒风从四面八方呼啸而来，肆意掠夺着人体残存的温热。为了抵御海风的肆虐，赤堀把夹克的拉链拉到顶，从背包中找出围巾一圈一圈地缠到脖子上。

她正看着远方亮了灯的游乐园里的过山车出神，却不小心踩到了些什么。听声音可能是贝壳，仔细一看发现是一些小玻璃碎片，脚边的排水沟中也有不少，还混杂着许多黑色的海沙。赤堀先是不以为意地抬起头，但过了一会儿再度低头看向地板。突然，她似乎察觉到些什么，赶忙蹲下身子，对着排水沟用食指一抹。

黑色的颗粒并不是海沙，是黑草蚁！一看四周，无数的黑草蚁尸体漂浮在排水沟中。这到底是怎么一回事……

她从夹克衫的口袋中拿出手机，拨给岩楯。在三声提示音后，响起“您拨打的用户不在服务区”的语音，她立即挂断后再打给鳄川，也响起了同样的语音。

赤堀心头一紧，利索地站起身，走向正在船尾收绳子的老人。

“西牧先生，有警察上过这艘船吗？”

“警察？”

“对，岩楯刑警和鳄川刑警。”

“说什么啊你。”公会长突然严厉地看向赤堀，放下手中的绳子站起身说，“你和警察是一伙的吗？”

她没有理会西牧的质问，而是飞快地转过身冲向驾驶室里的两兄弟。

“嗨，今天有没有两个警察上这艘船？”

“没有啊。”健太手握节流阀，目不转睛地看着前方，摇了摇头说道。

这绝对不可能。这瓶黑草蚁是赤堀一只一只塞进去的，这个世界上不可能有第三个人持有这个瓶子。

鳄川他们一定上过这艘船，百分之百上过这艘船。但他们为什么要撒谎说没见过……赤堀叉开腿站到正在开船的健太边上，问道：“不要隐瞒了，告诉我，他们俩是不是上船了？你把他们带到哪儿去了？”

“跟你说了没有这两个人。”

健太用眼角的余光扫了眼赤堀，兄弟俩根本掩饰不住内心的紧张和焦灼。赤堀目不转睛地瞪着眼前这个满脸痘印的大高个儿。

“这种事情一调查马上就能得出结果，不要浪费时间了。”

“你到底在说什么啊？”

“说今天上了这艘船的俩警察！”

赤堀毫不退让，步步紧逼。突然，赤堀脑中掠过的一种假设，吓得她脖子上的汗毛都竖了起来。

“……莫非……莫非你们俩和昌树的死有关？”

看到始终面无表情的健太嘴角不自然地一歪，赤堀便瞬间明白了一切。岩楯他们一定是发现了什么其他人没有注意到的线索，然后为了到那片海域调查，不得不搭乘荣升丸。他们俩现在到底怎么了！赤堀想到了最坏的结果，内心痛苦不堪地喘着大气。不对，岩楯和鳄川怎么可能那么轻易被杀掉，他们俩比谁的警惕心都强，从来都没有丝毫松懈，但为什么又这么平白无故地从船上消失了？

她用力拽住健太的手腕，狠狠地压着嗓音对他说道：“拜托了！把真相告诉我！不要再罪上加罪了！”

几秒钟的对视漫长得仿佛过了好几小时，站在健太身旁的弟弟将太慌张地捂着嘴，因害怕而浑身颤抖着，接着哽咽了起来。

几分钟后，船抵达了渔场。健太一言不发地关掉了引擎。

船尾的西牧注意到了驾驶室的异样，于是朝这边走来，边走边大声嚷嚷着：“喂，你们在吵什么？”

看到泣不成声的将太，老人顿时面如土色，倒吸了一口气，呛到嗓子般咳了两声，粗糙皲裂的双唇因恐惧而微微张开。

赤堀察觉到了西牧的恐惧，急得肝胆欲裂。“老大早就什么都知道！”她想，“这里发生的所有事，他早就知道了！”

四周一片昏暗，再过几十分钟太阳就要彻底落山了。

赤堀一把推开站在节流阀旁一言不发的健太，拽着满脸鼻涕眼泪的将太的胸口吼道：“在哪里？那两个人现在到底在哪里？！”

“我……我试着阻止他了！我不想再做这种事了。我该怎么办啊！我……我不知道该做什么了啊我……”

“你们都干了什么？！”

赤堀的心快要跳出嗓子眼儿，一阵剧烈的干渴袭来。将太红着脸抽噎个不停，完全听不进别人的话，只是像个幼儿一样又哭又喊。赤堀咬咬牙，啪的一声狠狠扇了他一耳光。

“别哭了！给我看过来！看着我！听好了，这是人命关天的事！”

“我不知道该怎么做啊我……”将太仿佛说梦话似的哭哭啼啼地只重复着这一句。

“你的事我们之后再谈！现在！把发生的事情全部告诉我！”

看到西牧呆愣着站在一旁，面如死灰地看着眼前发生的一切，一句话也说不出口，赤堀就气不打一处来。已经没时间了！现在根本不是争吵和发愣的时候。

她拼死压抑着内心的焦躁与不安，冷静地看着健太的双眼，严肃地再问了一遍相同的问题。过了一会儿，将太越哭越凶，结结巴巴地开始交代两位刑警上船的事。当讲到把岩楯和鳄川扔到海里的时候，一直在发愣的西牧突然瞪大了眼，朝着健太就是狠狠一拳。

“为……为什么？你……你！为什么要这么做？！”

健太摔倒在甲板上，撞翻了几张椅子，抱着头蜷缩成一团，紧闭双眼，嘴里絮絮叨叨地不知在嘟囔着些什么。看来，他选择躲进自己的小世界里，不听不答，也不管不顾。

“你这个浑蛋！”西牧红着眼怒吼道，失去理智般地拽着健太的肩膀把他从地上拖起，一阵狂揍。

弟弟将太也早已深陷恐惧的旋涡中无以脱身，心理防线全面溃堤，狼狈地趴在船沿上，哆嗦着身子，朝着海水呕吐。

4

怎么办？我该怎么办……

赤堀胸口一阵闷痛，焦急得几乎喘不上气。

距离岩楯和鳄川被扔到海里已经过去了一个半小时。没有救生衣、救生圈，也无法用手机求助，就这样毫无防备地被扔进冰冷的海水。现在这季节，一般人在水中是撑不过两个小时的。三天前刚在附近潜过水的赤堀比谁都清楚大海的冷酷无情。但太阳马上就要落山了，这对救援工作而言是多么令人绝望的不利因素……她连想都不敢想。

握着手机的右手剧烈地颤抖着，赤堀本试图拨号求助，但眼睛却无法聚焦在键盘的数字上，再加上头脑一片混沌，也不知如何是好。

“西、西牧先生……”

老人半哭丧着脸朝着兄弟俩不停怒吼着，根本没注意到赤堀在叫他。

“西牧先生！！”

赤堀一把拽过老人的衣袖，面对面朝着他以近乎尖叫的音量喊道：“快！快叫人来救援！我不知道电话号码！也不知道这里是哪儿！”

老人接连咳了几声方才回过神来，抢过赤堀的手机摁下“118”。健太从驾驶室里冲出来，向电话那头的海上保安厅说明了两人的落水地点，再用无线电联系了其他渔夫，让大家一起协助救援。老渔夫缓缓发动引擎，把船掉了个头，全速往海上开。

“你在干吗？到底要去哪儿？”赤堀的大声询问即便是在大风和嘈杂的引擎声中也能被听得一清二楚。太阳已经从海平面上消失，只剩下些许余晖映照在海面上。荣升丸上所有的船灯都亮了起来，航速越来越快，沿着灰色的大海乘风破浪而去。

“……我知道警察们在哪儿。”

“什么？！”

“那个地点是我告诉他们的。”赤堀如鲠在喉，说不出话。

“真没想到你居然是警察那边的人。唉，现在这个世道，想做坏事不被发现越来越难咯。明明一切都快结束了，却败在了最后。我早就料到会有这一天，早就料到会有这一天……”

西牧阴沉着脸，从口袋里掏出一包皱巴巴的烟，叼一支在嘴上，凑近打火机。无奈肆虐的海风接连好几次扑灭了火苗，他只得用颤抖的左手挡着风，才点着火。

“我看你想调查的才不是什么海毛虫呢，是藤村昌树吧？”老人说。

赤堀一动不动地死死盯着西牧。

“那个叫昌树的浑球，教唆那对蠢兄弟入伙，把虾蛄渔场搅得一塌糊涂。渔夫和公会一直以来都执行十分严格的相互监督制度，监督包括出海的时间和捕获的海产。从以前到现在都是这么过来的。我们这里向来就是一个不欢迎外人的封闭团体。”

老人呼出一口烟，结结巴巴地往下说道：“但……但是，无论是渔夫还是公会，谁都没料到前来钓鱼的乘客会是罪魁祸首，谁又能猜到咱们自己的渔夫居然会去协助那些什么都不懂的门外汉从事非法捕捞呢。昌树那家伙正是盯上了这点，特地避开了墨鱼捕捞期，专挑晚上出海，这样就可以不被任何人发现，优哉游哉地在这片海域上肆意妄为了。更何况，买通了那两兄弟，他就掌握了我们这儿的所有秘密情报，乘坐的渔船又正好是配有底拖网的，所有捕鱼所需的器材都齐全，完全可以毫无顾忌地为所欲为。”

赤堀双眼直勾勾地盯着冒火星的烟头，心急如焚的她根本无暇聆听西牧的独白。

“由于打捞的频率太高，一批又一批的虾蛄大量地被销往各处。将太害怕了，担心事情暴露，就跟他们俩闹，说不想干了。你看他现在那样，其实内心也就是个小孩儿。”西牧看了一眼躲在角落里啜泣的将太，最后吸了口烟，把剩下的大半截扔进大海。

不知不觉天已经黑了大半，刚被扔进海里的烟蒂一转眼就找不着了。赤堀顿生一种被世界万物抛弃的感觉，胃里头开始翻江倒海，并无意识地看了好几次表。

西牧接着往下说：“因为这件事，健太和昌树起了冲突，争执中昌树不慎摔进船底的养鱼池。”

赤堀反射性地看了一眼起重机后方的甲板。对啊！渔船上的养鱼池！唉，为什么自己一直以来都没有想到这点！应该是在完成了捕捞工作后，昌树才头部朝下摔进了盛满虾蛄和海毛虫的水池，也正是在这个时候，他把海草连同罂粟甲虫一起吸进肺里，最后溺死。

“他们应该没有杀意，只是太胆小了而已，不敢面对现实，也没敢去救他。第二天两兄弟就哭丧着脸来找我，说是死人了，不知该怎么办。”

“你为什么不马上报警？如果是意外事故，根本就没有隐瞒的必要。”

“为了保护他们。”

短短六个字，饱含老人生活里的全部信仰。他以公会长的身份，尽自己所能保护着这个小小的渔港，保护着生存在这个小渔港中的每一名渔夫，还有他那为了成为像外公一样优秀的渔夫而苦苦努力的小外孙。但他始终不愿接受自己遭到水森兄弟背叛这个赤裸裸的现实，这令赤堀气愤不已。明明知道这样的行为保不准就间接毁了勇斗的前程，老爷子为什么要选择包庇？为什么把包庇犯罪当作是对他人的一种保护呢？为什么不劝健太和将太好好认罪？为什么不把真相告诉他视如家人的渔夫们？到底是为什么……西牧面前曾经有无数种选择，他却偏偏选择了包庇犯罪这条路，这种做法在她看来是不可原谅的。

赤堀毫不掩饰自己内心深处对老渔夫的不满，眼睛直勾勾地瞪着他。渔夫始终回避着正视她正义凛然的双眼，咳了几声，吐了口痰，继续慢悠悠地说："健太和将太刚来的时候，每天都是那么精神抖擞、朝气蓬勃。他们自己说，没想到渔夫的工作如此令他们开心，还说是大海改变了他们。听了这话，从那之后我就不再反对接纳一些有污点的年轻人，毕竟这种方式能够拯救他们的人生，对此我也很骄傲。但是，自从认识了昌树，那两兄弟就变了。都怪昌树这浑蛋，把别人的生活搅得一塌糊涂。"

西牧眺望着夜晚的大海，空洞的两眼填满无尽的愁。

"我一直担心警察哪天会找上门来，夜里总睡不好觉，闲暇之余就尽可能地去一些远离港口的地方。唉，真是丢人啊。不过，万万没想到，居然被你发现了……"

西牧痛苦地又咳了两声，吐了口痰。健太和将太不知所措地蹲在驾驶室的一角，那模样看上去就像两只瑟瑟发抖、人畜无害的小白兔，实在难以想象是这样的两个人把刑警们给推到海里的。

"是我把昌树的尸体扔到海里的。渔夫也当了几十年了，海流的动向自然是了如指掌。大海是可以预测的，只要扔到海流的间隙里，最后漂到哪儿都不奇怪。"

赤堀打了个寒战，上下排牙齿不停地打着架，天气实在是冷得难以忍受。她看了一眼手表，从渔场出发到现在已经过去至少 10 分钟了。老人降低了船速，前方漆黑一片，隐隐约约能看到一座黑色的岩山。海浪拍击在岩壁上，溅起白色的浪花。船在水流的影响下剧烈地颠簸着，西牧一边稳住船只，一边绕着岩礁的四周寻找着两位刑警。

“这座岩场并没有被标记在地图上，至今已有很多船在这里触礁沉没。很早以前就传说这里的水流又急又乱，掉到海里就不可能再浮上来。”

赤堀从船边猛地探出身子，瞪大了眼飞快地扫视着四周。只可惜船的照明范围太有限，其他地方都笼罩在伸手不见五指的黑暗里。

“岩楯警官！”

她大声的呐喊被无情地吞没在大海的喧嚣声中，根本听不清。他们到底在哪里？到底漂去了哪里？海水仿佛是一潭墨，一片漆黑，什么都看不见。赤堀转过身，一把拽住西牧的上衣，喊道：“到底应该去哪儿找他们？！喂！西牧先生！你不是说大海是可以预测的吗？快告诉我！没时间了！你刚刚不是说不可小觑冬天的大海吗？！你不是说日落后海水就会变得更冷吗？！拜托了西牧先生！快想想办法啊！”

“我真的无能为力了，能做的只有这么多，实在对不住。”

话音一落，赤堀突然虚弱地踉跄了两步，扶住了船沿。

看来那两人是死了。太突然了，太突然了——不，不可能，他们一定还活着……

赤堀试图说服自己，不断告诉自己两人一定没死。但现实就摆在眼前，天寒地冻的 11 月，掉进刺骨的海水，谁都不可能撑那么久。

突然一声鸣笛响起，远处一艘打着探照灯的船渐渐驶来，此外，朝港口方向望去，勉强可以看到星星点点的亮光。是海上保安厅和前来支援的渔夫们！老人鼓起勇气，向保安厅巡视船上的船员们讲述了事情的经过，但正当他要交代遗弃昌树尸体的罪行时，赤堀狠狠地拽了他一把，用眼神告诉他，不要在这个节骨眼上自首。在现在这样严苛的环境条件下，如果没有西牧的帮忙，想找到那两人恐怕更是难如上青天。这个在海上叱咤了一辈子的男人对大海的直觉是必不可缺的。所以无论如何，她都不能现在就让西牧遭逮捕。

赤堀摁着自己被焦虑填满的胸口，不停地告诉自己："冷静下来，不要急躁，好好思考！"

昌树就是在这里被抛尸大海，然后一直漂到了荒川的沙洲附近，所以岩楯和鳄川绝不会沉尸在这里的海底。

"西牧先生，这里就是昌树的葬身地吗？"

老人眼窝凹陷，面无血色，仿佛躺在病床上的重患。不过，在意识到赤堀所提问题的重要性之后，他便回过神来，仔细回想起来。

"是 11 月 4 日夜里抛的尸。"

赤堀朝着止不住颤抖的自己怒吼一声，然后深吸一口气，闭上眼，陷入思考。她把精神集中在被冲上沙洲的昌树身上，努力回忆着昆虫给她提供的线索。通过分析昌树尸体上的昆虫，赤堀早就推算出了他漂到荒川的日期——11 月 6 日。从这里——遥远的海上，漂到 40 公里开外的荒川，只用了一天多的时间。看来海流的速度相当快，这样说来，岩楯和鳄川肯定也已经不在这片海域了。

"西牧先生，请把船开往横滨港方向。"赤堀扬起头，坚决果断地对一旁因紧张而呆若木鸡的老人说道。

水流情况相当复杂，并非始终只固定地流往一个方向，且随着深度变化具体流向也会不同。还有，昌树尸体漂流时的天气状况也必须考虑在内。但现在已经没有那个闲工夫去逐一分析了，只能破釜沉舟赌一把。现在她能做的，就是相信昆虫，沿着昌树漂流的路径寻找。

赤堀凉子向海上保安厅的同志们表明了自己调查员的身份，把尸体从这里漂往荒川的经过连同南湾岸署搜查总部的事一一告知，并要求他们将搜查区域扩展到整个东京湾，紧接着又让渔夫往横须贺方向海域寻找，心中默默祈祷着这些在灰暗的大海中散作满天星的小船能够邂逅那两条鲜活的生命。西牧咬了咬牙，重新振作了起来。他熟练地发动引擎，将荣升丸船头掉转了 90 度，朝着横滨港加速航行。

赤堀站在船头，用冻僵的双手抱着沉重的四方形集鱼灯，照亮前方的路，能见度却只有几米而已。事到如今她才真正体验到夜晚的大海笼罩着一种多么深邃的黑暗，肉眼能看见的只有集鱼灯直射投下的圆形光斑，其他区域均被黑暗吞噬。左边的湾岸上，一排排工厂的亮光鳞次栉比，公路上汽车的车灯也闪烁不停。岩楯和鳄川究竟能撑多久……体温骤降是难免的，想必手脚也不听使唤了吧，更何况水流还如此湍急。

赤堀看了眼手表，马上就快下午 5 点了，两人的生还率每一秒钟都在降低。她把一切抛到脑后，只是聚精会神地死死盯着海面，搜寻着落水的两个人。无线对讲机每一次响起，她都会紧张到眩晕。这时，驾驶室里传来一阵夹杂着噪声的人声，大喊大叫着说找到了一只男士皮鞋。

“一定是他落水后自己脱掉的……”

迎着海风，赤堀用袖管拂去了眼角淌出的泪水。即便是懦弱的水森两兄弟，也突然像换了个人似的，干练地拿着集鱼灯照着前方，全神贯注地观察着海面。赤堀盯了他们一会儿，便咬住下唇撇过头，不愿再看见这两张脸。虽然两人正为自己犯下的罪行追悔莫及，但她仍无法抑制住内心喷涌而出的满腔怒火。

不一会儿，荣升丸驶入本牧码头附近海域，其他的船只也没有再发现其他线索。这艘船包括她自己在内，一共也就四个人，而且根本看不清周围三米开外的海面，真是有些束手无策了。

赤堀反反复复看着表，片刻不敢松懈。这时，方才不知消失到哪儿去的海鸥从集鱼灯前掠过，紧接着便成群结队相继而来，和荣升丸并驾齐飞。也许是在期待海面能有鱼跃出，纷纷来回穿梭于灯光前守株待兔，影响了照明。赤堀见状便冲着它们嚷嚷："滚滚滚！这里没有你们的饲料！"

这群海鸥也回报以嘲讽般的尖叫声，纠缠不休。正当赤堀手舞足蹈地驱赶这些烦人的小家伙时，周围渐渐亮了起来，令她不由自主地仰头看向天空。是赶来救援的直升机吗？……不，是从云朵间溢出的白月光，一轮弦腹略微膨起的弯月，将月光温柔无瑕地倾泻在夜晚的海面上。赤堀果断放下沉重的集鱼灯，举起望远镜四处张望。

月光异常明亮，即便是在这被黑暗吞噬的大海上，细碎的粼粼波光也清晰可见。很好！只要能通过望远镜捕捉两位刑警的身影，就一定能找到他们。赤堀一边在内心默默祈祷，一边移动着望远镜变换着视野。

这时，视野中出现了一小团灰色的阴影，即便是从望远镜中看也感觉距离甚远。这个谜一样的阴影在水面上不停晃动，不断变换着形态，仿佛蒙冤的亡灵一般。

那到底是什么东西？！

她放下手中的望远镜，试图重新扛起那沉甸甸的集鱼灯。无奈寒风中手臂肌肉止不住地颤抖，根本无法稳住照明方向，踉跄了两下没能扛稳。赤堀咂咂嘴，打算再尝试一次。这时，身后伸来一双手帮忙稳住了灯光。赤堀回过头一看，原来是将太，他双眼又红又肿，脸上还挂着几道脏兮兮的泪痕。赤堀明白，他并不是试图乞求原谅，也并非想通过好好表现给自己减刑，而是发自内心地希望岩楯他们能够获救。瞬间，各种各样的情绪交织着一齐向她袭来。

赤堀根本无暇细究这些繁杂的情绪，举起望远镜，再次把目光投在那块黑色阴影上，但嘈杂的引擎声让她根本无法集中注意力。

"西牧先生！把引擎关了！"赤堀转过头高声喊道。

"为什么啊？！"西牧问。

赤堀直接从船头冲进驾驶室，二话不说拔掉了发动机的钥匙。荣升丸猛地停了下来，船上的四人差点摔了个狗啃泥。

“笨蛋！你干吗！很危险的啊！”西牧怒吼。

赤堀一把抓住他的手腕，正颜厉色地说：“安静！”

引擎声渐渐消失，大海重回寂静，远处船只的汽笛声还有公路上奔走的汽车声随着风漂洋过海而来。赤堀高度集中精力，仔细捕捉着每一个细小的声响。混杂在海浪的拍击声中，若隐若现地可以听见几声尖锐的悲鸣。她再度确认了阴影的方位后，把望远镜递给西牧，指着远方说：“老大，朝 2 点钟方向看，海面上是不是有一团灰色的阴影被月光照亮了？”

西牧把双眼贴在镜片上，探着身子向赤堀所指的方向望去：“啊，看到了，大概在一公里开外。”

“你看那是不是人影？现在可以听到一些声音，疑似是人的叫声。”

老人看了一会儿后放下望远镜，摇了摇头说：“那是鸟群，不是人影。你听到的声音也不是人的声音，是海鸥的鸣叫。”

“鸟群……”

“对，那里应该有一个沙丁鱼群。”

赤堀顿时陷入一阵绝望，她的精神简直要崩溃了，到底怎么办才好，真是无计可施。然而身旁的西牧突然拿着望远镜朝鸟群若有所思地看了半天，纹丝不动。他突然冷不丁地说：“四周这么黑，鸟儿到底是怎么发现沙丁鱼群的……”

赤堀慢慢抬起头。

对呀！鸟群是怎么找到沙丁鱼的？还有，刚才一直跟着渔船的海鸥也不见了。

“鸟儿有些不对劲儿，一定有什么其他原因。”西牧边说边发动了引擎，震耳欲聋的声响仿佛是在为疲惫的大家摇旗助威。

赤堀也打起精神，再度站到船头，指着前方喊道：“将太！灯打得再远一些，往右偏一些！”

“右……往右偏？”

“对，就是这样！别动！就这样！”

将太根据指示，把光源固定好。随后健太又找来另一盏集鱼灯，把光也引到了同一位置。赤堀把身子探出船头，拿着望远镜，想看清那团阴影。荣升丸越开越快，汽油的焦味已经四散开来。随着距离的缩短，阴影的真面目也被揭开，果然是成群的海鸥。而与海鸥一起映入眼帘的，还有两颗露出水面的脑袋！赤堀激动得简直喘不上气，两张熟悉的面孔正在鸟群的包围下不停地挣扎，时而沉入海里，时而探出海面。

“看到了！找到了！”赤堀大喊，“老大！找到了！就这样往前开！快！”

“真……真的吗？真的找到了！简直难以置信！老天，这可是汪洋大海啊，还是晚上！”老人尖声叫道，解下缠在头顶的毛巾拭去脸上的泪水。

赤堀身旁的将太瞬间泣不成声，健太也低下头颤抖着肩膀低声啜泣。西牧猛地压下节流阀，全速向鸟群冲刺。两位刑警已经无数次地被海浪吞没，却又无数次顽强地把头探出水面呼吸。

“岩楯警官，鳄鱼君，再忍忍！再忍忍！老大！开快点！太慢了！”

“别闹！已经是最大时速了！”

西牧拿起无线电，激动地通知大家落水者已经被找到。还差一点点，只差一点点两人就能得救了！赤堀脱掉夹克衫，在两人出现在集鱼灯的光斑里的一瞬间，便奋不顾身地跳到海里。她已经全然感受不到刺骨的寒冷，只是不顾一切地向他们游去，把渔船上抛下来的救生圈推给他们。

“辛苦了！真的辛苦了！快，抓住这个！”

岩楯和鳄川已经冻得嘴唇发紫，特别是鳄川，看上去几乎已经彻底失去意识，应该是体温过低导致的。赤堀把救生圈套到他身上，高声示意西牧把鳄川拉上船，然后扶住岩楯，接过第二个救生圈。岩楯冻得上下牙都合不拢，用蚊蚋般纤弱的嗓音说：“好……好样的。我就觉着……除了你，没有人能找到我们。毕……毕竟，你可是大……大自然的女王呢，是吧？”

“算是吧。”赤堀露出了久违的微笑。

岩楯也扬起了冻僵的嘴角。

5

“怎么样？康复假过得挺开心吧？”岩楯问道。

鳄川一言不发地埋头于报告书的整理工作中，刚剪的新发型配上黑色方框眼镜，让他原本被动怯弱的模样焕然一新，显得干练很多，看起来终于像个朝气蓬勃的年轻人了。没想到才短短几天时间，他的变化竟这样大，说不定连价值观都刷新了。偌大的会议室里只有他们俩，温暖的阳光透过玻璃照在岩楯身上，晒得他鼻子痒痒，但他一直忍着没打喷嚏。

鳄川摁下回车键，抬起头，用中指推了推鼻梁上颇具都市感的新眼镜，回道：“虽说是休假，但满脑子装的都是这起案子，反而更累了。”

“嗬，这么认真啊。”

“哪里哪里，依我看警部补您才是一心扑在工作上呢。”

“瞎说，我差点就忘了今天要上班呢。你说咱们俩在东京湾里漂了大半天，差点没淹死，上头居然才给放四天假！我简直不敢相信自己的耳朵。”

鳄川矜持地笑着翻阅手头文件。

“真没想到‘藤村昌树’居然是这样的人，和我一开始的推测出入太大了，根本就是完全相反。我本以为他是那种典型的黑社会小混混，脾气暴躁，无固定职业，靠一些临时收入度日，活一天算一天。”鳄川心有不甘地皱了皱眉，“现在发现，他曾经就职于一家知名企业，年龄只有 33 岁，性格妄自尊大，目中无人，所以手下的人也不怎么敬重他。虽然如此，他的业务能力却的确有两下子，备受客户信赖，在公司的业绩常年登顶。今年 4 月，他向公司提交了辞呈，准备自己独立发展。”

“你推测得也没错，本质上他的确是个爱慕虚荣的小混混，也信仰粗暴的大男子主义。明明有一定的社会地位，却毫不犹豫地把手伸向犯罪，这就是最好的佐证。”岩栖看了眼昌树的相关资料，“他原先从事的是食品进口相关的工作，关于虎纹虾蛄和意大利菜的事估计就是那时候听说的，虽然他们公司并未让他负责过相关业务。”

仅仅 33 岁就已经就任课长一职，藤村昌树凭借自己过人的能力和勃勃雄心才战胜了其他竞争对手。只要看一眼他的履历，就能明白为什么警方始终推测不出他的性格特点。总的来说，他是一个城府极深的秘密主义者，和周围人保持一定的距离和戒心，喜欢贪天之功，是个典型的上班族。

“并没有查到所谓的‘海洋咨询公司’，但是他的名下的确登记了一家‘MF 水咨询公司’，是家进口高级食材的中介公司，运营的商品包括红酒、鱼子酱、松露、鹅肝和芝士，以小批量经营为特色，开辟了一条一般的大公司难以触及的商业道路。”

“但经营状况好像不是很乐观啊。”鳄川说。

“没错，他之所以能得到客户的信赖，很大一部分原因是对方看中了他身后的大公司。他的想法还是嫩了点，天真地以为辞职后可以把以前的客户群一起拉走，结果一眨眼工夫就赔了个底朝天。”

“然后他干脆就自暴自弃去干非法捕捞的勾当了？我还是想不明白。”

“有什么不明白的？你自己不也说了嘛，他靠临时收入度日，活一天算一天。”

岩楯反复翻阅着报告书，了解了前因后果。

昌树第一次到峰渔港去是为了和渔夫们谈生意的，他当时提出，希望渔夫们能够绕开公会或市场，直接把定期打捞上来的虾蛄卖给他。换言之，就是希望将远近闻名的“小峰港”作为品牌卖点，不再与公会和市场挂钩，以谋取更大的利润。但这些坚守传统的渔夫自然没把他的话当回事，让他吃了闭门羹。后来，他就频繁地来租用荣升丸去海上钓鱼，一方面是为了拉拢公会长，另一方面是想收集些重要信息。在这个过程中，他结识了年龄相仿的健太和将太，便整天讲些什么“新时代的自由渔业”这类不切实际的花言巧语来迷惑不谙世事的兄弟俩。如其所愿，两人老老实实上了钩，简直是被卖了还在替昌树数钱。最后，他就凭借这层关系把船直接开到虾蛄渔场，找到了虎纹虾蛄。

“看来，昌树那个所谓的计划是真事。他的确打算雇个留学欧洲的大厨进军餐饮业。当他发现海底成群的虎纹虾蛄时，估计眼珠子都快跳出来了。由于他对食材相当了解，所以当即找了几家高级餐厅，定时出售虎纹虾蛄给他们。这几家餐厅的负责人看昌树身边跟着的渔夫，便深信不疑地一口答应下来。因为这次事件，这些人也受到了牵连，说来也是冤。”

“昌树是主谋，那两个姓水森的见习渔夫是帮凶。”鳄川长叹一口气，“昌树在公会长这儿提前把今年一整年的海钓都预约了，要是他突然不见了，难免惹人生疑。所以，水森兄弟俩为了瞒天过海，便开空船装作是带顾客去钓鱼，回头再向负责登记用船名单的西牧家女儿谎称昌树已经来过了。本是打算按这套路子，一点一点地降低昌树来租船的频率，让他自然而然地从大家记忆中淡去，没想到偏偏在假装出海的日子碰到了我俩。结果，女主人称昌树一会儿就回来，两人就慌了。”

“所以事情就往最糟糕的方向发展了，他们决定把警察干掉来保全自己。真是不得了。”

但他们俩却没能识破水森兄弟的谎言，高高兴兴地上钩了。

鳄川继续一本正经地往下说：“昌树摔进渔船上的养鱼池后，由于没有得到及时抢救最后死亡。唉，虽然我们被扔进海里差点淹死，但听了那对兄弟的故事以后，心情就好复杂。”

“严重社交恐惧症，不信赖任何人，连续20年拒绝与他人接触。”岩楯看着报告书念道。

“健太和将太性格极端内向，连小学都不愿意去。除了彼此，甚至不愿意和自己家里人说话。”

“我觉得他们一定是小时候遭遇了什么苦痛，才埋下了祸根。虽然他俩勉勉强强高中毕了业，还考了些证书，但由于对人际交往的恐惧和抗拒心理，生活也总是磕磕绊绊，并不顺利。”

就在兄弟俩一筹莫展之时，西牧邦夫向他们伸出了援手。这个顽固的老人在面对这些需要依靠他的孩子时，永远是那么坦诚、那么坚定，不离不弃，也正是因为如此，岩楯就更不能原谅他包庇兄弟俩的罪行。明明老人可以选择说服两个年轻人去自首赎罪，重新开始新的人生，他却没有这么做。在罪恶感的折磨下，他虽然想过带着水森兄弟去警局自首，但又担心会遭到家人和同事的唾弃和鄙夷，一直犹豫不决。其实，老人与家人和渔夫们之间的关系比他想的要深得多，他们才不会因为这种事就对他失去信赖，与他分道扬镳。

鳄川接着说：“昌树性格上存在一定缺陷，他在与人交往的过程中喜欢占据主动，要是不对他唯唯诺诺、低三下四，就难以和他好好相处。从公司辞职后他就自己单干了，好像依旧很讨厌被别人使唤。对了，为了显摆自己的能耐，他还特意把单纯率直的将太带去文身酒吧之类的场所，让将太见识了很多之前没接触过的新鲜事物。哼，这家伙估计是喜欢这种居高临下的感受，认为将太跟他比起来是下等人，通过带‘下等人’见世面这类行为来彰显自己的优越感。虽然这样说死人坏话不太好，但我真的无法理解这种心态。”

听完鳄川愤慨的发言，岩楯啪的一声盖上了手中的资料。“驯服”水森兄弟用了一年半，非法捕捞也已经进行了一年半，这浑蛋足足干了三年坏事。

警方在横须贺发现了昌树的住宅，在调查过程中从他房间衣柜里找出了足足 2000 万日元现金，可他在生活上看上去却甚是俭朴。真是个只相信权力和金钱的可怜又寂寞的男子，他之所以能打开兄弟俩封闭十几年的心扉，靠的只是花言巧语和精湛的演技。

我们是可以相互信赖的挚友，我们是相互扶持的亲人，我们是共命运的伙伴……根据调查报告，昌树总是将这种话挂在嘴边，把兄弟俩哄得一愣一愣的。岩楯读到这里，气得差点没把手中的材料摔桌子上。不过话说回来，说不定昌树的潜意识中也十分渴望这些东西，渴望比金钱更值得信赖的活生生的伙伴。

阳光突然强烈了许多，岩楯赶紧拉上了窗帘。他注意到鳄川正温柔地眯着眼，满怀敬意地看着自己，不由得一阵恶寒，浑身上下不自在。

“你干吗？！”

“岩楯警部补，谢谢您给了我勇气。”

岩楯最不擅长应对这种状况了，连忙把椅子往后拉，与鳄川拉开一段距离。

“一起掉进海里的时候，您不停地鼓励我，一再让我抓紧，绝对不要松手。”

“行了行了，你别说了，听着像热恋的小情侣似的，肉麻不肉麻？”

“还有‘相信我，你一定能做到，我一定会救你上岸的，不要怕！’

要是没有这句话，我肯定早就绝望了。相信警部补果然没错。和您一起用生命作战的这几个小时，我鳄川宗吾将铭记一生！”

“倒了这么大霉，换谁不都得铭记一生？总之你给我好好练练游泳。真是搞不懂，你这旱鸭子究竟是怎么考上警察的？”

其实，要不是因为有鳄川，岩楯自己也坚持不下去。对下属强烈的责任感，让他最终支撑到了最后。

这时，会议室的门从外面猛地被一把推开，身着藏青色夹克衫的赤堀凉子脚底像装了弹簧似的冲了进来。她还是那个样子，来南湾岸署就仿佛出入自己家一样肆无忌惮。

“找到了，找到了，你们果然在这里。恭喜出院！”

“我们早就出院了，只住了一晚就被医生赶出来了。”

“是吗？你俩生命力也太顽强了吧。鳄鱼君身体怎么样？”

鳄川站起身，紧紧握住赤堀的手，说：“赤堀老师，真的谢谢您！当时都没能向您好好道谢。”

“哎呀，道什么谢，身体没事就行！”她拽了把椅子在两人对面坐了下来。

“我一直很好奇，您是怎么知道我俩位置的，居然在直升机出动前就找到了我们？”

“其实我也不清楚你们漂到了哪里，只是凭感觉蒙了个方向。但具体的地点是海鸥和岩楯刑警告诉我的。”

鳄川习惯性地翻开笔记本，拿起笔，蓄势待发。

赤堀扬着下巴瞄了一眼岩楯，一脸得意地说：“只要船一出海，觅食的海鸥便会成群集中而来，这是它们的习性，早晚皆如此。当时我所在的荣升丸周围也跟着许多海鸥。溺水中的岩楯警官也是通过这点才发现有船只经过的，对吧？”

“是这样吗，警部补？”鳄川看着坐在边上的岩楯问道。

“岩楯警官在发现荣升丸后，就灵机一动，不停地用手击打水面。目的是吸引周围的大鱼，通常大鱼听到动静就会纷纷聚拢而来，而那附近成群的沙丁鱼发现捕食者在靠近，便慌慌张张往海面逃窜。追着荣升丸的海鸥发现了涌动的沙丁鱼群，便抛下渔船聚集而去。然后在月光的映照下，我就发现了你俩。哈哈，是不是一条完美的生态系统推理法则？我说得对不对啊，岩楯警官？”赤堀摘下头巾，直视着岩楯。

“哪有什么对不对，我也是刚听你说才知道有这么一回事。什么沙丁鱼，什么海鸥，说实话我根本就不懂，只是想引起你们注意才扑腾两下。拜托，一只脚都踏进鬼门关了，谁还有那个闲工夫去想什么生态系统推理法……”

“也就是说，你们俩根本就是被大自然拯救了。这些生物的行为都间接地拯救了你们……”赤堀一本正经地说着，随后自言自语道，“这种奇迹能不能从生物学的角度证明啊……”

她卸下肩上的背包，翻了半天找出两只红包，塞到两人手中。红包上还用马克笔歪七扭八地写着“探病回礼”四个字。这个词显然用错了，只有出院的病人给生病期间前来探望自己的人回礼时才这样写。这个女人真是常识匮乏。

打开红包，里头是个十分眼熟的小瓶子，瓶子中塞满了黑草蚁。

“这东西算是咱们的护身符了，以后你俩就随身带着吧。我特地多加了一倍进去，这样就更灵了。”

岩楯拔下木塞，凑近吸了一口。这股直冲天灵盖的气味让他十分怀念，欲罢不能。

“看来戒烟也不是遥不可及的梦想了。老师你说的蚂蚁疗法可真是个好东西啊。最好还是赶紧去申请个专利。”

“蚂蚁疗法？”

“你不是说最近在研究蚂蚁疗法吗，还说对戒烟有很大帮助？”

“我说过？”赤堀疑惑地歪着脑袋，“黑草蚁和放屁虫一样，都有股容易让人上瘾的奇臭。我个人还蛮喜欢的，不过好像其他人普遍都不太能接受那种味道。还有，这种蚂蚁是没法帮你戒烟的。”

岩楯羞红了脸，赶忙把小瓶子塞回红包袋子。自己居然相信了赤堀的疯言疯语。不过她说的也是，仅靠几只地上捡的小蚂蚁怎么可能治得好烟瘾？他不禁为自己轻信了赤堀的鬼话时不时就吸两口这种气味而感到羞赧。没想到自己居然被一个小小的戒烟折腾得如此神志不清……

鳄川却若有所思地朝他点点头说：“这就是所谓的精神疗法。心理暗示有时也是极好的药引子呢。”

“你是试图在安慰我吗？也不想想这蚂蚁的臭气我都闻了多少回了！闻上瘾了都……哪天如果她开价一瓶两万日元，我搞不好还是会出钱买啊。根本就是诈骗！和那些卖毒品的有什么区别？！”

“赤堀老师，您早就算准了这点才劝他去吸黑草蚁的吧？能把生性多疑的岩楯警部补诱导到这份儿上，了不起！估计连专业的心理咨询师都做不到这样。”

“诱导？我才没诱导他呢。”

这个女人……看来以后对她说的话必须多留一个心眼儿才行。

鳄川清了清嗓子，换了个话题：“对了，解剖助手石黑由美女士今天正式提交了一份新报告书，据说是对照过去的类似案例重新整合后写成的。九条医生也认可了这份报告书。”

“啊，忘了告诉你们，九条医生终于承认了这次的误判，称自己的这次尸检过于草率，并向由美女士低头道歉了。”赤堀边说边拿出手机，把屏幕亮给两位警察看。照片上，由美和儿子紧紧贴在一块儿，笑靥如花，

“九条医生也给我打电话了，很认真地向我道了歉。”

“他给赤堀老师打电话了？没想到他为人还有正直的一面。”

“对呀，我也对他彻底改观了。这就是职业精神吧，实在是酷。”

赤堀站起身，用力掀开窗帘，把所有的窗子一扇一扇打开。凛冽的海风灌进会议室，白窗帘像船帆一样鼓了起来，吹得桌上的一沓资料哗啦啦地响个不停，她像猫咪一般柔软地伸了个懒腰，回过头朝着岩楯和鳄川露出微笑：“明天也是个大晴天！”

健太和将太被关进了拘留所，赤堀已经申请了探监。据说她曾向水森兄弟俩许下承诺，说会帮助他们一起直面未来。为了这事，她还一本正经地跑去办公室一个劲儿求署长帮忙呢。这个谜一般的女人，无论对方是昆虫还是人类，她始终都是以最深的诚意和最本真的初心去面对，从不拐弯抹角。虽说早就知道赤堀的本性，但岩楯仍对她的这种品质倍加珍视。

“对了，你之前说的昆虫都是0型血也是骗人的吗？”岩楯直截了当地抛去质疑的目光。

“那个呀，也许是真的。”赤堀饱含深意地悄悄扬起了嘴角。

“我应该能戒烟成功，今后也能直面人生中所有惨烈的现实。”——在那个冰冷刺骨的寒夜里，当看见赤堀跳进海水的身影时，岩楯重新燃起了生活的信心。

主要参考书目

死体につく虫が犯人を告げる

マディソン・リー・ゴフ　著　垂水雄二　訳（草思社）

虫屋のよろこび

ジーン・アダムズ　編　小西正泰　監訳（平凡社）

昆虫——驚異の微小脳

水波誠　著（中公新書）

虫たちの生き残り戦略

安富和男　著（中公新書）

ホホグロオビキンバエ幼虫が寒冷期に死体を蚕食していた事例

三枝聖　松政正俊　八島洋一　藤田さちこ　新津ひさえ　高宮正隆　青木康博　著（岩手医科大学共通教育センター生物学科、岩手医科大学医学部法医学講座）

溺死事例において左右両肺各葉から検出された珪藻数の比較検討

吾郷一利　吾郷美保子　林敬人　小片守　著（鹿児島大学大学院医歯学総合研究科社会・行動医学講座法医学分野）

頸部圧迫後の海岸遺棄が疑われた一剖検例

的場光太郎、寺沢浩一（北海道大学大学院医学研究科社会医療管理学講座法医学分野）

解剖実習マニュアル

長戸康和　著（日本医事新報社）

現場の捜査実務

捜査実務研究会　編著（立花書房）

現場警察官のための　死体の取扱い

捜査実務研究会　編著（立花書房）

江戸前鮨　仕入覚え書き

長山一夫　著（アシェット婦人画報社）

本书内容纯属虚构，

与现实中的任何组织、个人均无关系。